Joseph Müll

Prosa und Gedichte in Aachener Mundart
Erster Teil

SALZWASSER
VERLAG

Joseph Müller

Prosa und Gedichte in Aachener Mundart
Erster Teil

1. Auflage | ISBN: 978-3-75250-690-7

Erscheinungsort: Frankfurt am Main, Deutschland

Erscheinungsjahr: 2020

Salzwasser Verlag GmbH, Deutschland.

Nachdruck des Originals von 1869.

Prosa und Gedichte

in

Aachener Mundart

von

Dr. Joseph Müller.

Erster Theil.

Zweite Auflage.

Aachen, 1869.

P. Kaatzer's Verlag (Josef Kaatzer).

Erster Theil.

Prosa.

Vorwort zur ersten Ausgabe.

Durch die Herausgabe des eben so vortrefflichen, als umfangreichen Werkes »Germaniens Völkerstimmen« hat *Johannes Mathias Firmenich* sich ein wahres Verdienst um das deutsche Volk und seine Muttersprache erworben. Die Arbeit war mühevoll und nur der unerschöpflichen Ausdauer eines für seine Aufgabe begeisterten Mannes, wie *Firmenich* sich bewährt hat, konnte es gelingen einen Schatz von Dichtungen, Sagen, Märchen und Liedern in 563 deutschen Mundarten zusammen zu bringen. Er schöpfte überall aus den zuverlässigsten und reinsten Quellen, das Werk wird daher selbst noch in spätester Zeit eine reiche und reine Quelle für Alle bleiben, welche sich für ihre Muttersprache und deren Idiome interessiren. Es will uns bedünken, als wenn _seit dem Erscheinen (1843—1853) dieses Werkes*) das Studium der deutschen Dialecte neues, frisches Leben gewonnen und

---

*) Dies ausgezeichnete Werk wurde im Jahre 1866 in einem dritten Bande vollendet.

manche Dichter Muth geschöpft hätten, in den Klängen ihrer Heimath ein neues Lied zu singen, *Firmenich's* verständige Worte wohl beherzigend: »Das Volk dichtet nicht für die Kritik, sondern für sein eigenes Bedürfniss und kehrt sich wenig daran, ob die Kinder seiner Freude und seines Schmerzes, seiner Sehnsucht und seiner Wehmuth, seiner Laune und seines Muthwillens eine gute Aufnahme in aesthetischen Theekreisen finden.« Welche Beachtung diese Wahrheit in unseren Tagen gefunden, davon zeugen die zahlreichen Erscheinungen in diesem Gebiete der Literatur.

Unsere Zeit und Musse sind durch naturhistorische Studien sehr in Anspruch genommen und haben wir nur wenige Stunden zu unserer Erheiterung und amtlicher Ausspannung diesem Zweige der Literatur zuwenden können; wir machen daher keine Ansprüche, mit allen Hervorbringungen derselben bekannt zu sein; um aber unsere oben ausgesprochene Meinung zu rechtfertigen, führen wir hier die in neuerer Zeit erschienenen Gedichte in deutschen Mundarten nur an, welche uns zur Ansicht gekommen sind.

Ed. von Boberthal, Schnieglöckla, im schlesischen Bauerndialect.

F. W. Brendel, Klänge meiner Heimath, in schlesischer Gebirgsmundart.

F. W. Brendel, Kobolde in derselben Mundart.

W. Bornemann, in plattdeutscher Mundart.

Friedrich Ernst, meistens in altmärkischer Mundart.

Gustav Jung, in plattdeutscher Mundart.

Joseph Kartsch, Feldbleamele, in östreichischer Mundart.

Anton Freiherr von Klesheim, 's Schwarzblatl' aus 'n Weanerwald, 3 Bändchen.

Franz von Kobell, in oberbayrischer Mundart.

Franz von Kobell, in pfälzischer Mundart.

A. Meyer, in Luxemburgischer Mundart.

P. Motz, in Henneberger Mundart.

M. Nitzsche, 3 Gedichte in Altenberger Mundart.

Schlambach, die plattdeutschen Sprichwörter der Fürstenthümer Göttingen und Grubenhagen.

Tschampel, in schlesischer Gebirgsmundart.

F. Zumbroock, in westphälischer Mundart.

Ausserdem erschienen viele ältere Gedichte in neuen Auflagen oder in neuen Sammlungen; so erwähnen wir hier noch *F. Rang's* Nürenbergs Dichterhalle sämmtlicher bis jetzt aufgetretenen Dichter in Nürenberger Mundart. Es würde uns zu weit führen, wollten wir auch noch die wissenschaftlichen Werke und Abhandlungen über einzelne Dialecte aufführen, die im letzten Decennium erschienen sind. Besondere Beachtung verdient darunter die Schrift von *Dr. Eduard Krüger,* Uebersicht der heutigen plattdeutschen Sprache (besonders in Emden); sie enthält ein schätzbares Material und bestimmt und klar ausgesprochene Ansichten über Dialecte im Allgemeinen.

Dichtungen in den Mundarten können nur einen poetischen Werth haben, wenn sie aus dem Volke herausgedichtet sind, d. h. wenn sie das Gepräge des Characters des Volkes, welches diese oder jene Mundart spricht, ganz an und in sich tragen. Mancher Stoff eignet sich daher zu solchen Dichtungen in dem einen Dialect vortrefflich, der sich in einem andern weniger oder selbst gar nicht dazu eignet. Es scheint uns in dieser Beziehung, als wenn die nord- oder plattdeutschen Mundarten sich mehr für die epischen,

erzählenden und belehrenden Dichtungen, die süd-
deutschen dagegen sich mehr für das Sentimale, Ly-
rische, kurz für das Lied eigneten. Man nehme *Fir-
menich's* »Germaniens Völkerstimmen« zur Hand und
der ausgesprochene Gedanken wird sich durch den
Vergleich der Dichtungen in den verschiedenen Dia-
lecten erhärten und beweisen. Die hochdeutsche oder
Schriftsprache steht in der Mitte; sie bildete sich,
wenn auch nicht gleichmässig, aus beiden Hauptdia-
lecten, wie das Attische bei den Griechen aus dem
jonischen und dorischen Dialect. Wir gehen aber nun
so weit zu behaupten, dass die hochdeutsche Sprache
daher nicht im Stande ist, die Dichtungen in den
Dialecten vollständig wiederzugeben; sie ist noch zu
arm dazu und daher geht hier das Zarte, dort das
Markige und Kernhafte in den Uebersetzungen ver-
loren. Wer im Stande ist, *Hebels* allemannische Ge-
dichte im Original zu lesen, wird den grossen Unter-
schied empfinden, wenn er dieselben, von *R. Reinick*
ins Hochdeutsche übertragen, damit vergleicht, ob-
gleich Niemand dem Uebersetzer das Verdienst streitig
machen wird, dass er mit Talent und Geschick ge-
strebt hat, das Original soweit als möglich getreu
wiederzugeben. Ebenso wenig wird es gelingen, die
Gedichte des ehrenwerthen Nürenberger Klempner-
meisters *Grübel*, eines *von Kobel, von Klesheim* u. s w.
ins Hochdeutsche zu übersetzen, ohne den Geist, den
sie athmen, zu verkümmern und zu verwischen. Wir
verpflanzen mit Erfolg viele Wald- und Haideblumen
in den Garten, allein nicht alle eignen sich dazu, die
meisten wollen und müssen Wald- und Haideblumen
bleiben und gedeihen nur in einer freieren Natur.
Mit grösserem Erfolge möchten Versuche gelingen,

wie unser Altmeister *Goethe* sie vorschlägt, schickliche
Gedichte aus dem Hochdeutschen in die Dialecte zu
übersetzen.

Die Eigenthümlichkeiten und Absonderlichkeiten
oder was man sonst Originalitäten bei den verschie-
denen Stämmen eines und desselben Volkes zu nennen
pflegt, verschwinden durch den lebhaften Verkehr der-
selben mit einander und durch den raschen Austausch
ihrer materiellen und geistigen Hervorbringungen in
neuerer Zeit immer mehr und mehr. Häusliche Ein-
richtungen, Sitten und Gebräuche, Kleidung und
Trachten werden in allen deutschen Gauen sich um
so rascher gleichen, je rascher die Eisenbahn-Netze
sich über dieselben verbreiten und der Flug der Dampf-
schiffe die Ströme belebt. Tiefer aber, als alles An-
dere, wurzelt die Sprache im Volke, ihre Eigenthüm-
lichkeiten lassen sich nicht so leicht verwischen, süd-
deutsche und norddeutsche Mundarten werden trotz
Eisenbahnen und Dampfschiffe bestehen bleiben, so
lange es noch Gebirge und Thalgründe, Hoch- und
Flachland geben wird, denn sie gestalten fort und fort
die Töne und ebenso den Character ihrer Bewohner.
Die Geologie lehrt uns, dass das primitive Gestein
und die ältern Secundär-Formationen hochragende Ge-
birge aufgethürmt haben, die Teritär-Formationen
dagegen im Allgemeinen das Flachland bilden. Auf
den erstern wohnt der rauhere, kräftigere, derbere,
unbändigere und zuverlässigere Menschenschlag mit
einem volltönigen, markigen und kernigen Sprachlaut;
im Tertiären liegen die grössten Hauptstädte Europa's,
auf dem Tertiären wohnt die Verweichlichung des
Körpers und Gemüthes, der Sprachlaut wird zarter
und feiner, glatter und runder, weicher und dünner,

wie die Bewohner, deren Kehlen die Laute bilden. Einzelne Ausdrücke der Mundarten sieht man nach und nach schwinden und allgemein geltend gewordene aus dem Hochdeutschen ihre Stelle einnehmen, allein der Hauptkern und das Naturwüchsige, das eigentliche Wesen der Idiome wird bleiben. Ebenso gewährt die conventionelle Schriftsprache manchem treffenden Ausdruck und manchem körnigen Worte der Mundarten freundliche Aufnahme und bereichert dadurch den allgemeinen Sprachschatz.

Ueber Werth und Unwerth, über Schönheit oder Hässlichkeit der einen Mundart vor der andern, lässt sich nicht streiten, jeder Stamm findet die seine schön, wie jede Mutter ihre Kinder schön findet, weil sie dieselben liebt. Wir haben es oft erlebt und gewiss viele mit uns, dass beim Festmahl und Liedersang die Freude doch erst recht einkehren wollte, wenn ein Lied in der Sprache der engern Heimath erscholl. Und in der That, wem die Töne und das Lied der Heimath nicht mehr gefällt, der ist krank an Ueberbildung und der Heimath nicht mehr werth, der mag nur getrost nach Californien ziehen und sich das Lied vorleiern: »ubi bene, ibi patria!« Wer aber von deutschem Stamme, dem ist die Heimath und ihre Lieder immer süss. Mag man nun auch manche Mundarten und darunter auch die Aachener immerhin rauh und platt nennen, dadurch wird ihre Eigenthümlichkeit in Wortform und Wortbildung, in Ausdruck und Wendung nicht geschmälert noch verkümmert. Das Singende der Sprechweise fällt jedem Nichteinheimischen auf, ob angenehm, oder unangenehm, darüber sind die Urtheile verschieden. *Friedrich Schlegel* im 6. Bande seiner sämmtlichen Werke,

Seite 247, nennt das Volk von Aachen »sehr aufge-
weckt und fröhlich,« wie es der alte fränkische Stamm
wohl überhaupt gewesen ist. Es ist daher natürlich,
dass bei so heiterm und aufgewecktem Character,
bei solcher Gesanglust und solchen Gesanganlagen,
wie sie hier herrschen, die Sprache des gewöhnlichen
Lebens einen fröhlichen, singenden Ton annimmt.
Mögen die Aachener den von *Schlegel* an ihnen beob-
achteten Character fort und fort wahren und lieber
singend sprechen, als nicht mehr singen.

Dass wir auch in Prosa einige Versuche in un-
serer Mundart machten, dazu veranlasste uns zunächst
eine Bemerkung *Goethes*, Rand 32, p. 240, in seiner
Beurtheilung des Lustspiels »der Pfingstmontag,« in
Strassburger Mundart, von *Arnold*. Er bemerkt dort,
dass Idiotiken in ihrer alphabetisch-lexicographischen
Form das eigene innere Leben, welches, in feinen
Abstufungen, eine besondere National-Characteristik
einer Volksmundart darbietet, nicht ausprägen könn-
ten, sondern dass dies nur in der lebendigen, lebhaft
gebrauchten Sprache möglich sei. Um aber das Cha-
racteristische der Aachener Mundart recht zu bezeich-
nen, schienen uns Gedichte nicht auszureichen, viel-
mehr glaubten wir, um dies zu erzielen, den pro-
saischen Ausdruck noch hinzu nehmen zu müssen,
und hoffen dadurch zu einem lebendigen Idiotikon
unserer Mundart etwas beizutragen. Was *Goethe* über
die Strassburger Mundart sagt, kann mit Fug auch
auf die Aachener Mundart angewendet werden. Sie
hat sich in ihrer Wesenheit seit Jahrhunderten un-
verändert erhalten und lebt in einer freien, kecken,
unbändigen Originalität im Volke fort. Wir haben
diese Originalität der Mundart in den Schwänken fest-

zuhalten uns bestrebt und streng nach der Natur zeichnen wollen, es mag daher mancher drastische, übermüthige und freche Ausdruck in denselben seine Entschuldigung finden.

Die Aachener Mundart eignet sich, nach unserer Ansicht, überhaupt gar sehr für den unschuldigen, heitern Scherz, für komische und neckische Darstellungen. Wir haben daher den Erzählungen den grössern Raum gewidmet und nur dem Wunsche unserer Freunde nachgebend einige lyrische Versuche mit abdrucken lassen. Dagegen konnten wir dem Wunsche nicht willfahren, alle Gelegenheitsgedichte beizufügen und zwar weil dadurch die Bogenzahl mehr als um die Hälfte hätte vermehrt werden müssen, dann aber auch, weil ein grosser Theil derselben sich nur in Privatkreisen bewegte, andere Erzeugnisse froher Augenblicke waren und manche Beziehungen enthielten, die nicht allgemein verstanden werden könnten. Diese Sammlung enthält daher nur einige wenige Gelegenheitsgedichte, welche bei Festen entstanden, woran die ganze Bürgerschaft sich mehr oder weniger lebhaft betheiligte.

Was die Rechtschreibung betrifft, so dürfen wir nur sagen, dass wir uns in dieser Sammlung einer grössern Consequenz beflissen haben, als in der frühern. Um aber eine festgeregelte Rechtschreibung durchzuführen, hätten wir eine eigene Bezeichnung namentlich der Vocale erfinden müssen, um die Abstufungen der Laute desselben Buchstabens anzudeuten, wir wären dadurch aber vielleicht in den Fehler gerathen, weniger verstanden zu werden, als bei einer Orthographie, die sich jetzt zumeist nach dem Gehör gestaltet hat. Wie sollten aber die Dialecte zuerst eine feste Rechtschreibung gewinnen, während die

allgemein gültige Schriftsprache es dazu noch nicht
gebracht hat, vielmehr heute noch wir vor Jahrhuu-
derten auf Willkühr beruht? Die deutsche Sprache
macht darin eine Ausnahme von allen andern, sie
allein hat bis jetzt noch keine allgemein anerkannte
Rechtschreibung. An einer und derselben Schule be-
folgt der eine Lehrer diese, der andere jene Recht-
schreibung und der Schüler ist genöthigt mit der
Classe die Rechtschreibung zu wechseln. Ja selbst an
höheren Lehranstalten eingeführte deutsche Lesebücher
haben auf dieser Seite diese, auf einer anderen Seite
eine andere Rechtschreibung. Das gute bei der Sache
ist noch, dass die Deutschen bei einer solchen *Einheit*
sich immer doch verstehen.

Wann werden wir endlich eine allgemein aner-
kannte deutsche Rechtschreibung erhalten? Wann wird
der Deutsche den unermesslichen Schatz seiner Mutter-
sprache in ein allgemeines Wörterbuch zusammenge-
tragen sehen? — Das wird noch lange dauern! Das in
vielen Stücken vortreffliche, sehr gelehrte und grosse
Wörterbuch der Gebrüder *Grimm* wird dem Mangel
an beiden keine Abhülfe schaffen. So weit wir nach
den bis jetzt erschienenen Lieferungen des Werkes
urtheilen können, nimmt dasselbe auf die deutschen
Mundarten weniger Rücksicht, als *Adelungs* Wörter-
buch der hochdeutschen Sprache und bleibt dies daher
trotz vieler Mängel noch immer eine reiche Quelle
für das Studium der Muttersprache.

Wir schicken den nachfolgenden Blättern keine
Entschuldigung voraus, denn wir wollen damit weiter
nichts, als durch sie einen neuen Beitrag zum all-
gemeinen Sprachschatz liefern, der Worte *Goethes*
gedenkend: »Denn so sehr zu wünschen ist, dass uns

der ganze deutsche Sprachschatz durch ein allgemei-
nes Wörterbuch möge vorgelegt werden, so ist doch
die practische Mittheilung durch Gedichte und Schrift
(in Mundarten) sehr viel schneller und lebendig ein-
greifender.

Aachen, im August 1853.

Der Verfasser.

Vorwort zu dieser Ausgabe.

Vor dem Erscheinen unserer ersten Versuche, die Prosa der Aachener Mundart zur Geltung zu bringen und dadurch das Idiom mehr zu fixiren, als dies durch gereimte Gedichte möglich ist, waren unseres Wissens derartige Versuche noch nicht gemacht worden.

Die freundliche Aufnahme, welche dieselben in der engeren Heimath und dadurch auch ausserhalb derselben fanden, ermuthigte uns zu neuen Hervorbringungen und so entstand denn vor und nach die vorliegende Sammlung. Die einzelnen Stücke füllten eine Reihe von Jahren zur Fastnachtszeit das Feuilleton des hier erscheinenden Echo's der Gegenwart, davon war indessen bis jetzt in Separatabdrücken nur »osen ärme Bastian« im Buchhandel käuflich.

Sie sind sämmtlich humoristischen und satyrischen, hin und wieder ins Sarkastische hinüberstreifenden Inhaltes. Stets bemüht, nur Zustände des Lebens, Verirrungen, Fehler, Schwächen und Lächerlichkeiten der Gesellschaft zu schildern, haben wir mit Ausnahme zweier Erzählungen, nie bestimmte Personen im Auge gehabt und daher gehofft, Niemanden persönlich zu kränken: wenn wir nun dennoch erfahren mussten, dass einige Personen Manches auf sich bezogen haben, und davon unangenehm berührt gewesen sind, so können wir daraus ersehen, dass wir manches Portrait gut gezeichnet haben, obgleich nur Erfahrung

und Lebensanschauung uns dazu gesessen haben. Wenn
manche Eltern in »osen ärme Bastian« und dem
»Manes Brei« ihre Söhnchen wiedererkennen und die
Verkehrtheiten der Erziehung einsehen, wenn manche
Frau in der heuchlerischen und verläumderischen Frau
»Schnirp« ihr Ebenbild sieht und dadurch veranlasst
wird, ihre Zunge strenger im Zaume zu halten, so
hat die Satyre ihren Zweck erreicht. Sie soll ja eine
gute Lehrerin sein und ist es stets gewesen.

Manche derbe und unästetische Ausdrücke in die-
ser Schrift wird man dem Dichter in einer Mundart,
welche in ihrer Urwüchsigkeit nicht gar zart und fein
ist, nicht verargen, denn durch ein ängstliches Stre-
ben, solche Ausdrücke zu vermeiden, würde man einen
Theil des Characters der Mundart verdunkeln und ver-
wischen. Etwas stark gefärbte Situationen und gewagte
Hyperbeln bitten um dieselbe Nachsicht, das Volk
liebt sie und spricht sich gern darin aus.

Weil viele Ausdrücke und Redensarten dem Nicht-
einheimischen das Verständniss der Gedanken erschwe-
ren, ja unmöglich machen, haben wir unter dem
Texte denselben den entsprechenden hochdeutschen
Ausdruck beigefügt. Dem Einheimischen werden die
Erklärungen meistens überflüssig, dem des Dialectes
Unkundigen vielleicht zu spärlich erscheinen.

Dem zweiten Bande werden wir eine kurze Ueber-
sicht der bedeutendsten Erscheinungen im Gebiete
mundartlicher Bestrebungen, soweit sie seit 1853 zu
unserer Kenntniss gelangt sind, vordrucken.

Aachen, im Juli 1869.

Bamberg.

Der Kreg enn Spanie,

of

„A vous, Bamberg!"

Ich en[1] lüg net, sad der Bamberg; överdrieven es ming Sach net, merr[2] et es för sich kapot[3] ze ärgere, wenn me die jong Prüsse van Strabaze spreichen hürt. Hant[4] se ens bei ä Manöver nasse Föss kregen, of[5] wenn hön ens de Fengere gekält hant, of wenn se ens zwei Dag ge Flesch en Bier kregen hant, dann spreiche se van Strabaze, en dat Kels met eson Snorrbärt! Enn der Snorrbart setzt geng[6] Courasch, noch weniger enn et Klafe;[7] ich lüg net, merr dann wore für[8] doch anger Kels! Et geht doch nüs[9] över der Kreg, dat hescht över 'nen ordentliche Kreg, wo'r ä par Millioune blieve. Donderweer,[10] Kardaunen en Granate! wie geng dat enn Russland en enn Spanie! »Wie geng dat dann doh?" sad der Fränz; „loss ens Kod[11] af, Bamberg, verzell ens gett!«[12]

Och, sad der Bamberg, wie geng dat doh, doh kühnt ich Nahte[13] van verzelle, merr we net derbei gewest es, en we der Napoleon en der Soult en der Ney, en spiehder

---

[1] ein Flickwörtchen. [2] aber· [3] todt. [4] haben. [5] oder. [6] keine. [7] Schwatzen. [8] wir. [9] nichts. [10] Donnerwetter. [11] Schnur, Seil. [12] etwas. [13] Nächte.

der aue [1] Blücher net gekankt [2] en gesprochen hat, de begrieft et doch net; esou gett moss me gesiehn han. We mich en der Wickes [3] va Bergdresch [4] els Housare bei der Soult gekankt hat, de moss sage, dat für Kels wore, Kardaune. Millioune! Enn dat Spanie, gegen die Spangoule en die Hond van die Engländer, doh gov et Strabaze, doh stonge [5] für mieh els emol bes över der Navel zweimol vierenzwanzig Stond ohne ze eissen en ze drenke ege Wasser, en dogen [6] et ons op'ne Conjack. Merr wenn der Soult dann kohm en reif:

»Dag, Jongens! wie geht et dich, Bamberg, halt 'r et ouch us? Lott mich die Domgrove [7] van Engländer merr net eröver!« Dann wod a Strabaze net gedaht. — Der Dosch ploget mich döck; [8] wie gesad, me hau [9] nüs els äne jaue Conjack; wegeworöm, de Spangoule hauen alle Flöss vergeft.

»Merr,« sad der Fränz, »wie geng et üch dann met de Ped?« [10] Met de Ped, sad der Bamberg, dat wor än Klengigheed, die soffen alle Dag jedderrent sing vier, fönf Ämmere van der fingste Bomolig [11] en wote [12] deck en fett wie de Mölchere; dobei frosse se nüs els der fingste Haver, Ries en Klömp Zocker; die Öster [13] hauen et doh jod! De Mannschaft hau et justement ouch net schleht; Wissbroud van dreimol dörchgebüld [14] Mehl, Proumecompot [15] en Gebrods [16] alle Dag, alle Dag, die Gott komme leiss, en wat de Hauptsach wor. Conjack, en wat för äne Conjack! esou völ els me drenke wau, [17] doh wor

---

[1] den alten. [2] gekannt. [3] Ludwig. [4] Name eines Aachener Stadtviertels. [5] standen. [6] thaten. [7] ein sehr übliches Aachener Schimpfwort. [8] Durst plagte mich oft. [9] man hatte. [10] mit den Pferden. [11] dem feinsten Baumöl. [12] wurden. [13] Äser, Luder. [14] durchgebeuteltem. [15] »Proume« Pflaumen. [16] Braten. [17] wollte.

geng Sproch van Ratioune. »Kenger,« sad der Soult,
»kritt et üch merr; ich krig mich ouch, wat ich krigge
kann. Loss et dich a nüs fehle, Bamberg; vlecht[1] han ich
dich desse Nommedag[2] nühdig!« *Vot Servitür*, General,
sad ich; verlott üch op der Bamberg en wenn der Düvel
ze Ped kühm. — Rechtig, des Nommedags tösche[3] vier en
fönf lett he mich rofe. »Bamberg,« sad he, »du kühns mich
ä Pläsir duhn!« *Vot Servitür*, General, sad ich, stoh[4] ze
Dengst! »Ja,« sad he, »du moss efel[5] der Wickes va Berg-
dresch met opsetze losse, dann ben ich van ming Sach
secher. Doh henge,«[6] sad he, »op dat Berchsge hant de
Engländer zwei Kanone opgeplanzt; ich weu,[7] dat 'r hön[8]
die afnühmt, ohne völ Behei[9] ze mache.« *Bong*, sad ich,
dat sal gescheie. Ich goh; doh röft der Mann mich noch
ens öm, »noch ä Wod, Bamberg! vergeist net, üch ä
Kötterfche[10] Conjack met ze nemme.« Wie doch esonen
Her net för der gemenge Mann sörget!

Der Wickes en ich drop a, — für[11] recognosciren,
rechtig! zwei Kanone, seszeng Mann Bedinong. Donder-
weer, Kardaunen en Granate! sad ich, Wickes, dat es ä
grauf[12] Knöttche, merr für mossen der[13] Aue dat Pläsir
duhn. Rieh[14] du drop a en fang gett Spargitze met di Ped
a, dann fangen sei a ze schesse, enn der Zitt rieh ich hen-
gen ei öm en fallen egen Röck. Esou gesad, esou gedohn.
Wickes, sad ich noch, de Ihr[15] van Ochen hängt dra, wenn
dat os glöckt. Bamberg, sad he, verloss dich op mich!
Wie överlad,[16] ich hengen eröm, ich lüg net, en wie der
Düvel ben ich onger de Engländer. Ojeses! reif glich der
Offizir, wat get[17] dat, dat es der Bamberg van Oche! Ich

---

[1] vielleicht. [2] Nachmittag. [3] zwischen. [4] stehe. [5] aber.
[6] hinten. [7] wollte. [8] ihnen. [9] Lärm, Geschrei. [10] Fläschchen.
[11] wir. [12] grobes. [13] d. i. dem. [14] reite. [15] Ehre. [16] überlegt. [17] giebt.

met der Wickes hau, schess en steich er [1] Stöck of acht
doud, die angere gefange en nun met de Kels en de Ka-
none enn Galopp noh der Soult.

Wie dä os sith, sed 'he: »Bamberg, dat has de jod
gemagd, merr ühr seth us, wie de Verekens; [2] göt üch gett
ömkleie, [3] en komt desen Ovend et Schlädge [4] bei mich
eissen, du en der Wickes va Bergdresch; merr [5] hei, Jon-
gens, drenkt ens, dat get üch neu *présence d'esprit.*

Für soge [6] wörklich, dat ich et selver sag, us wie
de Verekens va Stöp, [7] Polver en Blod en haue genge
Vahm [8] ganz mieh age Lief, esou hauen de Kels op os
engehaue.

»Dat wor stärk,« sad der Fränz; »merr wie kohm
et, dat ühr doför net avanziret?« Och wat, sad der Bam-
berg, avanzire, wat hei [9] me dovan gehat? Nüs! Der Soult
sad döck [10] en kloppet mich open Schauer: [11] »Bamberg,
du esouwahl wie der Wickes va Bergdresch, ühr würd att
lang General, wenn 'r merr ä Besche Lesen en Schrieve
kühnt.« Och, sad ich dann, lott mich, wat ich ben, ge-
mengen Housar; dann kann ich völ beister an der Kreg
denke, els äne General, de bau nüs deht [12] els schrieve.
»Bamberg,« sad he dann, »du has eigentlich doch Reht.«

»Merr,« sad der Fränz, »has de net ouch ens gett [13]
met et Marie Louis gehat?« Düvel hol, sad der Bamberg,
Kardaune, Millioune! dorop loss ich mich noch en Haufpenk [14]
komme. Kardaunen en Granate, dat wor der schönnste
Dag va mi Leve, wenn ich hondert Johr od [15] wöd! Die
Sach wor die: Der Soult scheckt mich met en Depesch an

---

[1] steche ihrer. [2] Schweine. [3] etwas umkleiden. [4] Salätchen.
[5] aber. [6] wir sahen. [7] Staub. [8] keinen Faden. [9] hätte. [10] oft.
[11] Schulter. [12] bald nichts thut. [13] etwas. [14] eine halbe Pinte.
[15] alt.

der Massena. Ich rieh; än half Stond op Weg siehn [1] ich
ä Lager noh bei de Landstross; ich rieh föran, op emol
siehn ich ä Frauenzemmer, wat met äne wisse Doch wenkt.
Ich gev mi Brüngche [2] ä Spörche, en drop a! Kreuz Gra-
nate! ich lüg net! We setzt mich [3] doh? — Der Napoleon
selvs met et Marie Louis opene Schous. [4] Bei die Gelegen-
heed soch ich dann ouch sing Bröncher, [5] en dat hau ä
Brönche! Ich mag de Honnörs en sag: *Sir*, wat wür üch
gefällig? »Nun sad ens,« sad der Napoleon, de entöschens [6]
et Marie Louis afgesatzt hau, »set ühr net der Bamberg
van Oche, de leis [7] met der Wickes va Bergdresch die zwei
Kanone erobert hat?« *Vot servitür*, *Sir*, sad ich, dat es
esou! [8] »Dann freut et mich,« sad he drop, »ühr Kennes [9]
ze mache; wo rieht er [10] hen?« Ich rieh en Depesch van
der Soult noh der Massena, *Sir*, en han geng Zitt ze ver-
lüse. [11] »Marie,« sad he drop, »drenk döm ens [12] zau; dat
es der Bamberg van Oche.« Het, [13] net foul, schött mich
äne Spezial [14] Conjack enn, korrt [15] ens dra en sed: »à
vous, *Bamberg!*« Ich mag de Honnörs en nemm mich dat
Speziälche open Lamp; merr dat wor ä Conjäcksge! Kar-
daunen en Granate! — Ich driehn [16] mi Brüngche, gev em
ä Spörche, en futt wie der Deuvel! »*Complement* an der
Wickes va Bergdresch!« reif der Napoleon, en et Marie
Louis wenket [17] mich noch noh met si batiste Sackdö-
gelche. [18] Kreuz Element! Fränz, dat müdste gesiehn han!
ich lüg net, överdrievon [19] es ming Sach net.

---

[1] sehe. [2] meinem Bräunchen. [3] wer sitzt mir. [4] auf dem
Schoosse. [5] seine, d. i. ihre Waden. [6] inzwischen. [7] jüngst, letzt-
hin. [8] ist so. [9] d. i. Bekanntschaft. [10] reitet ihr. [11] verlieren.
[12] einmal. [13] es, d. i. sie. [14] d. i. einen halben Schoppen. [15] ko-
stet, schmeckt. [16] drehe. [17] winkte. [18] Schnupftüchlein. [19] über-
treiben.

Der Kreg enn Russland,

of

„Wat wilr ilch gefällig, Herr Bamberg?"

Et wor 'ne biestig kaue Wenkter;[1] et frouhr, dat de
Steng[2] krachede, en ich han et selver gehourt, dat et
Liesep kohm en sad: Madam, de Klütte[3] befrese[4] mich
opgen Hed.[5] Genog, et wor der zweiden Dag noh Drei-
könekendag; der Fränz hau der ganzen Dag döchtig ge-
werkt,[6] en doch woste net, of he ä Glas Bier sau drenke
goh, of net, esou affreslich kod[7] wor et. Och, daht he, ich
gohn[8] doch; wenn ouch nömme[9] doh es, der Bamberg
treff ich doch. Der Fränz geng, en rechtig, der Bamberg
soss doh en rauchet si Piefche.

»Novend, Bamberg,« sad der Fränz, »Donderment,
dat es doch än Pedskau!«[10] Daht ich et net? sad der
Bamberg, dat hei dat flastere keul Wengche[11] för die ver-
görgde[12] Kels att än Pedskau wür! Jo, ich sag ouch, we
net enn Russland gewest es, es nörgens gewest, en kann
ouch eigentlich över gar nüs spreiche. — »Ja,« sad der
Fränz, »dat woren ouch hei enn Oche Zitte, wie die
Verekens[13] van die Russen hei woren; eson Bieste va
Mensche, dovör sau me sich krüzigen en seenen.«[14] Fränz,
sad der Bamberg, spreich mich net esou domm Zeug; du
bes at wie die angere, en gläuvs, hei wörkliche Russe ge-
siehn ze han; wat hat ühr gesiehn? nüs hat ühr gesiehn,
els gett Gereppels,[15] gett Affall van Russen us de Tar-

---

[1] kalter Winter. [2] Steine. [2] Klösse von Kohlengries (Koh-
lengrus) und Lehm zum Heizen. [4] befrieren. [5] mir auf dem
Herde. [6] gearbeitet. [7] kalt. [8] gehe. [9] niemand. [10] Pferdekälte.
[11] kühle Windchen. [12] abgemergelten. [13] Schweine. [14] segnen.
[15] etwas Gerümpel.

tarei; Russe sith me merr enn Russland. Verekens send
et, dat es wohr, merr Kels wie de Bäum, onger 6 Foss
7 Zoll han ich noch genge[1] gesiehn. »Merr,« sad der
Fränz,« die Kels mosse stärk sin?« Of die stärk würe!
sad der Bamberg, merr gegen ons Courasch, Bravour,
Présence d'esprit en ose Ney, riehtede se doch nüs us. Ex-
empelwies: Ich stohn[2] met der Wickes en klaf[3] ohne gett
ze denke; duh sed op emol der Wickes: nun sag ens, Bam-
berg, rieht doh henge net ä Kött Russe? Kardaune, Mil-
lioune, sad ich, du has Reht, opgeseisse! Für dropa,[4] mi
Brüngche bäumt sich va Pläsir, merr enn den Ogenbleck
stecht änge[5] van die Hond noh mich met än Lanz dreimol
langer, els de längste Bonneged,[6] packt mich töschen et
Leerzüg[7] en höft mich ses Foss houch us der Sahl![8] Don-
derment, wat wod ich grellig![9] ich treck[10] än Pistol, paf
der Kel dörch gene[11] Kopp, he övertervelt[12] sich en es
musdoud; mi Brüngche stong wie äne Pol[13] en ich feil nett
wier greielängs en der[14] Sahl!

Der Ney hau dat Kürche met a gesiehn; he rieht op
mich a en sed: »Bamberg, dat wor ä stärk Stöck, esou gett
kritt merr 'ne Öcher[15] fedig!« General, sad ich, für
Öcher Jonge dönt att, wat für könne; wür hei enn dat
verdammt Land der Conjack merr net esou rar. »Doh has
de Reht, Bamberg,« sad der Ney, »wenn der Kaiser net
beister för Conjack sörgt, dann krigge für hei noch
Klöpp.«[16] — »Der Ney,« sad drop der Fränz, „moss doch
äne scharmante Mann gewest sin?« Fränz, sad der Bam-

---

[1] keinen. [2] stehe. [3] schwatze. [4] wir darauf an. [5] sticht einer.
[6] Bohnenstange. [7] Lederzeug. [8] Sattel. [9] böse, zornig, ärgerlich.
[10] ziehe. [11] den Kerl durch den. [12] überschlägt, wälzt. [13] stand
wie ein Pfahl. [14] in den. [15] nur ein Aachener. [16] Klopfe,
Hiebe.

berg, eson Jauigheed [1] en Onderdänigheed, wie de Mann för der Zoldat hau, es zeleve [2] noch net erhourt wode. Wie döcks kohme [3] bei mich, wenn ich op Poste stong en sad: Bamberg, loss ens stoppe! der jaue Mann, Gott trüst sing Siel, hau esou kott [4] Piefche, ich meng, ich siehn et noch; he drug et miehdstens egen Bockseteisch; [5] he stoppet gewöhnlich merr hauf, [6] öm mich gengen Afbroch ze duhn. General, sad ich, ich dank för de Ihr; ühr broucht üch hü' net ze schenire, ich han gestere met der Wickes va Bergdresch en der Veries [7] va gen Rouspief der Zenterkloos [8] van Oche gescheckt krege: Prente, [9] än döchtige Belster [10] en vier Päckelcher Jäger [11] us gene Kardinal opene Mad. [12] »Bamberg,« sad he dann, »ühr Öcher Jonge hat doch ä jod Hatz; [13] et steht ze vergelde.« Öm der Tabak ze spare, gewehnet ich mich knall en fall et Prummen [14] af. Ich hau dat rechtig överlad; bau fongen de Poppen a ze danze. Wie für us dat Moskau erus muhte, duh wod der Pieftabak verdüvelt rar. Ich rochet jüst ming leiste Pief, duh könt der Ney: »Bamberg,« sed he, »darf ich dich noch ens ploge?« General, sad ich, en wenn ühr mi Vadder würt, ich han et Leiste gestoppt. »Bamberg,« sad he, en soch mich ganz dürlich [15] a, »dann loss mich merr ä par Zög duhn, ich hau [16] et ohne ze roche net mieh us.« Dätt, sad ich, General, en recket em de Pief, rocht se us! Der Mann, dat soch ich em a, wor wie egen Hömmel va Pläsir. Begriefs de nun, Fränz, woröm ich op die Pief, die ich hei

---

[1] Güte. [2] d. i. zeitlebens. [3] oft kam er. [4] so ein kurzes. [5] in der Hosentasche. [6] nur halb. [7] Xaver. [8] d. i. die Sankt Nikolaus-Bescheerung. [9] eine Art Pfefferkuchen. [10] dickgefüllte Rauchwurst. [11] Benennung eines am Rheine viel gerauchten Tabaks. [12] Markt. [13] Herz. [14] d. i. Tabakskauen. [15] d. i. jämmerlich, elend. [16] halle.

egen Häng [1] han, esou bänklich hau? Dat es die selve
Pief, worus der Ney gerocht hat.

»Merr,« sad der Fränz, »enn dat Moskau, do hat ühr
Kels ouch Pläsir gehat.« Of für doh Pläsir gehat haut!
griemelet [2] der Bamberg. Kenger, sad der Napoleon, wenn
ühr dat Für geleischt hat (wegeworöm? — et brankt
gerad enn ä par Strosse, wie für entrocke), [3] dann, Kenger,
könt ühr ouch Keremes [4] haue esou lang els ühr welt.
»Bamberg,« reif he, »du bes bei en Öcher Brandcompanei
gewest, die em Stand send, der Düvel de Hell us ze lei-
sche, övernemm dich die Sach!« *Vot servitür, l'Empreur,*
sad ich, angepackt! ich en der Wickes, en der Veries wie
än Donderweer an de Sprötze en enn än hauf Ührche [5]
wor genge [6] Fonk mieh ze siehn. Et Gold guschet va gen
Dacher ärmsdeck dörch de Kandele, [7] wegeworöm? — alle
Dacher sönd doh dumendeck bes agen Fisch [8] vergöld;
des angern Dags hongen dich noch Goldkichele agen
Dacher, wie Pedsschwänz, esou frouhr et die Naht. Du
wees, Fränz, ich en lüg net, överdrieven es ming Sach net,
merr wie für noh heem agene Kachel kohme, duh schmolz
jedder änge [9] van os ses Ämmere Is va ge Lief. [10] Enn
eson Dag kann me va Kau [11] spreche. Efel nun wor et
ouch Keremes, Kardaune, Millioune! Alle Respekt för et
Leve enn Spanie, merr gege Moskau wor dat mer Är-
modei, [12] besongersch wat de Wohnung en de Bedinong a
geht. Doh hau jedder Zoldat si *chambre garnie,* si Feere-
bett, [13] sing eige russische Bediente; doh wod än ganz
anger Sproch gefuhrt, doh heisch et: Herr Bamberg hei,

---

[1] Händen. [2] schmunzelte. [3] wir einzogen. [4] Kirmes. [5] und
in einem halben Stündchen. [6] kein. [7] Dachröhren, Dach-
rinnen. [8] Firste. [9] jedwedem. [10] Eis von dem Leibe. [11] man von
Kälte. [12] d. i. ärmliches Wesen, Dürftigkeit. [13] Federbett.

Herr Bamberg doh! Wat wür üch gefällig, Herr Bamberg?
Dag, Herr Veries! Novend, [1] Herr Wickes! Zeleve gen oneffe
Wod. [2] Des Ovends trocke se änge [3] enn eng Höfflichheed
Hosen en Schong [4] us en esou geng alles noh de Ponk-
tilige. [5] Merr die Gefeisdigheed [6] van de Russe met dat
Hosen en Schong ustrecke, dat hau spiehder der Deu·
vel enn.

»Alles jod en wahl,« sad drop der Fränz, »merr wat
fongt ühr doh des Ovends a; doh kuhnt ühr doch net noh
Fenger en ouch net noh gen Fons [7] goh?« Des Ovends, sad
der Bamberg, dat hescht, wat men esou des Ovends hescht,
wegeworöm? — enn Russland es et eigentlich ömmer
Ovend of [8] wenestens düster; merr, wie gesad, des Ovends,
dann haue für grad et miehdste Pläsir. Me rauchet si
Piefche, dronk ä Gläsche wärme Punsch, machet si Brütche,
klafet [9] gett över Oche, song sich ä Ledche, miehdstens
wore für Öcher efel des Ovends bei der Napoleon of bei
der Ney, zewille ouch bei der Poniatofski för ze senge.
»För se senge?« froget der Fränz. Jo, sad der Bamberg,
för ze senge, ärme Geck; ich lüg net, överdrieven es ming
Sach net, dat sall ich dich morge verzelle. Ich siehn, et es
att halever Zeng, [10] en wie ich heier kohm, duh sad mich
de Frau: Bamberg bliev net ze lang, für hant [11] desen
Ovend Kühl en Brodwosch. [12] Dröm adie, Fränz, bes
morge! »Naht, Bamberg,« sad der Fränz.

---

[1] guten Abend. [2] d. h. nie ein unfreundliches Wort. [3] zogen
sie einem. [4] Strümpfe und Schuhe. [5] d. i. nach der Pünktlich-
keit. [6] d. i. erheuchelte Höflichkeit, die zu überlisten gedenkt.
[7] »Fenger,« »Fons,« Benennungen zweier Wirthshäuser in Aachen.
[8] oder. [9] schwatzte. [10] Zehn. [11] wir haben. [12] Kohl und Bratwurst.

Wie et wiederschter[1] enn Russland geng en woröm se noh heem kohme,

of

"Bamberg, hau[2] dich stief!"

Et wor also der dreiden Dag noh Dreikönekendag, en der Bamberg soss wier doh en rochet si Piefche en dronk si Glas Bier. He wor ä Besche geftig op der Fränz, öm dat de net begriffe kuhnt, dat he mit der Wickes en der Veries bei der Napoleon en bei der Ney gesongen hei. Den[3] ärme Geck, sad der Bamberg bei sich, wees doch van langen Zitten her, dat ich esou jod de Prim seng, els ich ouch sekondiren kann, en dat, wenn et sin moss, ich ouch Bass seng, en könt[4] mich doch met eson Frog! Der Bamberg kloppet[5] grad de Pief us, duh kohm der Fränz erenn en verzalt,[6] lat der Öcher Stadtroth beschlossen hei, der Kolbert[7] zau ze mure, öm dat se bang würe, et Bakauv kühnt noch ens ä Jongkd krigge. Ouch hescht et, de au Planke, et Schloness,[8] et Compes en de Oschelenne[9] sauen afgereisse wede.

Wenn se esou föra fahre, sad der Bamberg, met alle Dokumente en Raretiten enn Ochen afzeriesse, dann sal Oche bau ganz verschengeliert[10] sin en dann könt genge

---

[1] weiter. [2] halte. [3] d. i. der. [4] kömmt. [5] klopfte. [6] erzählte. [7] der Kolbert war ein hochgewölbter, offener Abflusskanal der warmen Quellen des Büchels. Er war nach dem Volksglauben der Aufenthaltsort eines phantastischen, zottigen Ungeheuers, »Bakauv« (Bachkalb) genannt, welches sich den Leuten Nachts auf den Rücken setzte und sich bis zu ihrer Wohnung tragen liess, wo es dann wieder verschwand. Sieh Germ. Völkerst. Bd. I. S. 488. Vor einigen Jahren wurden die Gewölbe geschlossen und auf denselben Häuser erbaut. [8] Schlachthaus. [9] d. i. Kloster der Ursulinerinnen. [10] verschimpft, verunstaltet.

Fremde mieh heier. [1] Dozau weden ouch noch alle ordent-
liche Pläsircher verboh, [2] me darf geng Keremes mieh
haue, geng Neujohre schesse, [3] net ens mieh des Ovends
ä Ledche open Stross senge. »Donderment,« sad der
Fränz, »du wouds mich jo hü' van dat Senge bei der Na-
poleon verzelle!« Och, sad der Bamberg, dat wor eigentlich
nüs, dat geng esou ganz onscheniert.

Wenn der Napoleon of der Ney des Ovends gett
heile, [4] dann heisch et des Morgens op de Parade: Bam-
berg, överleg et dich mit der Wickes va Bergdresch en
der Veries va gen Rouspief, än hauf Ührche afzespliese [5]
för ä paar Ledchere ze senge. *Vot servitür, Sir, of General,*
je noh döm, sad ich dann, solle net mankire. Für fongen [6]
os bei Zitten enn met os beiste Wölcher [7] a, en dann duret
et net lang, dann heisch et *»les chanteurs d'Aix-la-Chapelle!«*
Für wosten nun glich, wo für dra wore; für fonge fresch
a, en, dat ich et selver sag, für accordireden op ä [8] wie
drei Nahtegalle.

»Watt songt er dann att för Ledchere?« froget der
Fränz. Novenand [9] de Gesellschaft, sad der Bamberg; wenn
se völ russische Damen bei sich hauen, dann geng et op
Platdütsch. Bamberg, reif dann der Ney, *»le sarrau de
fleurs!«* dat hescht der Blomekeil, of *»secouez l'arbre, les
poires tombent!»* Schött der Bom, dann falle de Beere. Ze-
willen reifen [10] ouch, en dann lachet der Mann wie ä Keng, [11]
dat'm Trohne wie Eze [12] över gen Backe leife: *»Bon soir,
Mademoiselle Küpersch, avez-vous encore?«* en dann muhte für

---

[1] mehr hierher. [2] verboten. [3] schiessen. [4] etwas hielten,
d. h. ein Fest hatten. [5] d. h. ein halbes Stündchen euch zu
entziehen. [6] wir fanden. [7] »Wölcher« d. i. Röcke. [8] auf einan-
der. [9] d. i. gemäss, angemessen. [10] rief er. [11] Kind. [12] Thränen
wie Erbsen.

dat »Novend, Jomfer Küpersch, hat er noch gett Bel-
ster?»¹ döck dreimol hengere² senge. Wenn se effel völ
Prüssen agen Dösch haue, dann songe für op Houchdütsch
us verschiedene Uperas, per Exempel: »Hebe sich in sanf-
tem Feuerruhm verischlumerite Natur,« *) of »Heinderich
schlief bei seiner Neuverimählten,« of »Cäsar am Galligen
besiegt,« **) en noch völ angere. Änes Ovends stong der
aue Gneisenau va gen Dösch op en kohm bei mich. »Bam-
berg,« sad he, »ich giev wahrhaftig zeng Couräntchere, ³
wenn ich eson Stemm hei wie du; merr ühr Öcher hat än
schlehte Ussproch; nüs för Onjods, Bamberg; ühr sad
ömmer mich en dich en doch moss et ömmer mir en dir
hesche.« Herr General, sad ich, ühr sed doch en Abbüs, ⁴
enn Oche sage für ouch mir en dir, merr die Wöd komme
justement enn ons Ledchere net för, per Exempel:
Casemir, Klysdir, Hausdir en angere. Bamberg,« sad
he, »dat es mieh els ich wost, du verstehs ding Sach;« he
recket mich en Zigar en satz⁵ sich wier op sing Platsch.
Für waue grad ouch goh; wad ens, sad ich, ich moss doch
der Napoleon ens froge, wie et met et Marie Louis geht.
Ich goh op höm a: sad ens, sad ich, wie geht et met Ma-
dam? »Dank för de Nohfrog, Bamberg,« sad he, »hiel ⁶
jod; ich hauf, dat se bau met minge Klenge⁷ ens eröver
könt; mag dich geng⁸ Onrauh!« Vot servitür, Sir, sad ich;
ich wönsch üch dann en angeniehm Rauh! »Desgliche,
Bamberg,« sad he, en für genge.

---

*) Soll heissen: Hebe! sieh, in sanfter Feier ruht und
schlummert die Natur.
**) Soll heissen: Cäsar hat Gallien besiegt.
¹ ein Aachener Volkslied. ² hinter einander. ³ Fünf-
groschen-Stücke. ⁴ im Irrthum. ⁵ setzte. ⁶ ganz. ⁷ meinem Klei-
nen. ⁸ mache dir keine.

»Nun sag ens,« fong der Fränz wier a, »wie woren
nun att die russische Fraulü'?« Ja, sad der Bamberg, doh
wösst ich esou besongersch nüs över ze sage; die send enn
Russland att wie överall van allerhand Naterelle; enn et
Allgemenge send et leflige en gefeiste[1] Kenger; de
miehdste send Stiefchere en hant än evig flensche[2] Na-
terell; se würe wie hei att allemol ger getraut. Doh sal
ich dich ä Kürche va verzelle, wat mich selvs passiert es;
du wees, ich lüg net, överdrieven es ming Sach net, du
kanns ouch der Veries dröver froge, de wees et ouch. Et
wor grad der Dag vör onschöldige Kengerdag, korz noh
Kresmes;[3] der Veries en ich für woren op de Hauptwach;
der Wickes wor net met opgetrocke, ich erener mich den
Dag ganz genau, de hau jüst bänkliche Buchping;[4] wege-
woröm? — et Gedränks wod alle Dag schlehter. Der
Veries steht op Poste, ich setz egen Hauptwach en rauch mi
Piefche en verzell ming Kamerate gett van de Mobesenn[5]
en et Bakauv; duh hür ich zwei-, dreimol minge Nam
Bambergowitsch usspreiche. Ich efel daht a nüs, duh röft
der Veries: »Bamberg, kom ens erus, doh es ä Menschge,
wat dich geer ä Wod sprüch!« Ich tren[6] erus, duh steht
mich doh ä nett Stiefche. Dag, Mamsellche, sag ich, wat
es üch gefällig? Se besiht mich en frogt op russisch:
»Bambergowitsch Ochenofski?« Dat hescht op dütch: sed
ühr der Bamberg van Oche? Ze denge,[7] sad ich, dat es
esou. »Ming Madam,« sad et drop, »lett üch morge Medag
op et Züppche elade, für wohne Nomero 777 op et eschte
Stock.« Sal net mankire, sad ich, ä Complement a Madam
onbekanderwies.

---

[1] d. i. äusserlich höfliche und freundliche. [2] überaus ein-
schmeichelndes. [3] Weihnachten, Christmesse. [4] Bauchpein, Leib-
schmerzen. [5] eine Gräfin in Aachen, welche beim Volke im
Geruche der Hexerei stand. [6] trete. [7] zu dienen.

»Wat der Düvel,« sad der Fränz, »dat han ich noch net gewost, dat du esou jod Russisch spreiche kuhnst!« Fränz, sad der Bamberg, wenn de wels, dat ding Kenger enn än Gauigheed[1] allerlei deferente Sproche liere,[2] dann sorg enn Zitt derför, dat se ordentlich Öcherdütsch liere; wegeworöm, ich han Franz, Prüssisch, Spanggoulsch, Baierrisch, Berlinisch, Russisch en noch anger Sproche geliert, en han fonge,[3] dat et Öcherdütsch de wörkliche Wotzel[4] van alle Sprochen es. Wat es per Exempel et russisch? För ons Öcher nüs, els än hiel grauf[5] Letter. Me setzt an die Öcher Wöd merr owitsch, awitsch, ouwitsch of ouch afski, ofski, itzi, pitzi, witzi, en dann es et et beiste Russisch, usgenomme Ädäppel,[6] die heschen op Russisch Kartoffel. »Wat doch än jau[7] Explicatioun deht,« sad der Fränz, »nun han ich äne klörliche Begreff van die Sproch; merr gengs du nu wörklich bei dat onbekannt Mensch eisse?« Dat versteht sich, sad der Bamberg; der Zoldat, de Courasch hat, förcht sich för nüs, am allerweneste för et Eissen en Drenke.

Ich kohm also noh Nomero 777 op et eschte Stock; ich klopp, — erenn! röft ä Stemmche wie än Nahtegal — ich tren enn et Zemmer — Kardaune, Millioune! we setzt mich doh? ich lüg net, överdrieven es ming Sach net — de Gräfenn Mitzimiauski; ich kant se van des Ovends bei der Poniatofski. »Madämche,« sad ich en machet de Honnörs, »nüs för Onjods; ich gläuv, dat ich hei[8] verkiert ben, et sal liethlich de anger Dör sin, wo ich op et Züppche egelade ben?« — »Verexkesirt, Her Bamberg,« sad se en niched[9] sich, »ich hauf, dat er förleif nemmt; setzt üch en magd et üch bequiem!« — »Öm dat ich siehn,

---

[1] Raschheit, Geschwindigkeit. [2] lernen. [3] habe gefunden. [4] Wurzel. [5] ganz grobe. [6] Erdäpfel. [7] gute. [8] hier. [9] neigte.

dat et Ensch[1] es, Madämche, sall ich att esou frei sin,« sad ich en schnallet mich der Savelster[2] af.

Van et Eissen en et Gedränks, Fränz, darf ich net afange, söns verzelld ich noch bes morge fröch;[3] alles wor enn Avandant[4] en keustlich; de Ädäppel woren en pür Botter gebrone[5] en esou alles novenand.[6] Ä Stöck Gebrods[7] lad se mich noh et angerd[8] opene Teller en nühdiget mich der ganze Zitt, bes ich endlich sad: »Madämche, ich han nun ming Geneugde, ich en kühnt nun wahrhaftig net mieh, en wenn 'r noch gebrone Engelen heit;[9] ühr west, der Mensch kann sich ouch än Ongelöck eisse.« — »Herr Bamberg,« sad se drop met ä leflich Griemele,[10] »döht noh ühr Bequiemlichheed, merr drenkt ens, schött üch ens enn, stöst ens met mich a!« — »Dat sal ä Wod sin,« sad ich; ich nemm mi Glas en wel met 'r astösse, duh siehn ich, dat se ä Pänche magd[11] en afengt ze kriesche.[12] »Madämche,« sad ich drop, »es et üch vlecht[13] net zereht?« — »Och, Herr Bamberg,« sad se drop met äne bänkliche Süht,[14] »ühr west, dat ich Wetfrau ben, wat sau ich völ Ömständ mache; ühr sed äne Cavalier en ich verloss mich op ühr Discretioun en sag üch gradzau, wie et mich öm gen[15] Hatz es. Ich han mich leis[16] bei der Poniatofski enn ühr Stemm verliebt, merr et blievt onger os, Herr Bamberg; saut ühr mich net traue[17] welle?«

Kardaune, Millioune! daht ich, dat könt dervan, wenn me sich ze gau[18] versprecht; et wor esou nett Pöllche van

---

[1] Ernst. [2] den Säbel. [3] früh. [4] im Ueberfluss. [5] gebraten. [5] demgemäss, gemäss, angemessen. [7] Braten. [8] legte sie mir nach dem andern. [9] hättet. [10] Lächeln. [11] ein Pfänchen machte, d. h. den Mund zum Weinen verzog. [12] weinen. [13] vielleicht. [14] Seufzer. [15] um das. [16] jüngst, letzthin. [17] d. i. heirathen. [18] rasch, schnell.

ä Menschge, Hore wie Peig,[1] Oge wie Karfonkele, Bäckel-
cher wie Rouse en ä Brönche[2] — Fränz! ä Brönche, wie
gedriehnt![3] Die hau ich ens open Stross gesiehn; wege-
woröm, enn Moskau huve de Madame sich noch houcher[4]
op, als allewill[5] de Madamen enn Oche. Wie gesad, de
Frog van et ärem Wieht[6] schlog mich open Hatz. Merr
ich sad drop enn eng[7] Gelossenheed : »Madämche, et deht
mich leed för mich selvs en för üch ouch, merr van Trauen
en[8] kann geng Sproch sin ; wegeworöm, wie ich van Oche
trock, han ich et Klör[9] us Stromgas, wat bei Kelleter[10]
op gen Fabrik nopt, de Trau hellig en secher versprauche,
en 'nen Ocher Jong helt si Wod.[11] Niexte Fastelovends-
Mondag över et Johr hauf ich, dat für getraut send.«
Koom hau ich et Wod us gene Monk,[12] duh wod se geftig
wie än Spenn, fong a ze dräue en ze schelde för alles, wat
fleddig[13] es. Ich heil mi Sangfroa[14] en sad : »Madämche,
wed mich net gemeng![15] dat verdrag ich net! für send
allemol[16] Öcher Börgersch Jonge en stamme miehdstens
noch va Kaiser Kal her, dröm magd mich net geftig, för
ühr Dräuemencher[17] send für ens gar net bang!« Enn
enge Geft[18] leif se enn än anger Zemmer en reif : »Enn
ä paar Dag sal üch en de ganze Armei dat leed duhn!«

Ich nohm stell minge Sabelster en geng, en daht bei
mich, wat get[19] et doch gecke Fraulü' enn de Welt! Merr
de Feg hau ons änt[20] agesteft! Wat geschüscht? Ä paar
Dag donoh wed opemol des Morgens enn aller Fröchde[21]

---

[1] Pech. [2] Wädchen. [3] gedreht, gedrechselt. [4] höher. [5] eben
jetzt. [6] von dem armen Frauenzimmer. [7] in einer. [8] ein Flick-
wörtchen. [9] Klara. [10] Name eines Tuchfabrikanten in Aachen.
[11] sein Wort. [12] aus dem Munde. [13] garstig. [14] Kaltblütigkeit.
[15] gemein. [16] alle zusammen. [17] d. i. Drohungen. [18] d. i. in einer
Bosheit. [19] giebt. [20] hatte uns eins. [21] Früh.

Allärm geblose. Ich rof ming Bedinong, — ge Mensch lett sich hüre noch siehn. Wat es geschett? [1] Enn der Naht hat de Gräfenn Mitzimiauski ons ganze Armei de Hose, [2] de Schong [3] en de Bockse [4] stehle losse. Kardaune, Millioune! daht ich, die fleddige Feg! Ich schnapp mich gau änen Ongerrock [5] en de Klompe [6] van de Klüttemad, ich op mi Brüngche en noh gen Stross erenn.

Zwei Millioune Russe hauen ons ömzengelt. »Kenger,« reif der Ney, en flocket [7] met et hellig Wod, »schlöd [8] üch dörch, merr fresch wier noh der Rhin, [9] öm neu Montoure ze holen; ohne Hosen en Schong haut [10] ühr et hei net us! Bamberg, hau dich stief en loss dich net onger krigge!« Esou geng et wie der Deufel wier op Dütschland a. Ich kann dich net sage, Fränz, wie koriüs en ageniehm et mich efel wier wor, wie ich Köllepotz [11] soch. Et jod Klör stong agen od [12] Posthus en luret op mich; et hau, för mich Pläsir ze mache, mich 'ne schönne Wolbeeremei [13] metbraht, et wor gerad enn de Wolbeerezit. »Klörche,« sad ich, »gölde Hatzenskenk, der Bamberg es dich treu bleve, en et blievt nun op niexte Fastelovends-Mondag.« — »Bamberg,« sad et, »Bamberg!« en kresch [14] va Freud wie än Madalina; ich plöcket mich ongertöschens [15] de Wolbeeren af en os [16] se.

Fränz, et geht doch nüs över Oche, et geht nüs över esou stell si Piefche ze rauche en ä Glas Bier ze drenke, ich sag noch ens: Alaf [17] Ochen, en wenn et versönk!

---

[1] geschehen. [2] Strümpfe. [3] Schuhe. [4] Hosen. [5] Unterrock. [6] Holzschuhe. [7] fluchte. [8] schlagt. [9] nach dem Rheine. [10] haltet. [11] Kölnthor. [12] stand an dem alten. [13] Waldbeerenzweig. [14] weinte, [15] inzwischen, unterdessen. [16] ass. [17] hoch, es lebe, ich lobe mir, es möge blühen und gedeihen.

Et Liesep[1] en de Frau Peis.

»Marie Deies Chresteskenger Juseph noch! bes de att wier doh, Liesep, nun hau ich dich eson jau Pladsch[2] an der Hank gedoh![3] kans du dann nörgens[4] blieve? datt es nun de sesde Pladsch enn vier Weiche, en dat eson jau Mad, wie du bes!«

Esou sad de Mävermeiesche,[5] Frau Peis, die grad ä Köppche Kaffie dronk en ä Krentebröttche os, wie et Liesep erenn kohm.

»Aen schönn jau Pladsch!« sad et Liesep; »ich gläuv, dat osen Heregott jedder Mäddche för jedder Dag, de et doh wohnt, ä Johr van et verdengt[6] Fegfür afgoh lett.[7] Frech en asserant[8] ben ich mi Leve net gewest, merr eson Madam kühnt wahrhaftig än Heligenn, — datt ben ich mi Leve nun ouch net gewest, — ich sag, die kühnt än Heligenn geftig mache met hör Schelden en Extere.[9] Fulen Toopet, Burentrauch, fleddige Pöngel, ongeweische[10] Vereke, en esou hondert Name hengere,[11] worp se mich, ohne Ohm ze schöppe, agenc Kopp; se hat, wie ühr west, än Schladder[12] wie 'ne Schottelplack.[13] An dat Schelden es nun ä Mäddche, wat lang egen Stadt gewohnt hat, gewehnt; dohrus mag ich mich gar nüss mieh, en duhn, wie mich et

---

[1] Elisabeth. [2] Stelle. [3] an die Hand gethan, d. i. verschafft. [4] nirgendwo. [5] Mägdevermietherin. [6] verdient. [7] erlassen. [8] anmassend. [9] quälen. [10] ungewaschen. [11] hintereinander. [12] Zunge. [13] Potttuch, Waschlappen.

2*

Jenn [1] geliert hat, els wenn ich et net en hürt en rof dann, wenn se meuh gescholden es, ganz drüch: [2] wat wür üch gefällig, Madam? ich mengt, ühr heid met mich gesprauche! Seth, Frau Peis, dann es et onger Söstere ä Kuräntche [3] weth, ze siehn, wie se dann obbe Neuts [4] geftig wede en genge Ohm mieh hant, för föra ze schelde, wobei me dann ganz jodmüdig sed: Madam, jedder Mensch kann sich att ens verhüre! [5] En dann wed et allir amesant.«

»Merr,« sad de Frau Peis, »woröm bes du dann nun futgescheckt wode?« »Ae Mäddche, wie ich, Frau Peis,« sad et Liesep, »wat gar net frech es, dat lett sich net futschecke, dat sed der Dengs op en geth, wie ich ouch gedohn han, en woröm? dat solt ühr hüre.

»Gestere hau se wier Kaffie-Visit, en noh de Visit wor se att grellig, [6] öm dat ä van de Kenger ä gebaschte [7] Melespötche ohne Tönel [8] en ohne Hängel zerbrauchen hau, wat, wie se sad, wenestens noch ses Peneke weth gewest wür. Et eschte kreg der jaue Löbbes [9] van der Her de Levitte gelese, öm dat he de Kenk alles zauleiss [10] en net ens gesiehn hei, dat der Klengste der ganze Nomedag enn nasse Döch [11] gelegen hei; sei wür de geschlagenste Frau us ganz Oche, die net ens mieh räuhig hör Kaffie-Visit geve kühnt. Der Her schweg. en daht, wat he net sage dorft. Nun fong se met mich a. Ich hau äng van hör Kaffie-Madamme noh Heem [12] geleit en bei et noh heemkomme än fönf Minüte met minge Mensch agen Dör geklaft. Dat hau se gesiehn en nun heisch et: se wür dat Labange [13] meuh, se bezahlet geng Mä, för stondelang met Prühsse ze laufe;

---

[1] Johanna. [2] trocken. [3] ein Fünfgroschenstück. [4] aufs Neue. [5] verhören, d. h. verkehrt hören oder missverstehen. [6] böse, unwirrsch. [7] geborsten. [8] Schnabel [9] ein gutmüthiger Kerl. [10] zulassen, erlauben. [11] Wickeltücher. [12] nach Haus. [13] herumtreiben.

Mä, die ä Sieekleed heien en ä gölde Krütz en golde Uhr-
reng, anplatsch van änen Hürberesrock [1] en än Treckmötsch
of än Potthüv, doh wür enn et Allgemengd nüs a.

»Seth, Frau Peis, nun hau se et mich verkerft; [2] frech
wod ich net en noch weniger asserant, efel ich satz de Aerm
egen Si en sad: »»Madam, wenn ich wie jedder anger
Mäddche minge Mensch han, dann han ich de Mensch för
mich en net för üch, en jedder Prühss, Madam, es esou jod
äne Mensch, wie jedder anger Mensch, nun west ühr dat,
en minge Prühss es der Betes [3] us gen Oecher Hei, de öme-
söns [4] dengt, de op de Foxbäll [5] geht en beister Houch-
dütsch sprecht, els mänege, de ses Johr enn America gewest
es. En wie ich mich klei, Madam, esou klei ich mich för
mi Geld, en wat ich drag, moss echt sin en bezahlt sin;
ich hau mich met koffere Gaspele [6] en glasere Deiemante [7]
net op, Madam, west ühr dat, en et hat van et Liesep ouch
zeleve noch nüs egene Lomet [8] gestange, verstöder mich,
Madam, en nun west ühr dat ouch. We än Labang [9] es,
Madam, doh welle für leiver va schwigge.«« Onger os ge-
sad, ming Madam es de grüdste Labangse, die ich mi Leve
gesiehn han; se es jeder Weich wenesteus ses mol op Kaffie-
Visit; doh nömt se dann perquantzies [10] än Streckhos [11] met,
die us sith, els wenn se dörch gen Dreck geschleft wür en
die gewes van de leiste Helegdomsfarth att open Dröth es.
Dobei klaft se dann wie än Elster van hör evig Werk, van
der Kauch en van de Meuthe, die me met de Kenger hei,

---

[1] ein wollener gestreifter Rock und als Kopfbedeckung
eine sogenannte Treckmötsch oder Potthüv war die Kleidung
der Mägde in der alten guten Zeit. [2] verkerbt, d. h. gereizt.
[3] Hubertus. [4] freiwillig, der keinen Sold verlangt. [5] Vaux-Hall-
Bälle. [6] Schnallen, [7] gläserne Diamanten. [8] Lombard, d. h. Leih-
haus. [9] Herumtreiberin. [10] zum Scheine. [11] Strickstrumpf.

en van hör jod Oeverleig¹ egen Köche; merr, onger os ge-
sad, se versteht van Alles net esou völ, els ä Kröppels-
mäddche. ² Des Sondags wed äne Tros Flesch gekaucht en
dohrus för fönf anger Dag Häutkies³ gemagd; ich weu
merr, Frau Peis, dat ühr des Samsdags ens ä Stöckelche
dohva ze kore⁴ kregt! Alle Dag wed he sourer en sourer,
en öm höm bes des Samsdags dörch ze haue, könt dann des
Donnersdag Ovends der leiste Paul⁵ Eissig drop. Döcks
weden ouch des Samsdags us der Häutkies Frekedelle ge-
magd en die send dann noch delekater. Des Dag krege für
änen Haas geschenkt, döm brohnet se onusgenomme, wie
Krametsvögel, öm dat 'nen Haas jo ouch enn de Geweld-
ness⁶ levet, wie de Krametsvögel. Ich bess mich bau de
Leppe van e en leiss er gewede; wie ich opdrug, duh froget
der Her glich noh der Häutkies, en sad, he ües⁷ net ger
Haase. Sei selvs gloth⁸ dann efel ouch, et müth än au Prie
van änen Haas sin, ich sau em merr der Asor geve. Der
Asor schen efel bang för der Haas ze sin; he leif enn sin
Hüsge en leiss et Gebrots⁹ ligge.«

   »Merr,« sad de Frau Peis, »wat sad se dorop, wie
du hör dat Antwod govs?« »Wat sau se dorop gesad
han,« sad et Liesep; »se wod geftig wie än Krodel en
schnappet noh der Quespel; ich kreg ganz räuhig de Für-
zang en fispelet¹⁰ gett agen Furneus¹¹ en sad: »»Madam,
legt merr de Quespel doh, ich kehr glich selever der Dreck
us ming Köche, doh ben ich Mans¹² genog för!«« Merr
nun fonge de Poppen allir a ze danze; se sproch van de
Polizei en van erus ze werepe. »»Madam,«« sad ich ganz

---

¹ das Ueberlegen, Nachdenken. ² kleines Mädchen. ³ Kopf-
käs. ⁴ schmecken. ⁵ Pful. ⁶ Wildniss. ⁷ ässe. ⁸ glaubte. ⁹ Gebra-
tenes. ¹⁰ machte sich etwas zu schaffen. ¹¹ Kochherd, Fournaise.
¹² im Stande, fähig.

gelosse; ich heil efel de Zang egen Häng; »»Madam,«« sad
ich, »»för sich ze traue mossen er wenestens zwei sin, en
för sich erus ze werpen ouch zwei, änge de wörpt en änge
de geworepe wed; wöm ühr nun domet mengt, Madam, dat
wees ich net, ich efel sag üch der Dengst op en gohn op der
Stell.«« Nun wau ich ens hüre, Frau Peis, oft ühr än jau
neu Pladsch för mich heit?«

»Ja, Liesep,« sad de Frau Peis, »ich han Pladsche ge-
nog : merr du bes doch net överall bedengt; [1] du bes zwor
net frech, merr du wees doch verdüveltjod die Wod ze duhn.
Ich sall mich der Manktel ömschloh en ens met dich op drei
defferente Pladsche goh. Du moss efel överall sage, dat's
de alles kans, wat de ouch net kans: weische, kauche,
niehne, striche, schrubbe, de Madam anduhn, Klütte
mache, noh de Ped siehn, en wenn et si müth, dat's de
dann ouch kutschire en greielängs [2] riehe kühnst, dann alle-
will wed völ van än jau Mad verlangt. Sich, Liesep, nu gev
Ath, [3] bei de Madam Fiemel, wo für et eschte gönt, doh
moss de Oge nierschloh en glich froge, wie döcks de enn de
Weich noh et Lauf [4] goh kühns, en wenn de Gelegenheed
fengst, dann moste doh get stärk gegen de Manslü' sprei-
che, dat hat se geer, öm, onger os gesad, der Her es doh att
net esou. Bei de Frau Wippstatz doh moss de efel ganz
angersch spreiche; dat es än Houchdütsche, die hat geer
än wesentliche [5] Mad; doh kans de de Ogen opkneufe; [6] die
kann dat Wod Madam net liehe, doh moss de merr ömmer
gnäddige Frau opspelle, en söcke, dat's de mich, els wenn
se et net merecket, ens sess: »»wat än leiv, schönn Frau!««
Du salls nun wall siehn, wie et sich met de Schönnheed hat,
merr se wür et geer. Bei de Madam Bröldopp, doh es alles

---

[1] geeignet. [2] reitlings. [3] Acht. [4] der Nachmittags-Gottes-
dienst. [5] lebhaft. [6] aufknöpfen.

schöpp en güs,[1] merr ich ben bang för dich, Liesep, gett
völ Werk; se hant Kenk, wie verschängelirde[2] Möppe; doh
moss de also glich spreiche van die alleradigste,[3] leivste
Kenger, wo de hauf Stadt van sprüch, en van hör Gnädig-
heed gegen de Domestike, wovan du att gehurt heits.«

De Frau Peis en et Liesep genge, en rechtig, et kreg
Dengst bei de Madam Fiemel en Erlaubness, dreimol enn
de Weich noh et Lauf ze goh. Wie de Frau Peis futgeng,
duh sad de flensche Feg[4] van et Liesep noch agen Dör an
hör: »Leiv Frau Peis, ühr sollt wahl esou jod sin, en sad
an der Betes, datt ich dreimol enn de Weich noh et Lauf
goh kann.« »Liesepche,« sad die drop, »leisvte Kenk, dat
versteht sich va selvs!« —

Esou es et Liesep nun van der leiste Fettdonnersch-
dag[5] att wier enn Dengst; of et Fastelovendsmondag ouch
noch doh si mag? Ich ben bang, dat et sich hü' met der
Betes maskirt en morge wier bei de Frau Peis setzt.

---

[1] in Ueberfluss. [2] verstümmelt. [3] allerartigst. [4] die schmeich-
lerische Dirne. [5] der Donnerstag vor Fastnacht.

Aen Wäuelei[1] över et Traue[2] en de Naterelle van de Mäddchere.

Jongens! wenn ühr üch traue wellt, dann hürt, wat de au[3] Lü' sage; et es geng Klengigheed,[4] sich ze traue, sad mi Beistevadder;[5] dröm hürt, wat de Lü' sage, die Kenness van de Sach hant. Me kühnt ouch sage, et es än Klengigheed, sich ze traue; merr die Klengigheed, die me sich opgelane,[6] wier va gen Hals ze krigge, es gen Klengigheed, en die Klengigheete, die noh et Traue folge, send wahrhaftig ouch gen Klengigheed. Wie gesad, Jongens, hürt op Lü', die Kenness hant van de Sach! en lott üch van de Mäddcher net bekokele![7]

Ming Beis[8] seliger, en die wor doch selever ouch ä Mäddche gewest, die sad döck: »Tines, nemm dich en Aht met de Mäddchere; ich gläuv,« sad sei, »et es liether, alle Gedirsch op de ganze Welt kenne ze liere, els us de Mäddchere lous[9] ze wede. Ih sei getraut send, hant sei allemol fing Hasepüthchere, merr wenn sei ens getraut send, dann wede bei de miehdste[10] die Hasepüthcher Katzeklöcher. De Louesigheed van alle Louesigheete gehürt derzau, öm onger die Hasepüthchere die Katzeklöcher erus ze studire.« Oem dat ich va jongs op de Mäddchere geer han, en ouch noch net sage kann, dat mich, wat de Mäddchere a geth, der

---

[1] gemüthliches Gespräch. [2] das Heirathen. [3] alte Leute. [4] Kleinigkeit. [5] Grossvater. [6] aufgeladen. [7] Blenden, täuschen. [8] Grossmutter. [9] klug. [10] die meisten.

Allele[1] age Lief wür, dröm daht ich döck, de Beis hat On-
reht, die es geftig op de Mäddcher, öm dat sei selvs ge
Mäddche mieh es; merr enn der Töschezitt han ich doch
att esou völ gehourt en gesiehn, wie gesad, me wed att
jedder Dag öm änen Dag auer en loueser, dat die au Frau
doch esou ganz Onreht net hau; merr op jedder Fall över-
drievet s'et. Mi Beistevadder wor dorenn völ vernönftiger,
he hau auch Kenness van de Sach. Enn sing jong Dag
hau'e völ gefreit, der Mann, en er wahl fönf en zwanzig
an der Hank gehat, ih he a ming Beis kleve blef. Wenn
höm sing Frönde, wie he att lang getraut wor, frogede:
»Wie geht et, Tines (der jaue Mann heisch ouch Tines, wie
ich; he wor minge Patt), wie magd de Frau et att met
dich?« »I ja,« sad he dann, »et es geng Klabott[2] en geng
Beheimächersche,[3] ouch geng Giffel[4] en geng Flensch,[5] et
es mieh, wie me sed, än jau Toe'l,[6] esou Schlagbedrag[7]
van ä Mensch; ich ben zefreh;[8] ganz perfect es nömme op
der Welt; esou es se för mich döck gett genau en nöselig,[9]
en mengt, ich streuet ze völ Schnüffche, ich sau over de Dous
schnouven van wege der Profit, en wenn ich mich et Hor
schnie loss, dann welt se die verwahre, för wenn men ens
gett ze plesteren hei, die würen esou jod, wie de beiste
Kauhhore,[10] att wier van wege der Profit. Merr, wie ge-
sad, söns en jau Toe'l.

Leis sad ich an'm: »Beistevadder, wat dönkt üch
van et Ness hei över?[11] ich han ä jod Og op'm.« »I ja,«
sad he, »leive Tines, wat es dovan ze sage? de Mäddchere
send, wie me sed, onerklierlich,[12] et send ze völ Naterelle
dronger.«

---

[1] Gleichgültigkeit. [2] Schwätzerin. [2] Lärmmacherin. [4] Eine,
die gar zu gern lacht. [5] Schmeichlerin. [6] gutmüthige Frau. [7] ohne
viel Nachdenken und Ueberlegung. [8] zufrieden. [9] kleinlich auf
Kleinigkeiten achtend. [10] Kuhhaar. [11] hier drüben. [12] unerklärlich.

»Naterelle,« sad ich, »wie mengt ühr dat?«

»I ja,« sad he, »et get onger de Mäddchere en Fraue mieh Naterelle, of wie me sed, mieh Manigfaldigheed van verschiedene Naturen, els Dag enn ä Johr; merr doh de rethe Natur erus ze fenge, dat send de Constümme. [1] Esou get et per Exempel: Labangze, [2] Topede, [3] Schlamele, [4] Schnuppe, [5] Schnirpe, [6] Fege, [7] Fimele, [8] Flistere, [9] Hatzore, [10] Quatsche, [11] Kläffersche [12] en Gott wees wie völ anger Zorte noch. Ich well hei net spreiche va Löthe, [13] Gitsche, [14] Pöngele, [15] Spijüte [16] en Hollestere; [17] wegeworöm, die hant genge Bezog op et Naterell, sondere merr op et Gewäcks en et üsserlich Gebäu of Gerämps [18] van de Mäddchere enn et genere, wie me sed, enn et Allgemengd.«

»Beistevadder,« sad ich, »wora erkennt me 'efel, wat för ä Naterell ä Mäddche hat?«

»Ja,« sad he, »dat es kröttlich, [19] wie gesad; ich han de Beis zwei en fofzig Johr gehat, merr för ze sage, dat ich hör Naterell ganz hei kenne liere, wür doch gett stärk. Merr et get doch deferente Zeeche, worous me, wenn me freit, att gett op et Naterell schlesse kann. Per Exempel, wenn ä Mäddche de Schnür vagen Schong dörch gen Sief [20] schleft, of ä par jau Schong gliech niertrent, of wenn et bes Morgens 11 Uhre egene Beddejack läuft, of wenn de Schnür van de Ongerröck över et Kled erous hange, dann hat et ä schlamelig Naterell. Wenn efel ä Mäddche hauf Dag egene Spegel steht en sich enstudirt, wie men ä

---

[1] Umstände, Schwierigkeiten. [2] Herumtreiberin. [3] Tölpel. [4] Schlampe. [5] Leckermaul. [6] schnippisch. [7] nichtsnutzig. [8] ängstlich, kleinlich. [9] Modepuppe. [10] Mannweib. [11] eine kränkelnde Frau. [12] Schwätzerin. [13] und [14] magere, hochaufgeschossene Mädchen. [15] dicke, plumpe Gestalten. [16] naseweis, spitznasig. [17] grob, schwerfällig, breitschulterig, plump. [18] Gerähme, äusserer Umriss. [19] krittlich, beschwerlich. [20] Gosse, Strassenrinne.

Prummemülche[1] machen en grimele moss, wenn et alle
Ogenblecke de Talie van de Kleier ändert, öm de Naths-
mötsche en de Ongerbockse Känktcher[2] drägt, dann es de
Kants[3] doh, dat et Mäddche ä hofädig of flistrich Na-
terell hat.

»Helt ä Mäddche efel sing Plütcher ze Roth, kann et
sin Hötche viermol verändere esou, dat et wie ä splengter-
neut oussith, en es et Mäddche ömmer krachereng, dann
kann me dropp wedde, dat et ä raffetirig[4] Naterell hat.«

»Dat begrieft sich,« sad ich drop; »merr ich han mieh
gehourd, dat de miehdste Mäddchere mieh, els ä Naterell
hant, of wie me säd, ä gemescht Wese.«

»Tines,« sad mi Beistevadder, »du wels op ä mol ze
völ wesse, en änen aue Man, wie ich, hat et Häut ze schwach,
öm dich alles op ä mol ze explicire; ich sal dich morgen
Ovend mieh verzelle, merr gett moss ich dich zom Beschloss
hü' noch sage: du moss de Sach ouch net zou schärp nemme,
dann, onger os gesad, hant de Oecher Mäddcher enn et
Allgemengd ä jod Naterell; dröm rohn ich dich, nemm dich
et Ness, dann könst du op ding Rauh. De jong Lü' machen
ewill ze völ Fittematäntcher,[5] öm sich ze traue; woröm?
öm dat se mieh op de Bousche[6] send, els op et eigentlich
Naterell; de Busche send efel, noh minge schleten Tönk,[7]
gar ge Naterell! Jodde Naht, Tines!« »Naht Beistevadder!«

_____

[1] Pflaumenmäulchen. [2] Spitzen. [3] Aussicht, Vermuthung.
[4] rührig, thätig, die etwas zu erraffen sucht. [5] Umstände. [6] Geld.
[7] nach meiner schlechten Meinung.

Ae Pröttche[1] över de Manslü'.

»Gott se Dank, Bäbbche,«[2] sad de Matant,[3] »dat ich dich siehn, Kenk; ich ben hü' noch ganz krank, en han de ganze Naht va Buchping[4] net geschloffe, esou han ich mich gestere över di Bruhr, den ofleddige[5] Pajahn[6] van den Tines, geärgert. Wenn än anger Frauenzemmer hei gewest wür, wie he gestere met di verkenscht[7] Beistevadder över de Mäddchere gewäuelt hat, dat hei der Aue de Perück zerreisse en di Bruhr met der eschte beiste Quespel enn si fahl, poketig[9] Spijüte-Gesecht geschlage, wie der Mulleflupet[9] et verdengt hei. »Merr Jöses, Matant,« sad et Bäbbche, »we hei dat henger de onnüsele[10] Löbbes gesuht; wat hant se dann merr gesad?«

»Leivste Bäbbche,« sad de Matant, »dög et mich net reppetire, Kenk: ich gläuv, ich kühnt van Aerger än Begovgeed[11] krigge; de Houptsach van der Wäuel wor över de Naterelle van de Mäddchere; nun kanns de dich denke, nüs els de affreslichste[12] Lögens! Namens hant se ons gegeve, die än ihrlich Mensch sich scheut uszespreiche. Jo, differente Naterelle die hant de Mäddchere ouch, Gott sei Dank, dat sei se hant, merr wat för Naterelle? wo Manslü' de Fengere noh lekede. Mannsmensche, nä, Mannskels, moss me sage, hant gar ge Naterell, gar ge

---

[1] Gespräch. [2] Barbara. [3] Tante. [4] Bauchgrimmen. [5] garstig.
[6] Schimpfname. [7] verkindscht. [8] pockennarbig. [9] Schwätzer.
[10] einfältig. [11] Konvulsion. [12] schauderhafte Lügen.

Wese; se hant koom Nature! ich hei bau gesad, se send...
doch Gott geseenden de helige Douf! — Sich, Bäbbche,
wenn ich wöst, dat's de dich zeleve trauets, Kenk, ich
leiss dich ge Kuräntche erve. Esou en ärm jod Dier van ä
Mäddche, en alle Mäddchere send ärm jau Diere, wat hant
se, wenn se getraut send? — Dann es hön Pläsir knap
eweg us en se wede merr gett trancenirt[1] en trebelirt;
dat hant se dervan. Wenn de Lälbecke freie, dann schmelze
se bau van Levligheed;[2] dann hant se Mulle wie met Seef
geschmirt; dann send de Mäddchere zockere Brömelcher,[3]
Pöllendüfcher,[4] Kallemöllcher,[5] Engelsköpcher,[6] Kar-
fonkelstencher,[7] dann danze se wie Spirewipcher,[8] dann
send se flöck wie Möleterschwiffcher,[9] en wees Gott wat
noch mieh. Jo, wenn de Breimulle freie, dann wed us et
Drüd en et Micke ä leivste Schöffche van än Drüdche en
än zockere Mickelche, merr vezeng Dag noh de Trau, wenn
et hiel jod geth, dann es me wier et Drüd en et Micke en
dann setze de Bübbler doh wie Pottülle en Seiverjahne.
Ih se de Mäddchere hant, liggen se hön a ge Lief wie Sug-
elstere[10] en flenschen en fieste;[11] koom getraut, send se
ömmer open Lappe, dann send se enn hondert Vereine en
Gesellschafte, dann send se egen Pedsställ, open Duves[12]
of bei de Hong en losse de Fran, Frau sin. Wat dat vör
Nature send, dat hat der aue Krenteköl[13] van di Beiste-
vadder ge Nuth ze sage; Hongsnature, Pedsnature en
Duvegecke send et, dovan schwicht die Geischbocks, en de
Breijahn van di Bruhr.« — »Beiste Matant,« sad et
Bäbbche, »ich gläuv, wenn et op de Namen a kühm, dann
hant de Mannslü' er vlecht noch mieh, els de Mädchere.«

---

[1] quälen und tribuliren. [2] Lieblichkeit. [3], [4], [5], [6], [7] Schmei-
chelnamen. [8] ein sich schnell im Kreise drehendes Spielzeug
der Kinder. [9] ein flüger Maikäfer. [10] Blutigel. [11] schmeichlen und
streichlen. [12] Taubenhaus. [13] Bemängler, Kritikaster.

»Leivste Bäbbche, wenn de mich net noch mieh ärgere wels, dann sag doch die Mannskels. Doh has de wal Reht, jodste [1] Kenk, dat die Kreature Name genog hant, die för hön noch allemol völ ze schönn send. Ich ben hü' ze krank en ze geftig, för dich die allemol ze sage, merr wat mich doh att even dörch gen Häut [2] geth, för ä Präuvche, [3] esou get et onger de Mannkels: Labsche, Prahme, Lüper, Balgese, Palze, Schmölbrühr, Jampetatsche, Flabbe, Blarese, Krebebesser, Etsezeller, Pottühme, Kölbrühr, Politter, Doumgrove, lakirde Doumgrove, Panschjahne, Buchwelleme, Böllebackese, Knibbeditze, Puhfiste, Klütte, Klüttetrener, esou get et noch ä Sövesöldernhäut, äne Lanzemezaudig, äne Threpoul, Krüfer, en noch hondert angere; wür ich merr net esou krank, dann saudst de noch get angersch hüre! Merr, Bäbbche, wat mich et miedste verdrüst, dat es die Asserantigheed, [4] dat se ons Talie en ose ganze Corepes [5] ä Gewächs en ä Gerämps hesche. Sei hant schönn Gerämpser, jo hiel schönn! Bocksebeen wie Mauersäck för de scheif Been ze verberge; statt Brone [6] hant se merr Pladsche för Brone; diejenige van 'n, die noch ä besge Hore opene Kopp hant, hant se wie Stöbbede [7] enn de Hüchde [8] stohn; de miedste hant efel att, ih se noch freie gönt, Mondeschin [9] agen Häut; bei helle kloren Dag laufe se met Nathskeile, [10] die se Makentusche hesche, wie lebendige Mehlsäck eröm, en Hött hant se wie Flattebrer, [11] esou dat men allewil et ganz Johr dörch Horisse [12] sith. Gott beheu os en bewahr os! dat send schönn Gerämpser!«

---

[1] beste, regelmässiger Superlativ von jod (gut). [2] Kopf.
[3] Pröbchen. [4] Anmassung. [5] Körper. [6] Wade. [7] Staubbesen.
[8] Höhe. [9] Mondschein, d. h. Kahlkopf. [10] Nachtskittel. [11] Narren.
[12] Fastnachtsnarren.

Et Bäbbche lachet en sad: »jo Matant, ühr hat eigent-
lich net Onreht, merr für Mäddchere, für dörfen et doch
esou schärp net nemme wegen et danze; wegeworöm, esou
setze ze blieve es doch ärgerlich!« »Hührens Kenk,« sad
Matant, »en loss dich dat gesad sin, danzt ühr Mäddchere
köneftig merr onger üch, dann wie ich äwill op de Bäll en
enn de Thidansangs siehn, könt et enn ä paar Jörchere
doch dohzau, dat er onger üch danze moth. Doh siehn
ich er jo allewill, die ussend[1] wie de Kroppede[2] met ä
Vedel Pongs[2] Kosmetik onger gen Nas, en die doch geng
Küth[4] enn hant; noh der eschte Walz send se enn Lötter[5]
en geiche[6] en strecke dann der ganzen Ovend de Been van
sich en spreiche va Ped, Douven en Hong; dobei setze se
dann en hant ä Stöck van än au Ruth[7] an än Kod en
lonke[8] dodörch noh de Tronié[9] van de Mäddchere. Van
eson Herchere sed me, se heien än flösse[10] Natur.« Matant
schweg en et Bäbbche schweg ouch.

»Kenk,« sad dann wier de Matant, »schött mich ens
än Dröpche Schlagwasser[11] op der Sackdoch, ich krig van
dat Besche Spreiche hü' Kopping; merr öm ens gett Or-
dentliches över de Mannskels ze sage, öm dat ich dich hü'
bau nüs sage kuhnt, gev ich noch för de Faste än Kaffie-
Visit; ich denk Fastelovendsmondag; dann welle für datt
Kapitel ens vernöneftig dörchgohn, en wenn ouch enn de
ganze Visit ge Nöttche gestreckt wöd. Vergeiss net, et
Ness metzebrenge, dann hürt dat ärm Wieth[12] ouch ens,
wat der Tines för ä Möffelche es. Adie, Bäbbche!« »Adie,
leivste Matant!«

---

[1] Aussehen, [2] Kropftaube [3] ein Viertel Pfund. [4] Härings-
milch. [5] Seifenschaum. [6] Keuchen. [7] Fensterscheibe. [8] schauen
verstohlen. [9] das äussere Aussehen besonders in Bezug auf das
Haar uud die Augen. [10] flau, schwächlich. [11] Kölnisches
Wasser.

(Enn et Noheemgohn [1] sprecht et Bäbbche met sich selvs:)

»Nä, esou ofledig, [2] wie de Matant de Mannslü' magd. send se dann efel net! Ich giev noch ä Kuräntche, dat die Kaffie-Visitt att verbei wür! Doh sal ich en et ärm Ness änt [3] ze hüre krigge! Doh envitirt se nun gewess alle au Prömpele, Klumele en Klamele, en dann setze für jong Mäddchere doh en mossen duhn, els wenn für ons op dat Köppche Kaffie en ä vergörgt [4] od Krutbretzelche [5] amesirede.

»Wenn me achzig Johr od es, wie sei, dann hat me jod spreiche; of se efel ouch an zwanzig Johr, wie ich ben, esou geklaft hat? Ich gläuv et net! Et Klör es doch ouch getraut en sed mich alle Ogenblecks: Bäbbche, mag merr. datt's de änge kris, et geth nüs över änen ordentliche Mannsmensch! — Enne Goddesnam, dat dann de au Feg mich merr ge Kuräntche vermagd; wenn ich äne fazüngliche [6] Mensch krigge kann, dann trau ich mich doch. Enn zent Annaschaaf [7] ze setze, es ouch ä schled Affisge. [8] Sauen dann hei enn Oche, enn dat Cassino en de Erholong, of enn de Nözliche en de Florresei net enige sin, die ouch angersch würe, wie Matant gläuvt, dat alle Manlü' würe?

»Ich wel ens met et Klörche doröver spreiche; döm singe Mann es bei alle die Gesellschafte en kennt de miehdste van die Here. Dat se die Wäuelei över die Mäddchere hant dröcke losse, ärgert mich ouch, en wenn se net ophüren, ons ömmer ze zenke, dann loss ich alles. wat mich et Klörche verzellt en de ganze Kaffie-Visit van Matant ouch dröcke! Sau ich dat wahl duhn dösche?« [9]

---

[1] beim nach Hause gehen. [2] garstig. [3] etwas. [4] vertrocknet. armselig, verhungert. [5] kleine süsse Bretzlen. [6] anständig, ordentlich. [7] in den Annaschrank kommen alle Frauenzimmer, welche ein Alter erreicht haben, in welchem zur Verheirathung wenig Aussicht mehr vorhanden ist. [8] Aemtchen. [9] dürfen.

„Wat lott ühr ühre Klenge wede Frau Nobbersche?"[1]

»Wie es et menschlich of möglich,« sad de Frau Queth an de Frau Süpp, »dat ä Kenk esou wahse kann! Wie alt es ühr Nieresche?[2] Dat wed jo äne Jong wie äne Bom! geth he ouch brav egen Schul? Pieft[3] he ouch att? Et schingt, an jauen Appetit fehlt et em net!«

De Frau Süpp kom va gene Mad, se hau et Nieresche än Appeltat gegolde,[4] he heil sich an si Moddere Rock fas en moffelet.[5] Et wor ä nett Jöngsche en glech[6] bau än Herrschafte-Kenk, he hau et eschte Helepeböcksche[7] an, Kosackesteffelcher[8] en ouch ä Küthsche[9] noh der Mouhde, schade dat he net reng geweische wor. »Uehr hat Reht, Frau Nobbersche,« sad de Frau Süpp, »ose Nieres wed grouss, en kann att lesen en schrieve wie Wasser, he pieft wie äne Törck, he es jo ouch att enn et nüngde Johr; singen Herr Liehrer, äne wahre Proletarier van äne Mann, of wie men op Dütsch sed, äne wahre Kengerfrönd, sad mich noch leis:[10] »Frau Süpp, us de nämliche klenge Nieres, doh wed met der Zitt noch ens gett ganz Appats us, söckt merr, dat ühr'm egen Augeschtinger,[11] dat hescht, enn et Zimminasium kritt.«

---

[1] Was lasst ihr aus euerm Kleinen werden, Frau Nachbarin. [2] Reinerus. [3] raucht Tabak. [4] gekauft. [5] ass mit vollen Backen. [6] glich. [7] Höschen mit Hosenträgern. [8] Halbstiefel. [9] Mütze. [10] letzthin, jüngst. [11] in dem ehemaligen Augustiner-Kloster ist jetzt das Gymnasium.

»Dat düg [1] ich ouch,« sad de Frau Queth, »äne ge-
lierde Mensch es, wenn he ouch söns nüs es, doch ömmer
äne gelierde Mensch; wenn äne gelierde Mensch ouch enn
Verlegenheed es met de Bousche, [2] wat allewill hiel döck
vör könnt, [3] met de Wöd [4] könnt he zeleve net enn Ver-
legenheed. Ouch kann äne Gelierde ömmer als Liberteng
spreiche, of wie me sed liberal of frank en frei; wat änen
ordinäre of onstudierde Mensch met ä par Wöd sed, doh
sprecht esonnä Mann üch wie ä Boch stondelang över,
en wenn he ganz gelierd es, dann kann höm va Gelier-
digheed ge Mensch verstoh; minge Mann hat mich döcks
gesad, dat et Gelierde giev, [5] dön [6] ge Mensch verstöng [7]
en die sich selver net verstönge, van dön sad me söns, se
leife mit et Hölzche, [8] mer allewill hesche se Gelierde. Merr
nun sad ens Frau Nobbersche, wat lott ühr dann eigent-
lich ühre Klenge wede?«

»Ja,« sad de Frau Süpp, »wat lett men allewill de
Jongens wede? Alles hei geer än Aemtche met völ Gehalt
en wenig Werk, Alles klagt, en we gett es, weu geer gett
angersch sin. Ich hau att ens gedaht, of ich'm Renktenier [9]
wede leiss, öm dat die et doch et beiste hant en et we-
nigste wereke of eigentlich gar nüs dönt. Der Herr Liehrer
sed mich efel, dorop studieret me net, dovan stöng nüs
egen Böcher efel de Aschaffonge [10] dovör kostede get völ.
Dat begrief ich nun zwor net, ich han mieh gehourt, der
domste Düvel kühnt Renktenier wede, en enn et Allge-
mengd würe de Renkteniers geng besonder Spetzköpp. [11]
Merr der Herr Liehrer moss dat beister wessen, als ich, ouch

---

[1] thäte. [2] Geld. [3] vorkommt. [4] Wörter. [5] gäbe. [6] denen.
[7] verständlich. [9] he läuft met et Hölzche, sprichwörtliche Redens-
art so viel als er ist närrisch. [9] Rentner. [10] Anschaffung. [11] kluger
Kopf.

han ich mich att gedaht, wenn men op Renktenier studiere kühnt, dann hei der Herr Liehrer et gewess selvs gedoh. mich tönkt efel, äne Herr Liehrer es grad änen ömgekierte Renktenier enn der Bezog van et werke en et han en et krigge.«

»Ich menkt,« sad de Frau Queth, »et Nieresche hei Sennlichheed [1] op Gestlich ze wede gehat? Mich tönkt, wenn ich äne Jong hei, dömm leiss ich nüs angersch wede, wegeworöm, dann wessen de Eldere doch, wo se sich enu der auen Dag losse.«

»Jo et es wohr,« sad de Frau Süpp, »merr ih'se dann doch ens Pastour send, dat dourt doch mänige Heleg-domsfarth, [2] en bei de Herr Kappelöns, doh rent et gewess net Weckbrei.« »Dann lott em Avecat wede of op Doctor studiere.« »Daröver,« sad de Frau Süpp, han ich ouch att ens met der Mann gesprauche, merr de menkt, för Avecat wür der Nieres nüs weth, wegeworöm, he wür net frech genog, en kühnt net lügge ohne routh ze wede, dovör hei he ouch ä ze wech Hatz, he kühnt net ens änen Honk tre-bellire, ich geschwig alle Mensche, en noch völ weniger kühnt he de ärem Boure de Hout över gene Kopp trecke. Dann hescht et ouch enn et Allgemeng, gengen Avocat kühnt sellig wede evven [3] esou wenig wie äne Freimürer. För Docter ze wede hat he mieh Talent, he hat va kleng a si grüdste Pläsir an Biesterei [4] gehat en packt üch on-schenirt Omeseke, [5] Schwobe, [6] Krechele [7] en Pereke [8] an wie nüs, dat ich hondert mol gesad han: Nieres du bes ä wahre Vereke. Merr ich moss üch sage, ich han et op

---

[1] hätte Lust, habe die Gesinnung, ein Geistlicher zu werden. [2] die Heiligthumsfahrt kehrt erst alle 7 Jahre zurück. [3] ebenso. [4] Schweinerei. [5] Ameisen. [6] Schwaben. [7] Grillen. [8] Re-genwürmer.

Docter net stoh; allewill es ouch dat Geschäft ganz ver-
doreve, et get mieh Döctersch, els Bäcker, en der grüdsten
Hauf van 'n verschliesst mieh Steffele met spatziere ze goh,
els met Kranke ze besöcke,[1] der Hauptkranke döm se hant,
dat send se selfs, merr met Lakrezwasser en Wormkrout
könne se hön Zehrong[2] net kuriere, en dorop lett sich
noch net ens äne Möpp[3] haue, ich geschwig dann Frau en
Kenk. En dobei mosse die Here, wie mich der Herr Liehrer
sed, biestig völ liere en esougar alle Gedärms op Latin
sage können en uswendig wesse, wie der Mensch enwendig
es. Et es än Frog, of änen Her, de an de Regierong
schrieft of wie me sed äne Regierongsroth, esou völ ze
wesse broucht wie änen Docter. Esonän Herr Regierongs-
roth hat doch, wie der Nam klörlich sed, merr dernoh ze
rohne, en wenn he et dann ouch net rohnt, dann es et att
evve jod, en dat esonän Her mänig Röhntselche[4] net
rohnt, es lieth ze begrieffe.«

»Wat ühr dat allemol jod kennt,« sad de Frau
Queth, »merr wat rohnen en schrieven die Here dann?«

»Die rohne noh Alles,« sad de Frau Süpp, »esou per
Exempel rohne se, wie völ esonä jongen Docter op ä Johr
ennömmt,[5] öm höm schrieve ze könne, wie völ Stüre he
bezahle moss, natürlich hant se dann döcks verkiert ge-
rohne en esonä jongen Her mich Stüren opgeschreve, els
he et ganz Johr ennömmt.«

»Seth Frau Queth, wenn ich Alles esou reth bedenk
en överleg, dann wees ich noch net reht of ich der Nieres
överhaupt studiere loss, ä jod Handwerk es noh minge
schwache Begreff noch beister en evven esou respectabel,
els der gelierde Krom; wenn ich Mäddchere hei, ich giev

---

[1] besuchen. [2] Schwindsucht. [3] Mops. [4] Räthsel. [5] ein-
nimmt.

se noch leiver an äne Handwerksmann de sing Sach versteht, els an äne vergörgde Gelierde. Ich sag noch eus alaf der Peichdroth of de Nöld, alaf de Houbbel[1] of der Blohsbalk! Wenn ouch et Hantwerk genge gölde Bohm[2] mieh hat, et hat efel noch äne Bohm.«

»Uehr hat net Onreht,« sad de Frau Queth, »merr op jedden Fall müth he mich efel si Mesterexame bei der Gewerberoth mache, dann könt he enn de »Ziddong« en enn et »Echo« ze stoh en dann es he äne gemagde Mann, wie me sed, döm dann Gods der welts[3] nüs en fehlt, els Werk!«

»Maria deies, doh schläd halver Zwelef en ich han noch nüs ope Für! Adie Frau Queth! wie gesad, wenn ühr dann gett över jau Aedäppel hürt, dann lott er et mich sage.«

»Sal net mankire,« sad de Frau Süpp en geng.

---

[1] Hobel. [2] Boden. [3] auf Gottes Welt.

Manonk Kröttlich en de Frau Schnirp över de Steckeped. [1]

Mi Manonk, äne gewesse Her Kröttlich, Godd trüst
sing Siel, he es att menig Johr doud, wor äne korjüse [2]
Mann, merr he hau äne jaue Karakter en wor van Naturel
net esou grellig, [3] wie he ussoch. [4] He wor us et vörig
Johrhondert än drug noch äne prächtige Stutz. [5] Op de
Stutz heil he hiel völ, en mieh, els allewil menige Modder
op hör Kenk. He behauptet stief en fas, dat met de
Stütz de jau Zitte us der Welt komme würe. »Enn der
Stutz en enn ördentlich Hoor,« sad he döck, »stecht der
kräftige Mensch!« En wörklich, der Mann hau an zwei en
söfenzig Johr noch mieh Hoor, els allewill, wo de Kahl-
köpp Muhde send, menige jonge Mensch van zwei en
dressig Johr net hat. He sproch enn et Allgemeng wenig,
merr wenn he ens an et klafe kom, dann gov he sich döcks
doch an et schokenire. [6] He wor net getraut, ouch zeleve
net getraut gewest, eu efel kankt he alles van de Hushal-
dong, van et Egemags [7] bes op de Klütte, he sproch esou-
gar met över Kengerbedder [8] trotz än Wiesfrau. [9] He wor
wahl van fofzig Kenk Patt, efel he gov en genge Zenter-
kloos, öm dat er hörer [10] ze völ wore.

De Frau Schnirp brouch ich net ze beschrive, die

---

[1] Steckenpferd. [2] sonderbar. [3] böse, giftig. [4] sah. [5] Zopf.
[6] Schikaniren. [7] Eingemachtes. [8] Kindbett d. h. Wochenbett.
[9] Hebamme. [10] ihrer.

kennt jedder änge, dat es die Au, die der Tines esou usge-
scholden hat, wie he sich traue wau; se wor de Compier-
sche[1] van der Kröttlich. »Scha',« sad se ens op änen Ovend,
»dat ühr üch net getraut hat, Herr Kröttlich, ühr heit
gewess brav Kenger getrocke.«

»Ich han mich net getraut en trau mich ouch net, van
wege de Steckeped van de Mäddchere,« sad he drop en
schwengket[2] met der Stutz. »Sich traue es allewill merr
noch Muhde bei ärm Lü', bei Kneht en Mä en dergliche,
die van de Meinong send, zwei Mensche kühnte mieh
Honger liehe, els ängen alleng. Wie gesad, ich trau mich
net van wege de Steckeped.«

»Van wege de Steckeped,« froget ganz verwongert
de Frau Schnirp.

»Dörch nüs angersch, Frau Schnirp,« sad he drop,
»weden enn ons Dag de miehdste Lü' us gene Sahl[3] ge-
hoven en kladderdatsch ligge se doh. Hü ze dag hat jedder
änge si Steckeped, Aerm en Rich, Kleng en Grouss, Mädd-
chere en Jonge, selvs de au Mander en Wiver. Der änge
rieth, wie me sed, op äne Strühzalm,[4] der angere op äne
Beissemsteck,[5] merr gereh moss wede. Ich gönn jedder
Mensch ä vernöneftig Steckeped, wat men en Zom haue
kann, wat net ze völ Haver frest en dröm met der Rütter
of de Rütterenn dörch geth en noch anger Lü' överhauf
rieth.«

»Dat sad ühr jod,« sad de Fran Schnirp, »ühr
spreicht dörch de Blomm.«

»Rechtig,« sad der Manonk, »der Haver es, wie me sed, der
klenke Soom[6] of de Busche. Wie gesad, jedder Mensch
welt än Freud han. Mi Steckeped es mingen eige Stutz,

---

[1] Gevatterin. [2] schüttelte. [3] Sattel. [4] Strohhalm. [5] Besen-
stiel. [6] klingender Saamen, d. h. Geld.

merr domet rieh ich nömmen överhauf en blief selver enn
Flür [1] en Respect. Et geckste van alle Steckeped rieth der
gewöhnliche Mann; et frest höm de leiste Haver en wörp
em alle Ogenblecks egen Dreck, ühr verstöt mich wahl,
dat Steckeped hescht Brandewin. Dorop riehe ganze
Schwadroune en ganze Regementer. Die bänklich schlete
Zitte en die Mihssigheeds-Verein [2] hant freilich att völ ge-
nötzt, doher drenken hei enn Oche de miehdste Lü' för
jedder Haufpenkt [3] nun merr zwei Mössgere.« [4]

»Efel,« sad de Frau Schnirp, »ühr sprocht van
Steckeped van de Mäddchere, dat han ich doch mi Leve
noch net gehourt, en sich doröm net ze traue, dat es gett
ganz Neuts.«

»Nüs för Onjods, Frau Compiersche,« sad drop der
Herr Kröttlich, »der Mansmensch hat gewess ouch sing
Steckeped, merr — nüs för Onjods — dörch et Frauen-
zemmer send de Steckeped enn de Welt komme. Et eschte
Steckeped wor doch die Rabau [5] of die Groschaal, die sich
de Iva van der Düfel aklafe [6] leiss. Dat Steckepeed hat
os allemol us et Paradies gereh. [7] Van zera hant nun de
Mäddchere wie de Fraue hön Steckeped gehat, merr alle-
will wed et doch domet gett ärg. Et Haupt-Steckeped van
de Fraue send hön eige Döhter; jedder Modder helt hör
Mäddchere för de schönste, de louste en de appetitlichste.
Doh es ge Bällche, ge Konzertche, ge Rapenäche, [8] de
Kenger mosso derbei sin. De Modder sed, de Kenger send
jo ouch fliessig en rafetirig, ich sag, se hant Steckeped, se
mache Blomme, se spelle Klavier, se senge, se lese nötz-
liche Romane, se pottomanië, [9] genog, se hant net ens mieh

---

[1] Blüthe. [2] Mässigkeits-Verein. [3] halbe Pinte, welche [4] zwei
Mässchen enthält. [5] Grauschale. [6] anschwätzen. [7] geritten. [8] lu-
stige Gesellschaft. [9] Pottomanie.

der Zitt, för noh gen Kerch ze gohn en än Predig ze hüre.
Die ärm Kenger! En wat wed allewill die Mäddchere net
ömgehange, denkt merr ens an dat Regier met de Onger-
röck. Aen half Tresin [1] es et weneste, wat se op der Ball
anhant; se send doren us, wie än Potzeklock, [2] wie Krütz-
spenne, [3] me sau döcks gläuve, dat se överbreiche mühte,
esou dönn es et Overliev. [4] Me kühnt ouch sage, se sühgen
us wie Seefeblose, die völ blenke en gau usserä falle. Wat
hant se för Kleier! gett Gaz en Tüll met Blömchere en
Kankte van gekäut opgelad Papier, Weihere [5] van Papier,
Blomme van Papier, Hödelcher en Födelcher [6] van Papier.
Op esou Steckeped rieht nun de Modder en de Döhter
menige Vadder egen Dreck, of he ouch Haver för alle die
Steckeped hat, doh frogt nömme noh. Mäddchere, die
kauchen en brauche, strecken en niehne könne, send
jetzonder Raretite; wozau hant se dat ouch nühdig, se
krigge jo allemol riche Mander, die hön än Doutzend Mä
haue, of nä se welle gar genge; mich efel kritt geng. Ver-
stöt mich, Compiersche, ich meng, van wege die Steckeped
trau ich mich mi Leve net, me es gau överhauf gereh. [7]

De Frau Schnirp hau gerad hauf gestreckt, än Oever-
treksel [8] gemagd en lad de Hoss doh; se wor doch gett
grellig wode, dann se hau selvs ses Mäddchere. »Hürt
ens,« sad se dann, »ühr fangt a, ze schokenire; wenn ühr
jedder onschöldig Pläsirche van de Mäddchere ä Steckeped
hescht, dann feng ich dat efel gett korjüs. Nüs för On-
jods, Herr Kröttlich, merr wenn ühr mich esou spreicht,

---

[1] eine Anzahl von dreizehn. [2] eine grosse Glocke, welche
beim Thorschluss geläutet wurde. [3] Kreuzspinne. [4] Oberleib·
[5] Fächer. [7] niedliche Läppchen und Lümpchen. [6] über den Hau-
fen geritten. [8] eine Ueberziehung macht man beim Stricken,
wo man den Strumpf enger machen will.

dann moss ich üch doch sage, dat de Manslü' jetzonder
noch völ gecker Steckeped hant, els de Frauen en de
Mäddchere, en dat de Manslü' van allewill gecker en
löbbesiger[1] send, els se zeleve gewest send.«

»Verstöt mich wahl, Frau Compiersche, ich mag Us-
nahme tösche Mäddchere en Mäddchere,« sad der Manonk;
he soch, dat he de Frau Schnirp op äne Foss getronen
hau, en wost, dat die ouch net opene Monk gefalle wor.

»En ich en mag geng Usnahme,« sad de Frau
Schnirp, »Manslü' send Manslü', en dobei noch wie auer
wie gecker.«

Der Herr Kröttlich schnuvvet[2] ens dertösche en
schwengket net met der Stutz.

Wat höm de Frau Schnirp efel agen Forschet[3] ge-
dohn hat, dat verzell ich Fastelovens Sondag.

---

[1] jungenhafter. [2] nahm eine Prise. [3] *Aenge gett an de For-
schett duhn*, d. h. jemanden unliebsame Dinge sagen.

Wat de Frau Schnirp der Manonk Kröttlich agen Fourschet gedohn hat.

————

»Uehr spreicht,« sad de Frau Schnirp, »van de Iva, Herr Kröttlich, merr van der Adam hat ühr ge Nuth, gett ze sage; hei de net luter geschloffe en gett mieh op de Iva Aht gegeve, dann wür dör dat klenge Malör ouch net passirt. Döm ploget gewess duh zer Zitt att der Mössiggang esouwahl wie allewill ons Here. Enn de Bibel steht et zwor net geschreve, merr wie me sed en ouch anzenemmen es, hecket[1] de Kanalievögel, heil Gelgüesche[2] en Bochfenke, en leif, wie sing Jonge gett grousser woren, esouwahl met de Trass,[3] els allewill de riche Mössiggänger.«

»Compiersche, Compiersche,« sad der Herr Kröttlich, »wenn der Herr Pastour dat hürt?« —

»Och Gott noch,« sad se drop, »döth doch merr net, els wenn ühr osen Hergott met de Ziehne[4] heit, de Frommigheed van de Here es gewess net hön Steckeped; des Sondags ä knapp Meisge öm halever zwelf, woren sich gett an der Schnorrbart geflieht en gett dörch gen Hoore gekeimt wed, dat es de ganze Frommigheed. Dobei wed van alle Kankte[5] gett noh de Mäddchere gelonkt, die se menge, dat sich en die Paar Flüsgere[6] van Hoore verliebe

———

[1] liess ausbrüten. [2] Gelbfinken. [3] grosses Vogelnetz beim Lerchenfang. [4] Zehen. [5] von allen Seiten. [6] Flöckchen.

mühte. Aerm Gecke, de Mäddchere lachen üch merr gett us!«

»Doh moss ich üch Reht geve,« sad der Manonk, »de Schnorrbärt send jetzonder wörklich ä Steckeped van de Manslü', merr die freisse geng Haver.«

»We sed üch dat?« froget de Frau Schnirp; »west ühr, wie menge Potellie [1] Eau de Lob, of wie menig Döppche Bärefett onger die Nase geschmert wothe, ih' die Flüsgere erus komme send. Jong Lü' gönn ich dat Stecke- ped, merr wenn allewill au Mander met gefärvt Hoor, of gar met Prücke sich dodörch ouch noch enteressant mache welle, dann han ich merr Metliehe [2] met dön. Se wede, wie gesad, van de Mäddchere merr gett usgegiffelt, [3] en wöhte roud, wenn se noch roud wede kühnte, wenn se hürte, wie de Mäddchere onger sich över hön spreiche. Au Jongeselle send allewill geng Raretite mieh, enn Oche wie överall send se mangelwies [4] ze han en ze krigge wie kranke Aedäppel. Merr et moss ömme jauen Appetit han, öm sich esou Möffelche ze nemme. Dat die sich gett us et Saint Anna-Schaaf ussöcke, wenn se de Kurasch hant, sich noch ze traue. De Mäddchere hant Reht, dat se noch leiver ege Kloster gönt, els Krankewäderenn [5] van änen aue Böl- scher [6] wede. Aerm au Gecke, legt üch egen Kest en lott üch uslache! Se hant de Flögele geschnee en welle noch flügge!«

»Dat send menschliche Schwaghcete, Compiersche,« sad der Herr Kröttlich; »nüs vör Onjods, et get ouch noch menige Au, die geer flöck [7] wür, wenn hör net de Flögele geschnee würe, merr wie gesad, dat send Steckeped, die geng Haver freisse.«

---

[1] Flasche *eau de Lob* ein zur Zeit gebrauchtes haarerzeu- gendes Mittel. [2] Mitleiden. [3] mit Lachen verhöhnt. [4] mangel- weise, d. h. sehr häufig. [5] Krankenwäiterin. [6] Hüstler. [7] flügge.

»Leiven Herr Kröttlich en Compier!«[1] sad drop de
Frau Schnirp en schlog de Häng över gene Kopp, »et
schingt, ühr welt mich met Gewalt de Zong lühse. Ich
spreich met üch, wie met änen aue Frönd, ohne mich ze
scheniere. Uehr sad, ühr enzig Steckeped wür merr ühre
Stutz, *) merr hat ühr mich net noch leis selver gesad,
dat ühr än Sammlong van Ongerboksens[2] en Schlof-
mötsche[3] us alle Johrhonderte heit, die üch völ Geld
kostet? Hat ühr net leis noch de Schlofmötsch van der
Mellhanz[4] för zwelf Dahler gegolde? Oho! es dat ge
Steckeped? Merr ich well van üch schwigge, send efel
die Sammlonge van au kuh Busche,[5] die se Mönze heische,
send die Sammlonge van au Segelebreif en Kronike, van
au Döppens, Glaser en Grülle,[6] van allerlei Gediersch,
Kroddele en Freusche, Marmotte,[7] Pedsschiere[8] en Flar-
müs geng Steckeped? Koste die vlecht geng Haver? Nä,
schwiggt mich van de Manslü' hön Steckeped! ich kenn
er, die send wie geck op Fürsteng en Paveisteng, en wereke
agen Lousberg met Hammer en Zang, els wenn se Gold
sühte; se schlefe de Frau et Hus vol Stöb en Dreck, en
hesche dat Raretite. Dat allemol send efel merr Stecke-
pedchere; de Hauptsteckeped send efel de Pief, de Ziggar,

---

*) Anmerkong van der Setzer:
Es wongert mich, dat de Frau Schnirp net an alle die
Stütz denkt, die der Herr Kröttlich en hör Brour esou döcks
vagen Herekeller †) en vage Pötzche †) noh hem brahte. Et es
jod, dat se net dra denkt, söns heil se ouch doröver noch än
Predig, dann allewill es die Zort va Stütz noch sihr em
Schwang.

†) Zwei ehemals sehr beliebte Weinhäuser.
[1] Gevatter. [2] Unterhosen. [3] Schlafmütze. [4] eine ehemals
lächerliche Persönlichkeit. [5] nicht mehr gangbares oder falsches
Geld. [6] irdene Geschirre. [7] Schmetterlinge. [8] Pferdemistkäfer.

et baierisch Bier en de Schöppcher, der Domino en de
Kat,[1] en noch anger Sache, die ich net neume wel, die
freisse enn änge Mond mieh Haver, els än Frau en ses
Mäddchere enn drei Johr. Mennig änge drenkt jetzonder
mieh baierisch Bier, els än Kauh Gespeules[2] soufe kann.
Enn jedder Zemmer wed gequalmt, jedder Zemmer es än
ordentlich Räuches; de Manslü' komme mich äwill met de
Ziggare vör, wie lutsche Kenk,[3] die an et Dümmche sugge
en ohne die Lutsch keien en kriesche. De Steckeped van
ons Frauen en Mäddchere riehe net lith ömmen överhauf,
merr de Steckeped van de Manslü' die riehen allewill Frau
en Kenk överhauf en freisse döcks de Haver noch, die de
Frau metbraht hat. Seth ühr nun, Her Compier, ich kann
ouch dörch de Blomm spreiche. Wenn de Kahr Lehm ses
Peneke opschläd, dann wed geklagt över de dür Zitt,
merr bei de Süppéchere, de Dinéchere en alle hondert
Rapenächere, die enn Oche jetzonder mieh em Schwang
send, els zeleve, doh es alles Schöpp en Jühs. Esou, Herr
Kröttlich, rieth allewill der Börgerschmann. Wat att ä
Besge mieh es, en weniger welt nömme mieh sin, dat hat
ouch noch anger Steckeped, exempelwies de Jagd. Ich han
döck gedaht, wat wür et vör menige Frau amesant, wenn
de Jagdhong spreiche kühnte en ens verzellte, wie hön
Here jage en wat die op eson Jagd temtirede.[4] Aen Hässge
moss noh Heem braht wede, en hat me gänt geschosse, dann
gelt men änt, en sed, me hei et geschosse, wenn et ouch
att ä Besge fempe[5] sau, de Frau moss glüuve, et wür ganz
fresch, en der Honk kann net spreiche.«
    Der Herr Kröttlich schnuvvet noch ens, he sad efel
ge Wod, merr me soch höm a, dat he daht, die Frau

---

[1] Karte. [2] Brantwein-Spülicht. [3] ein Kind, welches an einem
Saugnäpchen (Lutsch) saugt. [4] treiben, thuen. [5] anrüchig sein.

Schnirp es doch än Etzfeg, [1] die stechelt wie der Düvel, wegeworöm, he wor fröger ouch äne forsche [2] Jäger gewest, hau efel ömmer beisser Haase eissen, els schesse könne.

«Uehr sprocht onch gett van Raretite onger de Mäddchere, Herr Compier, doh sall ich üch doch ouch op denge mösse. Allewill send Mander, die enn hönn Hus bei Frau en Kenk zefree, en met än gesong börgersch Köche content send, noch grobsser Raretite, els Mäddchere, die net kauchen en brauchen könne. Van de Vergliche, die ühr met de Mäddchere agestalt hat, doh wel ich leiver va schwigge, doh kühme de Manslü' ze korz; ühr spreicht van Krützspenne, riesst efel ens de Manslü' die Watt us de Boksebeen, daun süg menig ängen us wie äne geplode [3] Krametsvogel en hei Bengchere wie Piefestätz, die noch mieh Gefohr heie, över ze breiche, els de Mäddchere hönn Talié. Aenge, de noch Brohne hat, de kühnt sich allewill för Geld sih losse.«

Mi Manonk trock de Uhr erus en sad: »Compiersche, ich siehn, et es att halever nüng, ich moss goh, söns verbröselt [4] mich de gestovde Andiv, die mich et Liesep desen Ovend accomodirt hat.«

»Wie! moth ühr att laufe? Herr Compier,« sad de Frau Schnirp, »dat es Scha', ich hei üch noch geer gett över de Manslü' hön Steckeped verzalt; mengt ühr vlecht, ich hei att mi leiste Wod gesprauche, denkt net dra! me kühnt ä Boch drökke losse över die Steckeped, die ich noch net genomt [5] han, en wovan ä Frauenzemmer överhaupt ze spreiche scheut, merr ühr west, ich schenier mich net; dröm bes niexstens, ich han üch noch ä Menigt [6] van ons getraude en ongetraude Here ze verzelle.«

---

[1] ausgemacht böse Frau. [2] stramm. [3] gerupft. [4] verbrät, verschmurret. [5] genannt. [6] ein Manches.

Herr Kröttlich hau singen Hot en singe Steck krege
en dog sich att de Händschen a, duh sad he efel noch:
»Frau Compiersche, ühr sold ons Gespriech doch net enn
et Kätzerche [1] setze losse?«

»Dat versteht sich,« sad se drop; »äng Ihr es de
anger weth, ühr hat jo ouch över de Mäddchere gett drenn
setze losse. Angeniehm Rauh, Herr Compier!«

»Desgliche!« sad mi Manonk en geng.

Wie der jaue Mann op gen Stros wor, du zauet[2] he
sich en leif, wat he laufe kuhnt, esou dat höm der Stutz
wakeled en he ganz enn Schwes kom; he wor bang för et
Liesep, öm dat he gett spieder noh Heem kom, els gewöhn-
lich. He hau dat Liesep för Hushälderenn, wat fröge
bei de Frau Fiemel gewohnt hau; et hau der Mann ganz
onger der Steck krege. »Ich hei doch beister gedoh,« daht
he, »en hei mich getraut, ich stöng doh noch leiver onger
der Pantouffel van de Frau Schnirp, els onger der Steck
van die Feg van dat Liesep. De Frau Schnirp es doch
ömmer än reth appetitliche Weddfrau, [3] ich fang niextens
a ze freie, en wenn se mich welt, dann nemm ich er trotz
et ganz Kött[4] Mäddchere.« *)

*) Anmerkong van der Setzer:
»Gott get merr, dat et Liesep nüs dovan gewahr wed,
söns kritt he de Gehs geleid. Dat wür em Stand en bess höm
van Geft der Stutz af.«
[1] Das Echo der Gegenwart gab Herr Kaatzer Anfangs
in kleinem Format heraus und daher hiess das Blatt das
»Kätzerche.« [2] eilte. [3] Wittwe. [4]

De Frau Krent en de Frau Behei över de wieh [1] Ongerröck, Krenoline of Honderkaue. [2]

De Frau Behei soss dann att wier bei de Frau Krent. Se dronken ä Köppche Kaffie met gett Jods derbei wie gewöhnlich. De Frau Behei hau hör Asörche op gene Schous en de Frau Krent köret [3] hör Katzemimmche, wat ä besche Rauhm [4] ze souffe kreg. »Denkt ens,« sad se an de Frau Behei, »dat ärm jod Dier hat hü' än lebendige Mus gefange en hat gewess än Remuneratioun verdengt, esou jod wie jedder Mensch, de sing Pflecht deht en ä besche Protectioun hat. Et ärm Dier hat ganz nahsse Pühtchere kreege, esou es et dörch gene Schnie gelaufe; ich hauf merr, datt et sich net verkält hat.«

»Ich hauf dat net, sad de Frau Behei,« merr bei dat feucht Wehr hant de ärm Diere gau gett geschnappt; min Asörche, wie ühr seth, de hat ouch der Schnopp [5] en hat wenig Truff [6] enn.«

»Merr tönkt üch net,« fong op emol de Frau Krent a, »dat allewill de Schehmulle [7] gett grousser wede?«

»Jowahl,« sad de Frau Behei, »et hat der Aschin, [8] dat für bau wier än wollfeil Zitt krigge; de Kahr Lehm es ses Penneke en de Mangel Sank att zwei Penneke afgeschlage, [9] dohrus sith me doch klörlich, dat esou gar der

---

[1] Weite Unterröck. [2] Hühnerhaus. [3] streichelte. [4] Sahne.
[5] Schnupfen. [6] Munterkeit. [7] eine Sorte Semmel. [8] Anschein.
[9] billiger geworden.

Lehm en der Sank dett Johr jod gerohne send; me kritt
ouch wier än Oelig [1] wie äne Kengerkopp för zwei Penneke,
ouch der Pottluh [2] en de Beisseme send afgeschlage en ühr
sollt siehn, esou geht et nun bau ouch met de Zellerei en
de Borrhei, en wat welt der Mensch mieh?!«

»Gott giev et en de helige Modder Goddes,« sühtet [3]
de Frau Krent, »dat wühr jod för der ärme Mann, merr
ühr sollt siehn, dat et Wissbroud net grousser wed, esou
lang die wieh Ongerröck Muhde blieve. Esou gett moss
Strofe Goddes noh sich trecke; enn esou gett müht de
Polizei sich lege, of die Heren enn Berlin, en eson Dracht
knapp [4] eweg verbeie. [5] Of et Rönzel [6] Salz, woröver die
Here sich de Köpp zerbreiche, zwei Penneke mieh of we-
niger kost, doröm solle sich de Käuh net stösse; ich weu,
dat se et Salz merr att esou gesalze leisse, wie et fröger
wor, en merr sorgede, dat die anger Stüre net esou ge-
salze wöthe [7]; mich tönkt, die send allewill att gesalze
genog. Et wür völ louser, wenn die Here sich ens enn die
Ongerröck läthe. [8] dann kühm enn et ganz Land gett mieh
allgemeng Heiterkeed. Woröm bestüre se de Ongerröck
net?« —

»Wie mengt ühr dat, Frau Nobbersche,« froget de
Frau Behei; »wat hat öm Goddeswell et Wissbroud met de
Ongerröck ze duhn, en wat göhnt de Ongerröck van de
Mäddchere de Polezei of die Heren enn Berlin a? Ich
gläuv, ühr hat üch att gegen die wieh Ongerröck der Kopp
vol hange losse. En wat sith men hei van wieh Onger-
röck? Bes hü zer Stond noch gar nüs, nüs els merr äne
ganz klengen Afang, enn Paris en enn Berlin doh kann me

---

[1] Zwiebel. [2] Pottloth. [3] seufzte. [4] gänzlich. [5] verbieten.
[6] ein altes Aachener Maass für trockne Waaren. [7] würden.
[8] legten.

van wieh Ongerröck spreiche, doh send se, wie mich ver-
zallt woden es, wenigstens ses mol esou witt wie hei. Ich
för mi Part[1] freu mich dropp, dat se vör en noh ouch
enn Ochen op de Ponkt komme, dan es et doch der
Meuthe wehd.[2] Lott doch de ärm Mäddchere dat Pläsir,
övrigens moss ich ouch sage, Frau Krent, ich han noch
lang geng Muhde gekankt, die nötzlicher wür en mieh
Lob verdenget, els grad die wieh Ongerröck of Krenoline,
of Honderkaue, wie me se enn et Allgemeng heescht.«[3]

»Uehr sed än lous Frau,« sad dropp de Frau Krent,
»dröm begrief ich net, Frau Behei, dat ühr net selvs do-
rop komme sed, dat allewill et Wissbroud van de Onger-
röck afhängt. West ühr ouch, en dat wees ich van än
Modder selvs, die et mich met blüdige Trohne[4] verzallt
hat, die allerdengs drei Mäddchere met eson onmenschliche
Ongerröck hat, — west ühr ouch, dat die Frau alle vezeng
Dag 20 Ponk Stief[5] verdeht för die Ongerröck ze stiefe?
Stief es efel Mehl, en denkt üch die Millioune Mäddchere
en die efige Millioune Ongerröck, en för die ze stiefe, die
allefige Millioune Ponk Stief of Mehl! sau doh nun et
Wissbroud net noh opschloh?[6] Mich tönkt, dat moss äne
Bleng[7] esiehn könne. Han ich nun Reht, dat sich doh de
Polezei ennlege müht? Wat ühr Schöns en Nötzlichs an
die Onfazounger[8] fengt, doh ben ich neuschierig[9] op.
Wenn än Tonn met änen Triehter op gett Schöns es, dann
es ä Mäddche met eson Honderkau ouch gett Schöns, dann
dat gelicht sich wie zwei Dröppe Wasser.«

»Nä,« sad drop de Frau Behei, än schlog enn äne
Lach, »nä, leivste Frau Krent, me sith, dat ühr geng

---

[1] für meinen Theil. [2] der Mühe werth. [3] heisst. [4] blutige
Thränen. [5] Stärkemehl. [6] aufschlagen, d. h. theurer werden.
[7] ein Blinder. [8] Ungestalten. [9] neugierig.

Mäddchere mieh hat, dröm hat ühr ouch äne ganz falsche
Begreff van die neu Muhde. Gestiefde Ongerröck send ge-
stiefde Ongerröck, merr dat es noch nüs van Krenolin, nüs
van Honderkau, nüs noh der neue Muhde. Et get zwor
Mäddchere, die sich met gestiefde Ongerröck ze behälepe [1]
söcke, en esou völl Ongerröck els Katen enn ä Spell send,
överä klumelle, [2] merr dat es noch genge Krenolin en geng
Honderkau. Aene ordentliche Krenolin en ä Stöck of ses
ordentlich gestiefde Ongerröck, en doröver ä Kleidche van
20 Ehle dubbel Breide [3] van Tirletang, met zwei Tresin
Boukette drop gesteckt, dat es de rehte Toilett. Seht,
Frau Krent, ä Mäddche enn esonen Anzog es för op ze
freisse; se gliche dann de Modder-Goddes-Klock [4] enn äne
Blomegade, wat welt der Mensch schönner siehn?«
 »Ja,« sad drop de Frau Krent, »dann hat frelich die
Sach met die Ongerröck änen angere Bezog; [5] merr wat
för Notze us die Dracht ze schöppen es, dat es mich noch
net klor en kann ich noch net onger gen Mötsch krigge.« [6]
 »Beiste Frau Nobbersche,« fong nun de Frau Behei
enn ängen Ensch [7] an ze spreiche, »över der Notze van die
neumuhdische Dracht kühnt me esou jod ä deck Boch
schrieve, wie över de Aterschau [8] a gen Wolfsdör en der
Tingtank [9] van os Mönster; merr ühr west, ich ben geng
Fröndenn van völ Geklavs, [10] ich wür äne schlete Depetirte
en ouch äne schlete Stadtroth, dröm sall ich üch merr kot
en jod ming Meinong van der Notze van de Krenoline en
de Honderkaue sage:
 Eschtens kann jedder Mäddche sich för wenig Geld
bredmache [11] en deck duhn, dobei hant se allemol de

---

[1] sich behelfen. [2] über einander hängen. [3] von doppelter
Breide. [4] die grösste Glocke des Münsters. [5] Beziehung. [6] Unter
die Haube bringen. [7] Ernst. [8] Artischoke. [9] Glockenspiel. [10] Ge-
rede. [11] sich breit machen.

Vördeel, [1] hön eigentlich Fazoun [2] ze verberge. De Pöngele [3] dönt änen Ongerrock weniger en de Gitsche [4] änen Ongerrock mieh an, enn dann send se allemol egal.

Zweidens: Handel en Wandel met Pedshor [5] en Ballinge [6] könt dodörch wier enn Flür; de Pedsschwänz send per Stöck zeng Grosche mieh weth; me geth sich wier Meuthe, Wallfesch ze fange, de Ballinge schlönt op en der Thron schled dodörch af.

Dreidens: De Watt us de Heren hön Röck, Bocksen en Kamesöls es ens reng för nüs mieh ze brouche; dogege es äne verschleisse Krenolin noch zau hondert Sache jod. Wo Jongens enn än Hous send, dönt magd me dorus lithe Sommerkappe. Send et Krenoline met Ballinge, dann könne de Mäddchere hön getraude Fröndenne domet noch ä nett Geschenk för de kleng Kenger mache, die se els Laufkörv [7] brouche könne. Ouch för Papageiekörv, Honderkaue en dergliche send afgesatzde [8] Krenoline noch azebrenge.

Vierdens get et op de Welt nüs anständiger, els eson Ongerröck; me kühnt se wahl hesche »äne Blievmichvageliev,« [9] dann bei änen ordentliche Krenolin van 25 Foss enn de Röngde, [10] könne de Here de Mäddchere bei et Walze net mieh öm de Talie packe, dröm hant se enn Paris en enn Berlin att Walzreime [11] erfonge, woran de Here de Mädchere fast haue.

Fönfdens: Bei äne Fall könne de Mäddchere net mieh opene Kopp falle, se blieve dann ganz sacht op die

---

[1] Vortheil. [2] Gestalt. [3] Bündel, d. h. dickes Mädchen. [4] mageres, hochaufgeschossenes Mädchen. [5] Pferdehaar. [6] Fischbein. [7] Laufkörbe. [8] abgesetzte, d. h. nicht mehr benutzte. [9] Bleibmirvomleibe. [10] im Umkreis. [11] Walzriemen.

Loftballonge van Ongerröck ligge en wede gemächlich wier an der Walzreim enn de Riehde [1] getrocke.

Sesdens: Denkt ens de Vördeel, wenn ä Mäddche de Föss get ze bred en get ze lang hat en överhaupt gett grauv geknäucht [2] es, der Krenolin verbörgt Alles, selvs schwaze Hose [3] en au Schong.

Söfendens: Söns hurt me noh jedder Ball, dat op de Redout enige Douzend afgetrone Ziehne [4] en hauf Vesche [5] fonge wohte, — allewill sprecht nömme mieh dervan; söns haue de Mäddchere noh äne Ball Aerm en Been döck schwaz en bloh [6] en brouchede Kanne fleggende Salf [7] us gen Aptik, [8] — allewill es geng Sproch mieh doh van; ich erenner mich noch, dat met de Spore, wie duh die Kavelerei hei log, mänig Mäddche bes vier Luth Flesch va gen Been gereisse wod, — allewill es dat net mich möglich. Uehr west doch gewess ouch noch, wie et Rühs [9] lahm van der Ball noh Heem gefahre wod, öm dat änen schlehte Wälzer höm allebeids de Kneischive [10] met sing plompe Knauche userä gestossen hau. Alle die Ongelöcke verheut, Godd se dank, der Krenolin.

Achdens: Die neu Dracht schötzt jedder Mäddche en jedde Frau gege wöste en zahm Hong, gege Katsche, [11] Knoggele, [12] Schnieblöck en onvörsechtige Stösskarre; [13] ä Mäddche, wat met äne Krenolin egen Wasser felt, kann net versoufe; felt et van änen Tuhn, dann deht et sich net wieh, en esou noch hondert Vördeile. Wenn ich ze befehle hei, dann dörft mich ge Mäddche en geng Frau äne Foss vör gen Dör setze ohne äne Krenolin. — Ich gläuv, Frau Krent, ühr schloft?«

---

[1] in die Richte. [2] mit groben Knochen. [3] Strümpfe. [4] abgetretene Zehen. [5] Versen. [6] blau. [7] fliegende Salbe. [8] Apotheke. [9] Rosa. [10] Kniescheibe. [11] Spielball. [12] Kreisel. [13] Stoss- oder Schiebkarren.

»Godd beheu es en bewahr es,« sad de Frau Krent,
»ich han op alles gelustert [1] en siehn ouch klörlich enn,
dat ühr Reht hat; ich schaff mich morge selvs äne Kre-
nolin a of nä än Honderkau, wat et belligste es. Dröm
sall dann ouch, öm dat bei et Danze geng Ongelöcke mieh
ze beförchte send, et Danze en de Kermese, wie de Sproch
wor, net verbohe [2] wede.«

»Of dat der eigentliche Gronk es,« sad de Frau
Behei, »wees ich net perfekt, merr me sett, dat die Here,
die alle de Brandewin brenne, ouch net för et Afschaffe
van de Bure Kermese gestemmt send; we sau dann hönne
Brandewin drenke?«

Wie se esou noch an et kalle wore, duh kom et Li-
sep met ä Schöpche Gedecks [3] erenn. »Ich moss noch get
decke, Madam!« sad et, »der Ofend es bau dörchgebrankt, [4]
söns kritt ühr Kreie.« [5]

»Dat Lisepp es louser els mänige Finanzmann,« sad
de Frau Behei; »et deckt, ih et dörchgebrankt es, en heut
sich för de Kreie! — Lisep, rof mich ens äne Vigilant, et
es för et Asörche ze sihr fleddig Wehr, els dat he ze Foss
dodörch loufe kühnt, he hat doch än Verkäldong ope
Liev.« De Vigilant kom än de Frau Behei fuhr noh Heem.
»Bes morge Nommedag!« reif se noch an de Frau Krent,
»ich han üch völl ze verzelle!« — »Sall net mankire,« sad
die; se geng dann erenn än strecket noch vier Nöttchere,
ih se hör Bierschlemm [6] ohs. Of se än räuhige Naht gehat
hat van wegen höre Liebling, die kranke Katzemimm,
dat wees ich net.

---

[1] genau achtgeben. [2] verboten. [3] feucht gemachtes Kohlen-
gries. [4] durchgebrannt. [5] Kohlenschlacke. [6] Biersuppe.

Osen äreme Bastian.

I. Kapitel.

Wie der Bastian op de Welt könt. — Si Gewied[1] en de Freud van de
Eldere. — Woröm he net Lambetes, sondere Bastianes gedäuft wod. —
Angst för et Bastiänche. — Laufkörv en Fallhot. — Rüse[2] tösche Vadder en
Modder över de eschte Kleier van et Kenk. — Luhsigheed van et Bastiänche.
— Wie höm et Vadderonser beibraht wed. — Sösse Liehrmethuhd. — Et Ba-
stiänche kritt et schwach Gedächteness gestärkt. — He wed ondögentig.[3] —
Allgemeng Ansecht över et Geschäft van de Liehrer. — Besöck van de Modder
met et Jöngsge bei der Herr Liehrer, Adam en Iva.

De Frau Sörig wor att söve Johr getraut en hau noch
ge neu Kengche krege. Wenn me der Nobber Sörig froget:
»wie siht et us, es et bau esou?« — dann antwoded he
ganz gelosse en grimelet:[4] »möglich es et, merr we kann
dat perfekt wesse, de Zitt sall et uswiese!« — En rechtig,
de Zitt wieset et us; noh söve Johr, ses Mond en drei
Weiche, grad op Zent Bastianes-Ovend, wod de Frau
Sörig met äne jonge Son enngelege.[5] Et wor äne Jong wie
äne Block, dröm hau der Nobber Sörig em gliech gewogt
en fonge, dat he zeng Ponk en vier Luht nett enn de
Klöv[6] woget. En wörklich, ohne ze överdrieve, saten alle
Nobbersch-Fraue, die et Kenk kike[7] kohme: »Merr Frau
Sörig, wie es et menschlich of möglich! Datt es onerhurt,[8]
dat es ä bänkelich, dat es ä grausamlich schönn Kenk!«
Die Freud van der Sörig en sing Frau wor onbeschriflich.
Des angeren Dags bei jauer Zitt geng he met der Sondags-

---

[1] Gewicht. [2] Zank. [3] nichtsnutzig. [4] lächelte. [5] niederge-
kommen. [6] im Zünglein. [7] sehen. [8] unerhört.

Rock a en de schönne Rettsteck [1] met de selvere Knopp en zwei Nobbersch-Mander [2] nohge Stadthus, öm et Kenk aschrieve ze losse; en wie dat geschett wor en he selvs der Akt ongerschrieve muht, duh ongerschref he met klörliche Lettere: „Zu Dank entricht S. Sörig & Compagn.« Dat wor he esou gewehnt [3] us die Zitt, wie he noch dat Geschäft hau. Enn et Nohheemgoh nuhm he ouch angerhauf [4] Ponk Anissömche [5] met, wegeworöm, he hau alle Kenger us de Nobberschaft än jau Zockertaat versprauche.

Oem dat se mieh op ä Mäddche els op äne Jong gerechnet haue (woröm, wees ich selver net), dröm wore se enn Verlegenheed, wie se et Jöngsge hesche saue. De Frau wönschet Lambetes, [6] zom Andenke an der Manonk, wovan se et Vermöge geervt [7] haue; der Sörig wor efel för der Nam Bastian; eschtens öm dat he selv Bastian heisch, zweidens öm dat sin Urbeistevadder [8] Bastian gehescht hei, dreidens en hauptsächlich, öm dat et Kenk op Zent Bastianes-Ovend op de Welt komme wür, en us hondert anger Gröönd, die noch wechtiger wore. De Frau gov noh en et Kenk wod, öm hör ouch genog ze duhn, gedäuft op de Name: Lambetes Hubetes Crespines Bastianes.

Der Sörig, wie gesad, de hau va si Manonk ä schönn Vermöge geervt, en sing Frau, än gebore Neulich, hau ouch brav ennbraht, esou dat he äne gesalvde [9] Mann wor. Se heien ses Kenger met hön Vermöge obtrecke [10] könne, merr et Bastiänche wor en blev [11] alleng. Die Sörg en Angst för dat Jöngsge wor doher ongenüssig. [12] Wenn

---

[1] Rietstock. [2] Nachbarmänner. [3] gewohnt. [4] anderthalb. d. h. 1½. [5] überzuckerte Aniskörner, welche bei Wöchnerinnen den Kindern aufs Butterbrod gestreut und als Zuckertorte gereicht werden. [6] Lambert. [7] ererbt. [8] Urgrossvater. [9] gesalbt, d. h. wohlhabend. [10] erziehen, ernähren. [11] blieb. [12] ausserordentlich.

he des Nahts afong ze krische,[1] dann wod Kneht en
Mahd opgeroffe, öm noh der Doktor ze laufe en ze sage.
he sau merr hiel gau[2] komme, öm dat et Bastiänche kresch
en gar net schwigge weu. Ih he noch ses Mond alt wor,
ömhurt sich Nobber Sörig att noh de beiste Laufkörv en
de beiste Fallhött en gold er att ä half Dutzend op Vörrod;[3]
spiehder hau et Bastiänche die ouch nüdig, dann he leif
noch a vier Johr met Fallhot en Laufkörv, us Angst, of
he falle kühnt. Wie he nun ganz alleng laufe en met an
än Hänkche erus goh kuhnt, duh wor Stritt egen Hus
över et Kostüm[4] van et Kenk. Der Sörig wor för de naxe[5]
engelsche Manier en bluhsse[6] Been, van wege de Abhär-
tong; de Frau efel sad, dann leiss sei et Kenk noch leiver
gar net erus goh, els enn eson weld Kleiasch,[7] worenn se
att els Kenk, esouwahl Mäddchere wie Jonge, Scham en
Schämde[8] verlüre; sei selever wür els kleng Mäddche net
met naxe Been gelaufe en hei vlechts noch faster Brone[9]
els angere, se weu gengen Hanswoscht us hör Kenk gemagd
han. Du has eigentlich Reht, sad der Sörig; allewill mache
de Eldere de Kenk att stabelgeck met de Kleier, ih se noch
et Vadderonser könne, en beklage sich dann, wenn de Kenk
gruhs send, dat se mieh Kleier ha welle, els de Eldere be-
zahle könne. Nun kreg et Bastiänche än Helepeböxche[10]
met äne Schlag[11] en än Oeverröcksge op der Wahs[12] ge-
magd bes a gen Knöchele en än ganz neu leere Kutsch,[13]
enn et Fazun wie de Fallhött, esou wie äne Törekebond,
en esou wod he met spaziere genomme. Dat et Kenk än
jau Buffant öm gen Hals hau en Pelzhänschgere,[14] öm sich

---

[1] weinen. [2] sehr schnell. [3] Vorrath. [4] Anzug. [5] nackend.
[6] blosse Beine. [7] Kleidung. [8] Scham und Schamhaftigkeit. [9] feste
Waden. [10] Höschen mit Hosenträger. [11] Hosenlatz. [12] Wachs-
thum. [13] lederne Mütze [14] Pelzhandschühchen.

net ze verkälde, versteht sich va selvs. Alle Lü', die et
Jöngsge soche, bleve stoh en lachede, en met ä wahre
Pläsir sad der Sörig a sing Frau: Et schingt, dat ons
Bastiänche alle Mensche gefält; et Kenk moss noch schön-
ner sin, els für ons selvs ennbelde; west du ouch, dat ons
dat Kenk kühnt gestohle wede! Maria Deies, sad drop
de Frau, nun han ich ouch noch die Angst en Onrauh! —
De Frau Sörig wor ohnedem att bang, dat et Bastiänche
fröch ze sterve kühm, öm dat luhs [1] Kenger, wie bekannt,
enn der Reggel fröch sterve. De Luhsigheed van et Ba-
stiänche wor dann ouch wörklich onbegriflich, en der
Sörig bruhch [2] sich met sing Frau döck stondelang et Häut,
wo et Kenk merr dra kühm. Esou wost he egen Weeg att
ganz perfekt, of geweegt wod of net, en käket, [3] wenn me
ophurt met weege; dröm hau der Sörig äne Reim [4] an de
Weeg abraht, wora he des Nahts met de Frau tour a tour
trecke [5] muht. He wost perfekt, of genge Zocker enn der
Pap wor, en wau dann net eisse; he sprutzet [6] dann der
Pap us et Schöllche, [7] dat he si Modder enn et Gesecht
flog. Wenn me höm spieder ä Bisquitche gov, dann stoch
he dat glich egene Monk en zeleve net enn än Uehrche of
enn än Oegelche; noch spieder lecket he de Botter of der
Sem van et Bruhd en worp et Bruhd egen Ofend; van
Turte en Fläm kratzet he de Spies [8] af en verstuhch [9] de
Brock henger gen Komud; selvs a gen Dösch schluchet [10]
he et Flesch en der Kies en dog et Bruhd egen Boxeteisch;
— en lügge kuhnte, [11] dat än erwahse Mensch sich net
derför hei ze schame bruche, esou dat der Sörig wörklich
dröver lache muht. De Frau menget zwor, för dat Lügge

---

[1] klug. [2] zerbrach sich. [3] schrie. [4] Riemen. [5] ziehen.
[6] spieh. [7] Trinkschälchen. [8] Confitür. [9] versteckte. [10] verschluckte.
[11] konnte er.

mühte gestroft wede, dann sad efel der Sörig: »Wie sau
me dann ä Kenk för Luhsigheed strofe?« Esou hau et
Jöngsge Luhsigheed en Verstank genog, merr si Gedächte-
ness wor net van et stärkste. Dat soch me, wie he et
Vadderonser liehre sau, dat kostet völ Meuhte en noch
mieh Möppchere[1] en Makronz,[2] die he töschen et Liehre
gefuhrt[3] kreg, öm höm wacher ze haue. Genog, ih he söve
Johr alt wor, kuhnt he et wie änen Aue. Die Liehrmethuhd[4]
met Möppchere en Makronz hau der Sörig selvs erfonge;
he kuhnt net begriffe, woröm die net allgemeng egen
Schule enngeführt wöd, öm de Kenger et Liehre ze ver-
sösse. Van wegen et Gedächteness haue se der Dokter et
Kenk ens examinire losse, dä fong dann ouch wörklich,
dat et Bastiänche ganze Knöh[5] Verstank hengen agen
Häut hau, die he der Nobber Sörig en sin Frau feule[6]
leiss, efel et fong sich merr ä ganz kleng Knüppche[7] Ge-
dächteness. Der Dokter glot,[8] dat sich dat efel verstärke
leiss dörch kalt Weische en schwatze Seef henger gen
Uhre en dann dodörch, dat he geng Bokesköch,[9] geng
Böckeme[10] en ge fett Speck mieh eisse sau.

De Zitt wor nun att lang doh, dat et Bastiänche noh
gen Schul hei goh mösse, dann he wor acht Johr alt en
kuhnt fruh sin, dat noch genge Schulzwang wor, merr de
Frau Sörig heil et för ganz barbarisch, än ärm Wieth[11]
van ä Kenk vör nüng Johr egen Schul ze schecke, en sei
hei höm gewess net vör zeng Johr gescheckt, wenn he net
heem ze ondögentig wode wür en sei noch hei fedig[12] met
em wede könne. Se wau ouch der Mann nüs dervan sage,
dann se wost, dat dä vlecht esou onvernönftig gewest wür

---

[1] kleine lebkuchene Brödchen. [2] Makaronen. [3] gefüttert.
[4] Lehrmethode. [5] Knoten. [6] fühlen. [7] Knötchen. [8] glaubte. [9] Buch-
weizkuchen. [10] Bückingen. [11] Wicht. [12] fertig.

en hei et Kenk geschlage, wie völ anger gecke Mander, die met Kenger net öm ze goh wesse. Merr wie gesad, et Bastiänche wod esou frech en esou asserant gegen si Modder, en trebelliret Kneht en Mäh, dön he ouch bess en kratzet, esou sihr, dat se der Dengs opsaten[1] en dat de Frau Sörig selvs sad: »He moss nun noh gen Schul, ich stohn den Aerger net mieh us; dat sich de Liehrer met em ärgere, dat es dön hön Geschäft en doför wede die bezalt, wie men allgemeng sed.« De Frau Sörig geng nun selvs met et Jöngsge noh der Herr Liehrer en sad enn sing Gegenwart: »Herr Liehrer, ons Bastiänche hat et beiste Hatz[2] van der Welt, he es äne wahre Engel van ä Kenk, wenn he sanfmüdig behandelt wed, he hat ouch äne hiele jaue Kopp, wat Luhsigheed en Verstank ageht, merr gen hiel stärk Gedächteness; et könnt mich en der Mann ouch net drop a, of he völ of wenig liehrt, wenn he merr jau Fortschrette machd, wegeworöm, für hant Geld genog en et Bastiänche es doch bestemmt för ze rentenire. Sorgt jod för em, Herr Liehrer, et sal ühre Scha[3] net sin. Appropuh, winieh[4] es et ühre Namensdag?« Am 24. Dezember, sad der Liehrer op Huchdütsch. »Nä,« sad drop de Frau Sörig, »wat äne Treff,[5] dann hescht ühr Adam en Iva, en dann schlachte[6] für grad.«

Et Bastiänche hau tösche dat Gespriech nüs gesad en nüs gedohn, els merr an sing leere Kutsch gebeisse en si Modder an der Schahl gelamelt[7] en gereisse. Wie se fut wore, duh sad der Liehrer enn sich: Die Frau Sörig schingt doch en kurjüs[8] Frau ze sin! — ---

---

[1] den Dienst kündigen. [2] Herz. [3] Schaden. [4] wann. [5] Zufall. [6] gegen Weihnachten schlachteten in früheren Zeiten die gesessenen Bürger ein Schwein für ihren Hausbedarf und bei dieser Gelegenheit wurde auch der Lehrer mit Würsten bedacht. [7] zauste. [8] sonderbar.

II. Kapitel.

Wie der Bastian noh gen Schul geht. — Sing Fortschrette. — Dörch der Bastian könt Leven egen Hus. — He entweckelt ä Jongenaturell. — Erziehongsmethud. — Der Bastian hei bau än Begofgeed [1] krege. — Die Klabott [2] van dat Lisep. — Levenswies van der Bastian si Vadder. — Der Bastian es der eschte Ninoeigler [3] van Oche. — He kritt ganz onschöldig än spansche Meddag [4] dörch de Onvernonft van der Liehrer. — Wat för ä Naturell äne Liehrer eigentlich ha moss. — Et Bastiänche spelt Bakauv [5] met die schönn Prück Nommer Ae va si Vadder. — Uslåndigheed [6] van der Nobber Sörig över der Verlost van die Prück. — Der Bastian geht net mieh noh gen Schul.

Met än neu Tabel, än Lei, [7] äne Greffel en än Fiebel geng nun der Bastian noh gen Schul. Enn de Tabel [8] hau efel si Modder höm ouch ä Paar geschmierde Schemulle en änige Aeppel gedoh, för wenn et ärem Kenk Honger krigge sau. Et geng alles jod en noh drei Mond duh kuhnt he att de gruhsse en de kleng A enn än Ziedong söcke en wost perfekt, wenn si Vadder höm examiniret, dat ä Stempelche met äne Ponkt dröver I heisch en die met drei Stempelcher de M wor. Met et Schrieve geng et efel noch völl beister; wie der Bastian koom ses Weiche egen Schul wor, duh schrievet he üch hondert _⟋_ enn ä Paar Stond wie nüs, en doronger fong sich ens op änen Ovend äng op de Lei, dat der Sörig met sing Frau de Häng zesame schloge en enngestoh muhte, dat sei geng schönner _⟋_ mache kühnte. Glich wod än neu Lei geholt en die Lei met die _⟋_ schloss der Vadder enn der Zekretär, öm die _⟋_ sing Frönde ze zeige en bewongere ze losse. Et Bastiänche kreg efel doför än Tüht [9] Makronz.

---

[1] Convulsion. [2] Schwätzerin. [3] ein Kinderspiel. [4] das Nachsitzen in der Schule. [5] eingebildetes Ungeheuer. [6] tiefe Betrübniss. [7] Schiefertafel. [8] Schultasche. [9] Düte.

Met jedder Dag kom dörch et Bastiänche mieh Leven egen Hus; he stuhch[1] de Katz der Statz enn Brank en schniet hör der Schnorrbart af, he schlog der Spetz för Pläsir, dat he junket[2] en bletschet,[3] he jug met en lang Jutsch[4] de Honder, dat se över gen Dacher flegge muhte, en wat et schönnste wor, he trebelliret de Domestike en schold hön us för alles wat fleddig wor, wegeworöm, et Bastiänche si Gedächteness hau sich wörklich gestärkt. dröm beheil he alles, wat he open Stross hurt, ganz perfekt, en open Strosse wor he der grüdste Deel[5] van der Dag. De Frau Sörig sad dann wahl ens an der Mann: »mich tönkt, et Bastiänche överdrievt et!« »Och wat,« sad dann der Sörig, »jedder Kenk welt si Pläsir han; anger Jongens send noch völ ondögentiger, he hat ming vif Natur en ä wahre Jongenaturell, doh hant Fraulü' genge Begreff van; du hast dich van et Lisep opstöchele[6] losse, döm der klenge Domgrov än Hank voll Dreck för Pläsir en de Blöhzing[7] geworpe hat; dat hei wahl schwigge könne, ich han em doch zeng Grosche för die paar bloh Flecke gegeve, die et Bastiänche höm för Pläsir open Schene[8] gestossen hat; dat kuhnt sich jo neu Blöhwasser mache, ich moss de Blöh bezahle en net et Lisep.« Et es wohr, ich han et Lisep ouch gekannt, et wor en Klabott, dann wie leis et Bastiänche för Pläsir die schönn Pendül erav geworepe hau, duh hau et van de Frau Sörig änen Daler krege för et Ongelöck op sich ze nemme, en doch kom et us, dat der Bastian et gedoh hau. Der Sörig hei der Jong geschlage, wenn si Modder höm net enn Schotz genommen hei, en sei net an der Sörig enn Gegenwart van et Bastiänche gesad hei, dat et Kenk än Begofgeed krigge

---

[1] streckte. [2] heulte. [3] bellte. [4] Gerte. [5] Theil. [6] aufstacheln. [7] Kübel mit dem Bläuwasser. [8] Schienbein.

kühnt en att de *Ogge* verdriehnt hei, wie sei merr van än Rauh [1] gesprauchen hei. Ouch hei et Bastiänche met der Quespel net noh de Pandül, sondere merr noh et Lisep geworepe en met än Ongelöck de Uhr anplatsch van et Lisep getroffe.

Van die Vivigheed [2] van der Sörig wost sing Frau wenig ze verzelle, merr he selvs hiel völ. He wor, wie he sich trauet, 54 Johr alt en dann es natürlich de Hauptvivigheed verbei. He tüselet [3] der ganzen Dag dörch gen Hus, leset de Ziedong, pifet ä Zigärche, furet de Honder, [4] schrievet Quittongen en mached Kahotte. [5] Des Ovends fong si wahre Pläsir a; dann soss he doh enn de wäreme, wiehe Schloffrock, met de kleng Prück Nommer drei en doröver än Schloffmötsch en spelet met de Frau hondert Ae för drei Peneke. [6] Der Sörig behauptet, dat wür et amüsanteste Kate-Spel, wenn et jod gespelt wöd. Van anger Spelchere geng höm nüs över Ninoeigle. Nun könt ühr üch die Freud denke, die he hau, wie et Bastiänche ninoeigle kuhnt. Wie merr et Leht agesteiche wod, kom de Lei erus en nun wohd geninoeigelt, bes der Bastian Schloff kreg. Ich han der Sörig döck behaupten hüre, dat si Bastiänche der eschte Ninoeigler van Oche wür en drop reise kühnt, dat he gar net ze fange wür en dobei än Luhsigheed verrohnet, dat Oche sich freue kühnt, wenn dä ens Stadtroht wöd.

Merr dörch dat Ninoeigle mached der Bastian sing Opgabe för de Schul net, dröm kreg he nun op ämol än spansche Meddag. Wie dat äne Schulkamerad bei Sörig sage kom, duh wod de Frau Sörig bau kollig. [7] Zum Glöck hau der Nobber Sörig de Gecht, söns wür et der

---

[1] Ruthe. [2] Lebhaftigkeit, [3] schleuderte. [4] Hühner. [5] Geldrollen. [6] Pfennige. [7] ohnmächtig.

Herr Liehrer sin Onglöck gewest, dann över ä son Behand-
long van et Bastiänche wür höm de Quent[1] gespronge en
sing au Vivigheed vlecht zerröck komme. God gev merr,
dat et Kenk geng Begofgeed kregen hat, sad de Frau,
während de Zitt, dat se sich der dubble Schahl en der
Hot a dog. Se geng glich noh der Liehrer. Et Bastiänche
soss egen Schul en moffelet;[2] wie he efel si Modder soch,
duh krischet he en sei kresch ouch. Wie nun der Herr
Liehrer kom, duh sad se döm ongenüssig de Wored.[3]
Uehr, sad se, ühr sed der onvernönftigste Mensch op der
Welt, ühr saud üch än Ihr drus rechne, rieche Kenger
egen Schul ze han, en stroft mich doh wie äne Barbar mi
onschöldig Bastiänche, dat et Kenk än Begofgeed krigge
kühnt; me siht, dat ühr zeleve net Modder gewest sed,
söns heid ühr net eson hel Hatz, dat ärem Wieht onschöl-
dig, för nüs en wier nüs, wie ä Beddelkenk ze strofe.

„Erlauben Sie, Madame, Bastian ist nicht 'unschuldig, er
hatte seine Rechenarbeiten nicht! auch hatte er zur Belustigung
seiner Mitschüler eine Perrücke mit zur Schule gebracht und da=
durch große Ruhestörungen veranlaßt. Die Perücke habe ich in's
Feuer geworfen." — Nä, sad drop de Frau Sörig ganz
grellig, nun siehn ich allir,[4] wat ühr för äne onvernönf-
tige Mensch sed; wat hat min ärm Bastiänche met Arbeide
ze duhn? Fabrikslü' en Kneht en Mäh arebeide; dat
hat ons Bastiänche net nüdig; mengt ühr vlecht, dat
Kenk sau sich ouch heem noch strapelezire,[5] we sau dann
wahl met minge Mann ninoeigle? En wenn et Bastiänche
än Prück för si Pläsir met egen Schul brengt, dann geht .
üch dat net a, dann kühnt ühr esoun ärm Kenk met sing
Kamerädchere dat Pläsirche wahl gönne, merr ühr hat

---

[1] et sprengt em de Quent d. h. er wird rappelköppisch.
[2] speiste mit vollen Backen. [3] Wahrheit. [4] erst. [5] sich anstrengen.

än Barbarenatur en ä völl ze schagrinant Naturell för met
Kenger ömzegoh; äne Liehrer moss än Duvenaturell han
en müht de Melz en de Gall usgesteiche krigge, ih he age-
stellt wöd. Esou de Kenger ze maltretire, verdengt Strofe
Godes! Kom, Bastiänche, van hüh a gehs du net mieh noh
gen Schul!

Wie der Sörig hurt, dat et Bastiänche met än Prück
egen Schul gespelt hau, du muht he bei döm, dat he de
Gecht hau, met et Kenk lache, besonders wie he hurt, dat
se domet Bakauv gespelt heie. Nun sag ens, Bastiänche,
sad he dann, we hau die Prück met braht? Ich selvs, sad
et Bastiänche en glot, he hei doför noch Möppchere krege.
Krestes Kenger Juseph noch! reif Nobber Sörig, ich
schlon [1] dich duhd, Jong, wenn de ming Prück Nommer
Aen metgenommen has. En rechtig, wie de Frau noh
soch, duh fong sich, dat et de Sondesprück Nommer Aen
wor. Wie der Sörig dat hurt, du fong he a ze kriesche en
sad: »Ich halt op nüs, merr an die Prück hau ich ä wahre
Ataschement, grad esou en van de selve Klür [2] wor min
Hoor, wie ich zwanzig Johr alt wor; wenn ich die Prück
an hau, dann tönket mich, ich hei wier ming au Vivigheed,
en wat han ich nun? Nüs han ich, nüs mieh, els die dönn
Prück Nommer zwei, de Gecht en Verdros met der Ba-
stian.« Hür ens, Sörig, sad drop sing Frau, schwig merr,
du bes selvs völ Schold dra, dat et Bastiänche esou ger
Komiede spelt; has du net ömmer di besonger Pläsir dra
gehat, wenn he esou nett [3] de Liehrer noh spreiche en
lächerlich mache kuhnt; du has höm mieh els emol ä Ku-
räntche gegeve, för de Liehrer noh ze mache, [4] wenn für
Frönde hei haue. Onger os gesad, et Bastiänche hau egen
Schul net Bakauv met de Prück gespelt, sondere he hau

---

[1] schlag. [2] Farbe. [3] artig. [4] nachäffen.

dich, singen Aue noh gemagd, wie du dügs, [1] wenn de Gecht hast. Versteht sich van selvs, et Bastiänche sad, wie alle vörniehm Kenger, mingen Aue, en ming Au, anplatsch van Vadder en Modder, wie der gemenge Mann sed.

Wür der Nobber Sörig merr net krank gewest, dann hei he et dess Kier [2] ganz gewess krege, merr si Modder kuhnt höm doch net schloh, dann se daht, der Jong wed att gruhss en kühnt vlecht wierschloh. Oever der Verlost van die schönn Prück Nommer Aen wor der Sörig ontrüstlich, öm dat esou äng net mieh ze krigge wür; se log höm esou agen Hatz, dat he dervan dräumet en der Dokter bang wor, dat he dröver enn än Süchelei [3] falle kühnt. Der Bastian geng nun net mieh noh gen Schul.

III. Kapitel.

Wie der Bastian die spansche Meddag opene Mag geschlage wor. — Wie he bau än dödliche Verstoppong hei krigge könne. — Wie he Melezin nömt. — Wie der Bastian stärk enn der Wahs wor. — Ansechte van Nobber Sörig över äne gesonge Korpes en äne Jaue Geschmack. — Wie et Bastiänche sich beister met et Lisep versteht, els me geloht hei. — Wie he et Franz net esou reht packe kann. — Et Bastiänche sou noh Velvisch gescheckt wehde. — Tespeta met si Vadder. — Der Bastian dräut si Modder met Amerika. Frau Sörig magd efel, dat he enn Oche blievt.

Die spansche Meddag wor et Bastiänche opene Mag geschlage; he wau nüs eisse, en wie he ä Veddelstöndche henger gen Ovend geseisse hau, duh wod he op ämol kollig [4] en muht no ge Bett braht wede. Der Spetz dä hau höm att luter an de Rocksteische gerauche en wor net

---

[1] wie du thätest. [2] dies Mal. [3] Abhärmung, Abzehrung. [4] übel, ohnmächtig.

van der Rock ze schloh, wie et Bastiänche höm usgedoh
kreg. Endlich ress der Spetz der Rock van der Prötter, [1]
wo he op log, eraf en dabbet[2] wie weld noh de Teische.
De Frau Sörig wor wie duhd van Schreck en daht an ä
Vörgebeugniss, [3] merr wie se de Teische ens ongersuht, du
soch se, wat der Spetz wau. Enn äng Teisch fong se noch
ongefähr ä Veddelponks fette Preskopp en ä zemlich gruss
Stömmche Leverwohsch; [4] de anger Teisch wor vol Ma-
kronzpapier en zwei agebrande Zigare. »Bastiänche, Ba-
stiänche,« sad de Frau Sörig, »Kenk, wo könst de dora,
ich hauf merr net, dats de dovan gett ege Liev kregen
has! »Merr de Haufsched[5] han ich geisse,« sad et Ba-
stiänche, »en der Wickes hau mich Alles för mi Geld ge-
holt, söns[6] wür ich nun att lang verhongert.« De Frau
Sörig scheckett efel nun glich noh der Dokter; över der
Preskopp en die Leverwohsch, die et Kenk geisse hau, doh
mached se sich wenig Onrauh, merr se daht, dat dat ge-
käut Makronzpapier enn der Mag van et Bastiänche Kar-
tong[7] wede en et Kenk dodörch än dödliche Verstoppong
krigge kühnt. Der Dokter verschrievet höm gett, merr et
Bastiänche wau de Melezin[8] net nemme; de Frau Sörig
braht et efel els luhs Frau fedig, dat he ennuhm, dörch
jau Wöd en ä Kuräntche[9] för jeder Leffel.

Der Bastian wod wier jod, en der Nobber Sörig er-
packet sich ouch wier. »Et es eigentlich jod,« sad he, »dat
et esou komen es; et Bastiänche es att 14 Johr alt en
stärk enn der Wahs, wat sau dä noch egen Schul duhn?
Van wege der Wahs mosse für höm nun än half Johr der
Kopp net ze sihr strapelezire en esou stell tüsele losse; et

---

[1] Lehnstuhl. [2] Scharrte. [3] Vorbedeutung, böses Omen.
[4] Leberwurst. [5] Hälfte. [6] sonst, anders. [7] Pappendeckel. [8] Arznei.
[9] fünf Groschen.

geht doch nüs bei der Mensch över äne gesonge Korpes. [1]
Wat brucht der Mensch ze wesse, wie en wo de Ostere
wahse, wenn he se merr eisse kann; ich hau et met et
Spröchwod va mi Beistevadder: *Et es heister, wenig ze wesse
en völ ze genesse, els völ ze wesse en alles ze messe.* Wat hescht
mich dat, de Erziehong moss äne jaue Geschmack bei-
brenge? Wie kann dann äne Liehrer de Kenger äne jaue
Geschmack ennplanze, de selvs zeleve nüs Jods ze eisse
kritt?« [2] Wä Geld hat, de kann merr äne jaue Geschmack
krigge; ich hann ömmer äne jaue Geschmack gehat en han
em noch; döm sall ich ohne Liehrer et Bastiänche wahl
beibrenge, en doför schingt he ouch Anlage genog zu han.«

Ganz Onreht kuhnt nömme der Nobber Sörig geve.
Der Bastian wor änen opgeschosse Jong wode, en öm dat
he grauv geknäucht wor, soch he stämmiger us, als men
höm för sing Johre hei gevve saue, ofglich de Frau Sörig
ömmer van hör tier [3] Jöngsge sproch. Dat he stärk en der
Wahs wor, soch men an de Kleier; die neu Box, die he öm
Kresmes kregen hau, stong höm öm Posche [4] egen Brone,
en de Aerm van de neue Rock komen höm merr noch än
Hankbreed övver de Ellebög.

Die Onrauh van Vadder en Modder, dat et Bastiänche
sich, wenn he ömmer heem wür, met et Lisep schleht ver-
drage sau, wor överflössig; em Gegendeel, wenn der Ba-
stian net open Stross wor, dann wor he egen Köche, en et
Lisep dog höm alle mögliche Pläsire. Et leiss höm, per
Exempel, de Spinat en der Häutkies hacke, der Zocker
stösse, der Kaffie mahle en dergliche, en verzalt höm dann
ouch schönn Spukegeschichte. Des Ovends, dann wor ouch
noch der Peter, der Huskneht, dä gegen et usdröcklich
Verbott van der aue Sörig an et Lisep freit, open Köche,

---

[1] Körper. [2] erhält. [3] zart. [4] Ostern.

en dann wor der Bastian net futt ze schloh, wegeworöm, dann woten allerlei Spässger en Spargitzger gemachd. Der Peter gold [1] ouch die Zigare för der Bastian si Geld en piefet met'm, doför sad der Bastian efel ouch nüs, wenn et Lisep der Peter Win anplatsch Bier gov en wenn et höm de gruhsse Stomb Brodwohsch [2] verwahred en an de Modder sad, et wür allewill grausamlich, wie de Brod-wohsch ennäh kröf; [3] et wür efel us die drei Veddel Pongs Wohsch bau än half Ponk Fett gebrohne för drei Dag et Gemöss ze stovve.

Esou wor et Bastiänche, wege dat he noch ömmer stärk enn der Wahs blev, bes enn et seszengde Johr ge-tüselt [4] en wor äne Kehl wie äne Boom. Ongertöschens hau der Sörig et Kenk zwor bei äne jaue Liehrmeester an et Franz gesatz, merr et scheen höm, els wenn et bei der Bastian net esou reht packe [5] weu. Wie he'm froget, wat hescht: *tenez-vous sur Néau et laissez être tous les navets des poires?* du wost der Jong wahrhaftig net ens, dat dat heschet: Hau dich op Oepe en loss alle Röbbe Beere sin. Dröm sad der Sörig a sing Frau: »Et sall dich esouwahl wie mich hell a komme, merr et moss gescheie, [6] für solle der Bastian än half Johr noh Velvisch [7] schecke mösse, öm dat he ordentlich Franz liehrt en äne ordentliche Mensch wed; he moss us die Gesellschaft erus, die et Kenk ver-führt; dat he alle Dag enn än ordentlich Wiethshus [8] wie de anger Studentcher enn Oche, die noch jonger send, els der Bastian, ä paar Glaser Bier drenkt en mingent-wegen ouch Morgens en Nommedags sing drei Zigärchere rocht, doh han ich nüs gege, dat verlangt de Erziehong

---

[1] kaufte. [2] Stumpf Bratwurst. [3] zusammen kröch. [4] hinein geschlendert. [5] fassen. [6] es muss geschehen. [7] Verviers. [8] Wirths-haus.

van allewill; merr dat Ovens usblieve bes zeng, elf Uhre, dat verdrag ich net mieh. En de freche Tespeta[1] van 'm, döm stohn ich ouch net mieh us; du has gehourd, wie ich leis schwigge muht, wie he behauptet, et müht hesche: Hier ſiß' ich mit raſenden Veilchen umkränzt, en ich sad, dat et si müht en ich ömmer gehourd hei: Hier ſiß' ich mit Raſen und Veilchen bekränzt. Genog, he moss noh Velvisch.« »Och Gott,« sad de Frau, »ich han mieh gehourd, de Welsche würen ouch esou grausamlich gottluhs Volk, ich gläuv nett, dat os Bastiänche bei dön gett Jods liehre kann, ich sal efel ens met et Kenk spreiche.«

Dieselve Naht noch hau de Frau Sörig äne ganz affresliche Drom över Velvisch, merr des angeren Dags, duh spruch se doch met et Bastiänche ens ganz ehnsch,[2] öm dat der Mann et abselüt ha wau. »Bastiänche,« sad se, »du salls net welle än half Jörche noh Velvisch goh, för Franz ze liehre? Du weds net gezwonge, Kenk, wenn de net wels, dann kanns de ouch hei blieve!« Dorop efel sad et Bastiänche: »Du wees esou jod wie der Aue, dat ich mich ouch va nömme zwenge loss; ich ben ge Kenk mieh, noh Velvisch gohn ich net, merr de nixte Weich gohn ich för ewig noh Amerika, wenn ich net alle Weichens vier Daler Teischegeld krig; met die zwei Daler, die mich der Aue get, han ich hei enn Oche ä zau langwillig Leve.« Wie de Frau Sörig dat Wod Amerika hourd, du wod se iskalt va Schreck; se wost, dat doh nüs els weld Mensche en noch völ welder Gediersch wor en et Bastiänche doh lieht än Onglöck krigge kühnt. »Bastiänche,« sad se dröm en kresch, »leiv Bastiänche, ich bett dich dröm, gank net noh Amerika; ich sal dich die zwei Daler zaulege, merr sag die Vadder nüs dervan!« Sie Modder ze Pläsir blev he

---

[1] Wortstreit.   [2] ernstlich.

nun ouch wörklich enn Oche, en öm höm ganz van dat
Amerika afzebrenge, gov se höm van Zitt ze Zitt ä Kestche
Zigare. Der aue Sörig wor met et Leve van der Bastian
onzefreh en sad döcks: »Wat sal noch us de Jong wede?
et es rechtig, wat os Nobber Kröttlich mich prophezeiet,
wenn he ömmer sad: »Uehr spelt nun met et Bastiänche,
merr spiehder, ben ich bang, spelt et Bastiänche met üch.«
Wat us et Bastiänche bront,[1] wees ich net, merr völ Jods
gläuv ich net.

IV. Kapitel.

Der Bastian kritt va si Modder mieh Teischegeld en geht net nch
Amerika. — Der Bastian sing Fröng en Bekande. — Dön hön Ansechte över
Juristerei. — Der Bastian wed enn defferente nötzliche Gesellschafte opge-
nomme. — Sängersieg enn Zempelfeld. — He liehrt van wege de Musik gett
Gittar spelle. — Meinong van der Nobber Sörig över de Musik. — Der Ba-
stian studirt en gett sich met Dokterei af. — Der aue Sörig wed grellig.

Wie gesad, et Bastiänche kreg dann nun vier Daler
Teischegeld op de Weich, dröm geng he efel ouch sing Au
ze Pläsir net noh Amerika. He verzalt et glich an sing
Kamerade, wie he sing Au geköllt[2] hei en wie he haufet,[3]
dat dat Wod Amerika höm noch mieh ennbrenge sau.
Ming Au wor gatzer,[4] sad drop der Klös, änge van sing
Fröng; ich han mosse van Doudschesse[5] spreiche, ih ich
ming fönf Daler op de Weich kreg, en wöst wahrhaftig
noch net, wat ich aföng, wenn se mich net hölp, der Aue
de Zigare vermuffe.[1] En noch get angersch, sad drop der
Pitt.

---

[1] Braten. [2] getäuscht, überlistet. [3] hoffte. [4] bitterer, herber.
[5] todtschiessen. [6] bei Seite schaffen.

Wat wohr es, es wohr, dat moss me der Bastian losse he hau geng oneffe[1] Bekantschafte, sing Fröng wore luter jong Lü' us ordentliche Familie, die zwor net mieh gelierd haue, els he ouch, die efel över et Threater en Komediantenne, över Duve, Hong en Ped wie Böcher spreiche kuhnte, en wat welt me van äne vorniehme jonge Mensch ewil mieh verlange?

»Ich hei könne Juristerei studiere,« sad der Pitt, »merr wat hat me dervan; der Minister hat jo enn de Ziedong setze losse, dat enn det Johrhondert nömme mie els Jurist än ördentliche Platsch krigge kühnt. Me sall also de Auskultateursch en Referendare esou lang egen Eissig legge mösse; se duhd schloh wür doch ze hel för de Eldere, die hön doch els hön Kenger met hön Kenger fezig bes fofzig Johr sürlich ernährt en opgetrocke hant. Ich hourd gestere noch ä Jöngsge sage: »mi Beistevadder, der Herr Assessor, wed bau Landgerechtsroht.«

»Dat dieg[2] nüs,« sad drop der Klös, »ich hei doch studirt, wenn dat dom Examinire net wür, dann, onger os gesad, esonne Auskultateur, de es doch gett en kann doch gett, merr für send, wier onger os gesad, eigentlich gar nüs!«

»Klös,« sad drop der Pitt, »du beleidigs mich en der Bastian eigentlich en oneigentlich; für send ouch gett, für send Rentner, en wat et Könne ageht, frog ich dich, wat för änen Auskultateur of Referendar kann Domino spelle wie ich, en wä van dön kann enn än Stond Zitt 18 Glaser Bier drenke en fofzig Eier eisse, wie der Bastian? Es dat vlechts[3] nüs? Mich tönkt, dat send Konststöcker, wonoh net Jedderänge de Nas steht.«

Va Naterell wor der Bastian eigentlich äne jaue Zubbel, sing Kamerade heile allemol bau esou völ op höm selvs,

---

[1] uneben. [2] das thäte nichts. [3] vielleicht.

wie op sing Zigare, dröm wod he ouch överall metge-
nomme, wo he ze blüh [1] gewest wür, alleng hen ze goh. He
wod ouch enn defferente nötzliche Gesellschafte dörch hön
opgenomme. He wor Metgled van de „Ekonomie“, de „On-
schold“, van de Gesellschaft „Par of Onpar“, van der Ver-
ein „Löte en send geng Etze“, van de „Fröhlichheed“,
„Pläsirlichheed“, „Heiterkeed“ en van einige anger Gesell-
schafte. Der aue Sörig kuhrt nun zwor net begriefe, wat
alle die Gesellschafte heesche weue; et Bastiänche expliziret
höm efel, dat allewill hei enn Oche över hondert dergliche
würe, öm de jong Lü' va Schlehtigheeden afzehauen en hön
ze liehre, nötzlich en manierlich hön Geld ze verzehre. Denk
merr ens, wat för äne Notze hant alleng de Wiethshuser
dora, sad der Bastian.

Der Nobber Sörig schott met der Kopp en sad: Söns
zer Zitt sproch me wahl van ihrlich en manierlich Geld ze
verdenge, merr van Gesellschafte, wo me liehrt, et Geld ze
verzehre, doh hau me genge Begreff van.

Du has Reht, sad drop de Frau Sörig, merr für leve
ouch allewill enn de Zitt, wie me sed, van allgemeng Heiter-
keed, en wenn die au Here enn de Kamere enn Berlin, wie
de Ziedong sed, esou döcks allgemeng Heiterkeed hant,
woröm sou me dat dann de jong Lü' verbeie? — De jau
Frau hau eigentlich Pläsir an hör Bastiänche, wenn se höm
esou open Stros soch, ganz noh der Muhde gekleid, met dat
Rettsteckelche egen Hank en än Zigar egene Monk, en dann
daht se ouch an de Ihr, dat hör Kenk sich net verworp [2]
en met luter jong Here ömgeng. He wor esougar enn de
leiste Zitt enn de Gesellschaft „Bakauv“ els Ihre-Metgled
opgenomme wode van wege sing schönn Stemm; doh wod
hiel völ gesonge, merr noch mieh Bier gedronke. He liehret

---

[1] zu zaghaft.   [2] sich nicht verwarf.

dröm ouch ä Besge senge en Gittar spelle, he machet enn
dat Stöck: „Aachen und feine Umgebungen" der Bröldop [1] esou
natürlich, dat sing Gesellschaft enn Zempelfeld [2] der ehschte
Pries kreg, en der Bastian äne Kranz van Rampeleblar [3]
met noh Heem braht. Die Reis hau zwor völ gekost, en der
Bastian hau noch et Onglöck gehat, de gölde Uhr met de
gölde Kette ze verlese — bühs [4] Mensche saten, he hei se
verkot [5] — merr Vadder en Modder haue doch völ Pläsir
dra, hön Bastiänche esou els Sieger met de Rampeleblar
open Häut ze siehn. »Siht he net us,« sad si Modder, »wie
der griechische Jott Erkelenz, wie dä de Käuh heuet?«
Du mengs, sad drop der Nobber Sörig, wie der Apollon, dä
de Schof heuet en ouch gett Gittar spellet. Dröm han ich
ouch nüs dergegen, dat der Bastian gett Musik liehrt, öm
dat allewill de ganze Welt musikalesch es en de Börgersch-
Mäddchere ihder Klavier spelle en senge könne, els kauchen
en niehne; die ärm Wiehter wesse net, dat spiehder, wenn
se getraut send, de Mander hön der Tak schlönd. dat hön
Hüren en Siehn vergeht; se wesse net, dat met et ehschte
Kengergekriesch Klavier en Gittar verkot wede moss. Du
hauts net senge geliehrt en kuhns doch et Bastiänche esou
schönn enn Schloff senge met dat adig Ledche: Schloff
Kenkche schloff! di Vadder es ä Schof; di Modder es än
bonkte [6] Kauh, Kenkche, dög de Oegelcher zau! — Du has
Reht, sad sing Frau, merr söns es net allewill.

Die leiste Zitt fong der Bastian a, entsetzlich blass en
fahl [7] uszesiehn; doröver machet sich de Frau Sörig bänk-
liche Onrauh. Dat he alle Dag 4 bis 5 Stond an der Elise-
bronne spaziere geng, öm de gesong Schwefelloft opze-
schnuve [8] en et Geld ze profitire, wat si Vadder höm för

---

[1] Brüllkreisel. [2] Dorf unweit Aachen. [3] Epheublätter. [4] böse.
[5] verkauft. [6] bunt. [7] falb, kränklich. [8] einzuathmen.

ege Bad ze goh gov, holp nüs, der Bastian bruchet för dat
Geld Bierbader för der Mag. Ouch scheen der Lakrez en
der Bohschzocker, [1] döm si Modder höm gov, nüs ze helepe.
Nun hourd se endlich van et Lisep, dat der ärme Jong des
Ovends spieh en alle Dag des Morgens bes elf Uhre leset en
studiret. Et Liesep selvs holet em de Böcher us de Leih-
bibliothiek, döck ses op ämol, en alle Ogenblecks neue. Dat
ärm Kenk, sad drop de Frau Sörig, dann ben ich bang,
dat he sich de Zehrong [2] ope Lief studirt.

Der Nobber Sörig mached sich etel över dat Studire
gar geng Onrauh en sad : dat send gewess Romane, die he
lest, worus he nüs els Schlehtigheede liehre kann; ich weu
merr, dat he än Platsch op ä Kontur hei, dann liehret he
werke en kühm van der Mössiggang. De Frau Sörig be-
hauptet efel stief en fas, dat he studiret, en wie sei glöt,
sich met Dokterei afgiev. Bewies dovan würen alle die
Melezingsglaser en Döpchere, die he sich selv egen Aptiek
holet en domet melschet; [3] ouch hei he leis ens wie änen
Dokter över der Urspronk van de Elsteroge [4] gesprauche.
We wees, sad se dann, wat us et Kenk noch wed! — Änen
Etzdomgrof, sad drop Nobber Sörig, wenn he et net att es;
he hei fröger mieh Schmacke [5] en weniger Geld krigge
mösse. Uehr Fraulü' verderft de Jonge, efel Donderment,
he moss mich op ä Kontur, en wenn...

De Frau Sörig mached, dat se us gen Kamer kom, öm
dat se soch, dat he grellig wod, en wenn he grellig wod,
dann wor der Mann döck ongenüssig. Se geng bei der
Bastian, öm höm ze sage, he sau merr mache, dat he hü si
Vadder net onger gen Oge kühm, dä sprüch wier va nüs,
els van op ä Kontur. Nun gank merr gett erus, Bastiän-

---

[1] Brustzucker. [2] Schwindsucht. [3] mischen und mengen.
[4] Hühneraugen. [5] Schläge.

che, du kris ouch morge fröch än hauf Ramenass[1] met Peffer en Salz bei der Kaffie.

V. Kapitel.

Meinong van der Nobber Sörig över ä Kontur. — Der Bastian schrieft äne Breif. — Der Ramenasse-Jade bei Sörig. — Duhd van Nobber Sörig. — De Frau Sörig störvt ouch. — Der Bastian es äne verlosse Weiss. — Sing Fröng trüste der Bastian. — Der Peter en et Lisep dönt hön Schöldigheed. — Desglieche de Joffer Bas Bromel. — Rattmüa. — Jaue Roht van de Joffer Bas, die der Bastian op der Kaffie ennlad.

West ühr ouch, wie alt dat der Bastian nun at wor? Op Zent Bastianesovend wor he gerad 21 Johr alt wode. Dat wor et efel ouch grad, wat si Vadder esou sihr verdross, dat he enn dat Alder noch gar geng Lost zeiget, op ä Kontur ze goh. Wä net op ä Kontur gewest es, sad der Nobber Sörig, dä es gar nüs, dä es äne verlore Mensch — —. Op ä Kontur kritt der Mensch sing Beldong, he liehrt Franz en rechene, Breif schrieve, Kahotte mache en Geld zälle. Dröm es mich äne Mensch, dä op ä Kontur gewest es, leiver, els enge, de söve Schule studirt hat. Dörch dat Studire wed der Mensch Philosoph, dat heescht geck en gottlus, Mössiggänger en Zittverderver. Wür per Exempel de Diogenes en de Voltaire, die zwei gottlus Franzuse, en hön jong Johre op ä Kontur gegange, dann heie se mieh Geld verdengt, els met hön Böcherschrieve.

Endlich sog der Nobber Sörig met Pläsir us de Ziedong, dat än Platsch op ä Kontur wor: „sich zu melden unter den Buchstaben A—Z in der Expedition". Bastian, sad he, nun es et Zitt, schriev nun äne schönne Breif an der Herr A--Z,

---

[1] Schwarzer Rettig (Raphanus sativus).

worenn de säss, dats de Absecht op si Kontur heits, dats
de höm völl Arbeit mache weuts ohne Entschädigong, dats
de jod geliehrt heits en haufets, bei höm änen ordentliche
Mensch ze wehde; der Schloss machs de dann met Achtong
en wo wohnhaftig. Vergeiss ouch net, Ihnen en Sie gruhss
ze schrieve.

Der Bastian hau efel si Leve noch genge Breif ge-
schreve; nun kann me sich lietlich denke, wat dat för ä
Werk för höm wor. He hau att än Dutzend Bögelchere
Kapier verschreve en noch genge jauen Afang krege; end-
lich holp de Modder en et Lisep en nun schrev he:

Ergebenster Herr A—Z.

Da ich auf ein Kontor Absicht habe und bei sie ein Platz
darauf ißt, so mögte ich um freundliche Aufnahme bieten. Ich
bin bereith innen so viel Arbeit als möglich zu machen ahlein
one Entschädigung. Da ich bei meinen Eltern und auch außer
dem Haus viel und gut geleert habe, so glaube ich in ihr Kontur
ein ordentlicher Mensch zu werden. Ich werde mich auch von
ihnen alle Bedienungen gefallen lassen. Ich empfehle mich wie
immer ihrer Hochachtung.

Wohnhaft bei seine Eltern.

Sebastian Sörig, Invalid.

Dat Wödche Invalid rohnet der Huskneht höm an-
platsch van Militärfrei derbei ze setze, öm azezeige, dat he
net bruchet Zoldat ze wede. Militärfrei würe merr die
Lü', die geng Enquartirung krege, of de Mäddchere, woran
genge Prüss freiet, esou es zom Exempel, sad he, ons Lisep
militärfrei, wat men allewill van wenig Mäh enn Oche
sage kann.

Ih efel Antwod op de Breif kohm, feil enn de Familie
ä gruhss Onglöck vör. Et wor grad enn de Ramenasse-Zitt
en der aue Sörig heil va Kenk a mieh op Ramenasse, els

de Kenger op Kiesche. Dreiveddel van der Jade[1] bei Sörig
wor dröm met Ramenasse beplanzt en dat Uebrige met Stu-
denteflette, Kapezinger, Violemateriale, ä paar Rusestrüch,
Pedsruse[2] en ä Groffelsnägelbäumche.[3] De Wiemele-[4] en
Kroschelestrüch[5] hau Nobber Sörig usriesse losse, öm dat
der Bastian alle Wiemele en Kroschele ganz rüh afschna-
geret.[6] Der aue Sörig wor op nüs stolzer, els op sing Ra-
menasse; ich han höm döcks selver hüre sage, dat he glöt,
dat der Kaiser va Russland geng schönner enn delikater
Ramenasse hei, els he. Enn de Ramenasse-Zitt os nun de
jaue Mann des Morgens, des Meddags en des Ovends Ra-
menasse, merr va wege dat der Mann nun att bau enn de
söfenzig wor, log höm die Ovends-Ramenasse ze schwor
opene Mag en esou kom et, dat he des Morgens duhd ege
Bett fonge wod.

Dat wor än Trurigheed en äne Schreck egen Hus. Dat
der Bastian ä jod Hatz hau, zeiget sich dorenn, dat he, öm
dat si Modder en et Lisep esou bänklich krieschede, selvs
metkresch. Wat höm efel trüstet, wor der Gedanke, dat he
nun net op ä Kontur ze goh bruchet. De ganze Nobber-
schaft truret över der Duhd van der Nobber Sörig, els
wenn äne zahlriche[7] Familievadder gestorve wür. Alle Lü'
haue Metliehe met de Frau Sörig en saten: Wür merr an-
platsch van der aue Sörig der Bastian gestorve, dat wür
äne schönnen Engel egen Hömmel; ich ben bang, dat de
Jong die ärm Frau noch änt sieh lett. Of se domet der
Bastian de Ihr afschniede of net, dat kann me net wesse,
öm dat de Frau glich noh der Duhd van der Mann enn än

---

[1] Garten. [2] Päoninen, Pfingstrosen. [3] Flieder. [4] Johannisbee-
ren. [5] Stachelbeeren. [6] roh wegstibitzte. [7] ein Vater mit zahl-
reicher Familie heisst in der Volkssprache: ein zahlreicher
Familienvater.

Süchelei feil en drei Mond dernoh storev. Dat se Verdros dervan hau, dat der Bastian an de Wöcherer die Scholdschingchere „Zahlbar drei Wochen nach dem Tode meines Vaters" usgestald hau, dat es wohr, merr dat se van Verdros gestorve si sau, dat behauptet selfs der Dokter net. Hei me bei de Konsultation anplatsch van merr fönf Döktersch hönner söve genomme, dann hei de Frau vlecht noch 24 Stond lebendig eröm krege, merr dat wor nun net gesched, dröm wor se duhd en blev duhd.

De leiste Spanschefleg, ä Maschin wie än Mannshank, hau net ens mieh gebrucht wede könne; dröm hau der Peter, öm se net zeques[1] goh ze losse, se sich op än ongefehrliche Platsch selvs opgelad, öm dat he se att vöraf gebrucht hei, wenn he ens äng nühdig hei. Se hau der äreme Kehl esou biestich getrocke, dat he en acht Dag net setze kuhnt. Wat van Kordiale överig blef, dat sof der Peter gewöhnlich us, öm dat he net liehe kuhnt, dat men de Gesondheed egen Sief schöddet.

Esou wor der äreme Bastian dann nun äne verlosse Weis. Si Glöck wor noch, dat der Peter en et Lisep en die au Joffer Bas Bromel sich singer esou annuhme,[2] els wen he hön eige Kenk gewest wür. Ouch van sing Fröng moss me sage, dat se hön Schöldigheed doge; se leisse gengen Dag vörbei goh, ohne des Ovends bei der Bastian ä KateSpelche zu mache, met höm än Zigar ze rouche en ä Gläsge Win ze drenke. Dat der Bastian än jau Zigar heil, dovan es der klörlichste Bewies, dat sing Fröng met leg Duse noh höm kome en ömmer met vol Duse noh Heem genge. Zewille fuhre se of riehede se ouch ens met der Bastian us en dann rechnet he et sich för en Ihr a, alles ze bezahle; he hau et jo en die angere wore noch net möndig.[3]

---

[1] zu Grunde gehen lassen. [2] sich seiner annehmen. [3] mündig, d. h. grossjährig.

För de Fröndschaft, die se höm adoge, leiss der Bastian sich efel ouch fenge; he lennet[1] hön enn der Nuht Geld en ongerschrievet ouch för 'n de Weksele, wenn he grad ge Geld en hau. Bastian, sad döcks der Klös, du bes änen Dondermentzkehl, du wees ze leve, du has Ihr van ding Sach. Geld es wahre Fröndschaft en Fröndschaft es Geld! Esou gett leiss der Bastian sich efel net zweimol sage; he traktiret dann glich met Champanier en Ostere en zeiget, dat wörklich nüs an hem gebonge[2] wor.

Et Lisep en der Peter hauen et jüstement ouch net schleht bei der Bastian, merr wenn sing Fröng esou noh zwelf en äng Uhr bei höm bleve, dann wod et Lisep doch geftig, öm dat der Peter dann gewöhnlich doh soss en schleif en gar net mieh an et kalle ze krigge wor; et wor esougar bang, dat dä noch dörch de Bastian an der Dronk kühm. Der Peter efel behauptet, dat et Lisep dörch der Bastian att an der Dronk komme wür en des Morgens gegen elf Uhre alle Dag än Fleg egen Oge hei,[3] esou dat et döck äne Knupp[4] spansche Seef anplatsch va Botter ege Kompes worep en de Eier neve gen Pann schlog.

Der Kellerschlössel, döm de Frau Sörig ömmer enn et meddelste Kommudeschoss egeschlossen hau, dä hong nun opgen Köche, en et Lisep esouwahl, wie der Peter, woren döck genog egene Keller för Aht ze gevve, dat de Rattmüs[5] de Stöpp[6] net van de Puttelijens frosse[7] en der Win usleif. Dörch die Ratte hau der Bastian enn die leiste Zitt bänkliche Scha gehat; se frosse net alleng de Stöpp van de Puttelijens, sondern ouch hauf Brodens,[8] ganze Belstere,[9] selvs Tresorsching, die der Bastian open Dösch hau ligge

---

[1] lieh. [2] gebunden. [3] eine Fliege im Auge haben, d. h. betrunken sein. [4] Stück, Klumpen. [5] Ratten. [6] Stöpsel. [7] frassen. [8] braten. [9] gesalzene und geräucherte Wurst.

losse, esougar singe Geldbüll haue se höm futgeschlevt. [1]
Peter, sad he döck, wenn du net beister op de Rattmüs
Aht gess, dann scheck ich dich fut! Ich gef mich Meuhte
genog, sad drop der Peter, merr eson Ratte send ver-
dammt luhs Oester; wenn die satt freisse send, dann ligge
se en schloffe en komme net erus; dobei hat dat Vieh än
Liebhaberei an Alles wat blenkt, en wenn ich net Aht
gegeve hei, dann wor gestern att wier, wie leis, äne sel-
vere Leffel fut, döm än Ratt att hauf futgeschlevt hau.

He klaget si Led ens op äne Nommedag an de Joffer
Bas Bromel; he sad er ouch, dat die Dusend Daler, die
höm afgelad würe wode, dörch dat Lenne [2] van sing
Fröng att bau op würe en dat he merr weu, dat he de Hus-
haldong opgevve en sich örigens [3] enn de Kost duh kühnt,
öm dat he bang wür, et Lisep en der Peter ze verlühse, [4]
die van sich ze traue sprüche en äne Bökemshandel an-
fange weue.

Aereme Bastian, sad drop de Joffer Bas, ich han et
att lang gesad: et knagen [5] er ze völ an dich, der Klös en
der Pitt, der Peter en et Lisepp en dann die besondere
Zort van Rattmüs, womet de geplogt bes; ich han ens ge-
daht, dat du dich för di Körper- en Sielenheel traue
mühds, dann kühms du op ding Rauh, heils die Vermöge
beigenäh [6] en heits nüs els Pläsir. Dat Susannche van
Hüfop, dat wür esou et rehte Menschge för dich; dat
Mäddche es zedat, [7] ömmer krache reng, kann Blomme
mache, senge, Klavier en Gittar spelle, us Kapier Bäum-
chere schnippele, [8] wie gemolt, en deklamire, dat änge de
Oge över gönt. Mieh van ä Mäddche verlange, leive Ba-

[1] fortgeschleppt. [2] leihen. [3] irgendwo. [4] zu verlieren. [5] nagen.
[6] zusammen. [7] züchtig. [8] schnitzen.

6*

stian, dat wür ongenüssig en heisch allewill gett Onmöglichs verlange.

Wenn ühr dat mengt, en ühr et geer heit, Frau Bas, sad drop der Bastian, dann han ich nüs dogegen; merr ühr wesst, dat ich net onger Mäddchere opgetrocke ben en doher eigentlich för de Mäddchere ze bang ben.

Doh mag dich geng Onrauh över, Bastian, sad de Joffer Bromel; wenn ouch de Mansmensche gett bang send, doför send de Mäddchere allewill gar net mieh blüh;[1] du salls siehn, wat ich dich sag, et Sannche es net bang, doför hat et er ze völ an der Hank gehat, di het allemol, wie me sed, net gewelt hat; dat et dich efel welt, Bastian, doför loss mich sorge. De Joffer Bromel wost, dat et Susannche esou gett Anfangs enn de dressig komme wor, en us Angst för et Annaschaf gar net mieh esou kröttelich[2] en defficil si sau.

Weste dann wat, sad de Joffer Bas an der Bastian, dann kom övermorge Nommedag bei mich der Kaffie drenke, dann lad ich et Sannche ouch enn, dat du Bekanschaft met em mache kans en dann führscht de höm agen Ovend noh Heem en kans över allerlei met em spreiche, op Huchdütsch of op Plattdütsch, wie de wels. Der Bastian sad Adie en wau grad goh, du sad de Joffer Bromel efel noch: Vergeiss net de Gittar ze schecke en breng de Variatioune över der Wisquas[3] met, dat es mi Lieffstöckelche.[4]

---

[1] blöde. [2] kriblich. [3] ein Gassenhauer. [4] Leibstückchen.

VI. Kapitel.

Wie der Bastian bau net noh de Kaffie-Visit gegangen wür. — Wie me met vörnihm Damens ömgoh moss. — Et Susannche mached sich stög. — Malöhr met der Spetz van de Joffer Bromel. — Der Bastian get sich an et verzelle. — Malöhr met de Wolbere-Flam. — Dat „Bitte, bitte" mached, dat sich der Bastian verliebt. — „Ruter Monb, Du Räs so stille" es an fing Anspellong op der Bastian. — He machd singen Andrag. — Et Sannche helt der Ohm op. — Neu Kaffie-Visit. — Der Bastian leibt et Sannche noh Heem.

Wo mag de schönne Wolbere-Flam [1] en die allmächtige Rodong hen gedrage wede? — Wie, west ühr dann net, dat der Bastian met et Susannche van Hüfop hü bei de Joffer Bromel op der Kaffie könt? Efel denkt üch ens, et fehlet net völ, dann wür der Bastian net derhen gegange, wegeworöm, he hau sing Kamerade van die Visit gesprauche en ä Wödche van sich ze traue falle losse.

Bastian, sad der Klöss, et elefde Gebot heescht: »loss dich net kölle!« Ich sag dich, gank [2] net enn die Kneppfall [3] en loss dich net vermuffe. Du bes nun frei en flügs wie äne Käfelenk, wohen de wels; merr getraut, Bastian, kriss de äne Fahm [4] an der hengerschte Puht [5] gebonge en kanns dann merr flügge esou witt, els der Fahm reckt, en moss fruh si, wenn se geng Wenkmölle [6] us dich mache. Ich, sad der Pitt, leiss mich, wenn ich an ding Stell wür, Bastian, noch leifer de Mels [7] usriesse, els mich en dinge Alder traue; äne Kehl wie du, met beinoh noch alle sing Hore opene Kop, Zäng egene Monk, dä noch hürt en siht, du wels dich att traue, Bastian? Gläuv mich, noh 40 Johr bes du noch än appetitlich Möffelche [8] en has dann noch Zitt genog, dich ze traue. Wenn de dich noch et Lisep of de Joffer Bas genomme heits, — à la bonne heure; merr

---

[1] Waldbeeren-Fladen. [2] gehe. [3] eine Art Mäusefalle. [4] Faden. [5] hinterste Pfote. [6] Windmühle. [7] Milz. [8] Leckerbissen.

dat Sann van Hüfop, dat liehrt dich noch wie äne Spetz hübsch stohn en ä Pühtche[1] gevve; du kris än Halsbändche a, Bastian, en weds an ä Köhtche geleiht; du weds hü met der Kaffie traktirt, merr noh ses Weiche stöst dich dat op wie der Honk de Brodwohsch. Bastian, pas op; du kriss van dat Sannche ohne Schier[2] de Hore geschnee!

Dat Schokenire van der Pitt en der Klöss ärgeret der Bastian evvesiehr[3] en he wür wahrhaftig net op der Kaffie gegange, wenn he des Morgens net noch bei de Joffer Bas gewest wür, en die höm net noch allerlei Maniere geliehrt hei, wie me met vörniehm jong Dame ömgoh müht. »Besongersch, leive Vetter,« sad se, »moss de sorge, dat et Susannche ömmer gett openen Teller hat; wenn de Frauenzemmer ouch sage: »ich danke,« dann heie se efel noch geer gett, en wenn se sage: »bitte, danke recht sehr,« dann menge se domet zwei Stöcker. Ouch wau ich dich noch sage, dat et Sannche net esou ganz Plattdütsch sprecht, sondere esou get stärk mengeliert[4] Huchdütsch, dann et es drei Mond enn Badeberg[5] enn Pensioun[6] gewest.«

Dat de Joffer Bromel et Susannche van Hüfop höre Plan metgedeilt hau, brucht me nömme ze sage, en dat et Susannche domet ennverstange wor, brucht men ouch nömme ze sage, en dat et sich dorop hiel stög[7] adog, brucht me gewess nömme ze sage. Et jod Mäddche hau van des Morgens 10 Uhre egene Spegel gestange en defferente Kleier probirt, merr et fong doch, dat em dat rosa Baresch-Kleed met die schwatze Pelering, die gruhsse Agaschante en die neu Tülle-Aerm met gesteckde Winblar et beiste stöng. En esou dog et sich ouch a. Va Gold en Selever dog et sich nüs a, els die kleng Uhrreng met die Schlangeköpp-

---

[1] Pfötchen. [2] Scheere. [3] doch. [4] gemischt. [5] Dorf bei Aachen.
[6] Pension. [7] geputzt.

cher en die Brosch met den Amor, de met Pill[1] schüsst.
Sing Fresur wor schönn; die decke Pusele[2] en die neu
Fliht[3] wost et esou jod anzebrenge, dat et scheen, els wenn
et för zwei Mäddchere Hor genog hei. Öm halver drei wor
et att bei de Joffer Bromel en stemmet de Gittar.

Endlich kom ouch der Bastian. De Joffer Bromel
stalt[4] de jong Lü' vör: »Fröle Hüfop, mi Vetter Sörig.«
Et Susannche heil der Ohm op, för ruht ze wede en be-
schamt uszesiehn, et nigged[5] sich dann esou adig, dat der
Bastian ganz verblöft wor; he machet dann ouch si Kom-
plement en schlog met der rehte Foss hengenus,[6] hau efel
et Onglöck, der Spetz van de Joffer Bas domet oppen Schnütz
ze stösse, dat et ärm Biest afong, allevig ze junke en höm
de Nas blauet.[7] De Joffer Bromel verschrecket sich doröver
entsetzelich; se nohm et ärm Dier opene Schuhs[8] en bieh-
net höm et Nässge met gett loh[9] Melich. Morige fröch, sad
se, duhn ich em noch ä Plösterche[10] van nöttere Speu[11] drop,
dann sall dat wahl gau geheilt sin.

Wie der Bastian esou ä Vedelstöndche geseissen hau
en soch, dat höm et Susannche ömmer esou fröndlich be-
kicket,[12] du kreg he Kurasche en fong fresch a ze deskerire,
en wörklich esou manierlich, dat de Joffer Bromel hör
Freud dran hau. He verzalt, dat he grad zwei neu Krop-
pede[13] kregen hei, wie gen schönner egen Stadt würe, dat
he efel geng Kanalievögel mieh hecke leiss, öm dat he doch
zeleve geng us hei krege. He sproch dann ouch över de
beiste Manier, wie me de Hong de Uhren afschniee müht
en wie de Hongskrankheed ze kurire wür; he haufet bau
enn än Art Möppe ze komme, die, wie sing Fröng höm ge-

---

[1] Pfeile. [2] Haarwülste. [3] Flechte. [4] stellte vor. [5] machte
einen Knix. [6] hintenaus. [7] blutete. [8] Schoos. [9] lau. [10] Pfläster-
chen. [11] nüchterner Speichel. [12] besah. [13] Kropftaube.

sad heie, klafe liehro kühnte. He hau gerad agefange, över Zigare ze spreiche en över der Ongerscheed tösche Piefe met, en Piefe ohne Wassersäck, en froget grad an et Susannche: »öm Vergebung, ühr pieft doch net?« worop et Mäddche ganz beschamt antwohded: »bitte, bitte,« — du kom justement der Kaffie met der Wolbere-Flam.

Koom hau et Sannche si Stöck Wolbere-Flam eraf, du soch der Bastian de legen Teller; opgepast, daht he, en nohm de Schottel[1] met der Flam. »Erlauben Sie, noch ä Stöckche,« en koom hau et Sannche gesad: »bitte, bitte, danke recht sehr,« duh log at ä Stöck Flam op hören Teller en ä zweide enn höre Schuhs; dörch dat Wehre en Tavele[2] van et Sannche gegen dat zweide Stöck klenket zeglich der Bastian de Schottel us gen Häng en kladeradatsch der ganze Flam över dat schön Baresch rosa Kleed en de Tülle Maue. »Verexkesirt,« sad der Bastian, »ich han mieh Verdros dervan, els wenn mich ä Stöck open Box[3] gefalle wür«; he rafet der Flam wier enn de Schottel, die zom Glöck net zerbrauche wor en weisch et Sannche met singe renge Sackdoch de Wolbere us gene Schuhs; »et es noch jod, dat die Flecke bei der eschten of der zweite Weisch[4] usgönt.« »Bitte, bitte,« sad et Sannche en lachet noch derbei.

Dat »bitte, bitte« hau der Bastian gefalle en wor Schold, dat he sich op der Stell vörnohm, et Susannche ze traue; dat Mäddche, daht he, hat wörklich ä sanftmüthig Naterell, dat hat än usgemagde Duvve-Natur; wenn dat sich els Frau esou gett gefalle let ohne grellig ze wede, dann kann ich afange, wat ich wel. »Verexkesirt,«[5] sad he noch ens, »Fröle Hüfop, ich versecher üch, dat ich met de Flam gar geng bühs Absecht hau.« »Bitte, bitte,« sad drop et Sannche att wier, en nun wor der Bastian ganz bezau-

---

[1] Schüssel. [2] zappeln. [3] Hosen. [4] Wäsche. [5] entschuldigen Sie.

vert en nohm sich vör, höm hü noch ze sage, dat he höm
traue weu.

Der Bastian hau sich nun efel enn Schwees geklaft,
geissen en gedronke; he muht ens erus gohn öm fresche
Loft ze schöppe, he drüget sich met singe Sackdoch der
Schwees af en rievet sich ohne et ze wesse die Wolbere
dörch et Gesecht. Wie he nun efel wier enn et Zemmer kom,
duh wür de Frau Bas en et Sannche bau kollig wode, wie
se der Bastian soche. »Leive Bastian, leive Bastian,« reif
de Frau Bas, »has du än Begovgeed krege? Ich sall gelich
noh der Dokter schecke, du bes ganz bloh enn et Gesecht.«
»Wat kallt ühr merr,« sad der Bastian, »ich ben fresch en
gesonk, et Gebläuds [1] sall mich vlecht noh de stärke Kaffie
gett egene Kopp geschosse sin.« Der Bastian stong efel op
en soch sich ens egene Spegel, he hei sich nun selvs bau
doud verschreckt, wenn he net glich dra gedaht hei, dat he
sich die Wolbere enn et Gesecht geklevt hei. »Waht merr
än Ogenbleck,« sad he drop, »ich sall mich die Begovgeed
gau afweische.« He geng en weisch sich, efel ohne Seef,
en kom dann wier erenn; si Gesecht wor zwor noch gett
blohgestrift [2] en hei en doh gett marmorirt, merr de Frau
Bas en et Sannche soche doch, dat he geng Begovgeed hau.

He nohm nun de Gittar en spellet die bekande Varia-
tioune över der Wisquas. Et wor Scha, dat der Spetz, dä
gar net musikalisch wor, van Zitt zer Zitt dertösche junket,
söns wür et noch völ schönner gewest. Nun kreg et Sann-
che de Gittar en song met ganz huchdütsche Usdrock:
„Ruter Mond, du Käß so stille" en: „wir winden Dir den Rung=
fern=Rranz", wobei der Bastian en de Joffer Bromel der Kur
metsonge. Wie et Sannche dat Ledche „Ruter Mond" song,
du besoch se der Bastian att luter; esou dom wor efel der

---

[1] Blut. [2] blaugestreift.

Bastian net, dat he net gelich gemerkt hei, dat he onger dat Wod „Suter Mond" verstange gewest wür; dröm sad he dann ouch: »Ergebenstes Fräulein, ich feul mich sihr geschmeichelt, ühr machd mich ganz beschamt.« Dorop sad efel et Sannche: »Bitte, bitte.« Die onerhürte Höflichheed van dat Mäddche braht efel der Bastian ganz usser[1] sich en ohne sich völ ze bedenke, froget he höm op der Stell: »Fröle, sed ühr noch frei?« Et Sannche heil der Ohm op en mached, dat het ruht wod, en sad dann ganz beschamt: »Bitte, bitte, kawohl!« Dorop sad efel der Bastian: »Dat freut mich, en offenherzig gesprauche, dan könt ühr mich han, wenn ich üch gefall; wat mich a geht, moss ich bekenne, dat ühr mich mieh els gefallt, dröm brengt mich net enn Verzwiefelong.«

Et Susannche heil at ömmer mieh der Ohm op; de Joffer Bas sad efel: »Leive Vetter Bastian, dat geht esou gau net bei ons Mäddchere; ich wees, dat et Sannche gerad nüs gegen dich hat, merr du moss höm doch noch 24 Stond Bedenkzitt losse, öm Jo of Nä ze sage. Ühr Manslü' hat jod klafe, ühr brucht geng Kenger ze krigge en brucht net ze schenke,[2] womet für ärm Wiehter geplogt sönd. Wees de wat, Bastian, ich kom morige Nommedag met et Sannche bei dich op der Kaffie en dann hauf ich, dat et us Respect en us Lieb för mich »Jo« sage sall. Ich kom selvs met et Lisep alles arrangschire.« Et Sannche verspruch ze komme en der Bastian wor der glöcklichste Mensch van der Welt. He leihet[3] agen Ovend et Susannche noh Heem en ongerheil[4] sich op der ganze Weig hiel angeniehm met höm. Se spruche luter Huchdütsch, en wie et Sannche sad: »heute Abend scheint der Monat sehr angenehm,« duh sad

---

[1] ausser sich. [2] den Kindern die Brust geben. [3] führte.
[4] unterhielt.

der Bastian glich: »bitte, bitte, Sie machen mich ganz be-
schamt.« He wau zeige, dat he sich ouch fin usdröcke kühnt.
Öm hör Luhsigheed ze probire, stalt [1] der Bastian hör hon-
dert Froge; esou froget he per Exempel: »Wissen Sie mich
kein kutes Mittel für die Schwaben und Omeseiken?« [2]
worop et Sannche glich antwohded: »Wir machen sie bei
ons blos kaput.«

Wie se dann nun endlich Absched nohme, duh sad et
Sannche: »Schöner kuter Abend, Herr Sörig!« »Hat nix
ze sagen,« sad der Bastian, en geng.

VII. Kapitel.

Wie der Bastian dräumt. — Der klafe Peter hat et usbraht, dat der
Bastian sich traut. — Kaffie-Visit bei de Frau Behei. — Wie me än Kaffie-
Visit ganz änfach ennrechte moss. — Et get nüls schändlicher, els Ömme de
Ihr afschniee. — Der Bastian gliecht de Joffer Bromel wie zwei Dröppe Wasser.
Kaffie-Visit bei der Bastian. — De Joffer Bromel könt glich op de Hauptsach.
Der Bastian kritt et Susannche Hüfop. — Der Nobber Behei es Bankeldrott.

Bastian! Bastian! ich ben bang, du bes vermufd! [3]
Dat »Bitte, bitte« en dat »Kuter Mond, du Käs so stille«
machet, dat der Bastian än onräuhige Naht hau. He soch
att en der Drom, wie et Sannche enn der Bedejack dörch
gen Hus tüselet, de Honder en de Kroppede fuhret, höm de
Piefe reng mached, der Schlofrock en de Pantufele braht,
wenn he noh Heem kühm; he hourd ouch enn der Drom,
wie et Sannche höm net angersch heisch, els: min Ogäpel-
che, mi Gebrötzche, en Bastiänche hei en Bastiänche doh.

De Joffer Bas wor des angern Dags att enn aller

---

[1] stellte. [2] Ameisen. [3] erwischt. übertölpelt.

Frögde [1] bei et Lisep, för met höm ze överlege, wat et för bei der Kaffie aschaffe sau.

Efel begrieft ühr dat, — ich begrief et net, dat et des Morgens vör elef Uhre enn de ganze Stadt att heisch: »Et Sann van Hüfop kritt der Bastian!« De Joffer Bromel hau et doch an nömme verzalt, els merr an de Frau Schnirp en de Frau Fimel, en et Sannche selvs hau et an gar nömmens verzalt, els merr an et Bäbbche, et Klörche, et Nesge en et Stinetche, en die hauen ouch allemol versprauche, dat se nüs sage weue. West ühr, wat ich gläuv? ich gläuv, dat der Peter dat usbraht hau'; me hat eson klafe Manslü', ich han efel mi Leve noch net gehourd, dat Frauenzemmer esou gett usbraht heie, wenn se versprauche haue, nüs ze sage.

Deselve Nommedag, wie bei der Bastian de Kaffie wor, du gov ouch de Frau Behei grad höre vierde gruhsse Kaffie; se wor dat meu wode, alle Monds äne Kaffie ze gevve, dovör gov se leiver van Zitt ze Zitt änen Damen-Thie. De Frau Behei wor än vernönftige Frau, dröm sad se ouch: »Oeverdreve es överdreve!« ich gev ming Kaffies ganz änfach, wöm dat net gefelt, de kann Heem blieve; ich gev köneftig merr zwanzigerlei bei der Kaffie, ä paar Köch bei ä Gläsge Win, ä Stöckelche Is, en dernoh gar nüs mieh, els ä Botterämche [2] met gett Zong, Schenk, Belster en gett Geflögels. Op ä Gläsge Punsch kann et mich natürlich net akomme, öm dat dat bei jedder Kaffie si moss. Me moss denke, dat me Kenger hat en de Mander et Geld net open Stros fenge. Me könt doch merr beienäh för ä Besge ze kalle.«

Ich hei net gedaht, dat de Frau Behei esou neulich [3] wode wür. Onger os gesad, dat kom efel doher, dat der Nobber Behei äne ganz onvernönftige Mensch wor en die

---

[1] Frühe. [2] Butterbrödchen. [3] genau, sparsam.

Zockerbäckersch-Rechnong van 116 Daler 24 Grosche en 5 Peneke öm Neujohr net hau bezahle welle. Wie gesad, der Behei wor äne gecke, onvernönftige Mensch, dann he heil sich att luter an et rose, [1] wie sing Frau höm ouch att explizirt hau, dat die Brost-Karamelle, die he selever för der Host [2] gebrucht hei, en die Rodong för op singe Namensdag enn die 116 Daler 24 Grosche en 5 Peneke met enngerechnet würe, en dat he noh jedder Kaffie, wenn gett övrig bleve wür, jo ouch gett krege hei.

Trotz alle Onvernonft bezahlet he doch, en zom Gelöck wor de Zockerbäckersch-Rechnong bezahlt, ih de Rechnonge van de Muhdemächersche, van der Hauderer för et Fahre en van der Schongmächer kome, söns hei der aue Behei noch mieh gerost. Els vernönftige Frau leiss de Frau Behei höm efel rose en geng op Kaffie-Visit; se wost doch, dat se genog sparet, se hau enn ses Mond zwei Paar Hose gestreckt; zweimol op de Weich machet se merr Stockfesch än Aedäppel för ze spare en wege der schwache Mag van höre Man; et wore geng Kenger enn Oche, die met eson gefleckde Kleidchere en eson gemulde [3] en gestössöde [4] Stefelchere leife, wie de Kenger van Behei.

Wenn ühr mich nun efel de beiste jau Wöhd van de Welt güvt, öm üch ze sage, wie völ Damen en Mäddchere bei de Frau Behei op der Kaffie kome en wie die allemol heische, ich kühnt et wahrhaftig net sage. Ich wees merr, dat de Frau Krent en de Frau Weckop, de Frau Fimel en de Frau Schnirp met hör Söster ganz bestemmt doh vore. Wenn att wier ömmens erenn kom, dann reif glich de Frau Behei: »Hat ühr et att gehourd?« en dann wor ömmer de Antwohd: »Jo, ühr mengt jo die Geschichte met et

---

[1] rasen, toben. [2] Husten. [3] mit Flicken an der Spitze der Schuhe. [4] mit neuen Absätzen.

Hüfop!« en dann fonge se allemol a ze lache. Dat Sann
kritt gett Leivs,[1] heisch et dann; dat deht höm jod,
woröm hat et der Wickes net gewellt, us döm hei onger
sing Dressur noch gett wede könne; för ä scheel Og en
äne kahle Kopp moss sich allewill ä Mäddche net mieh ver-
schrecke. Angere saten dann efel wier: Wenn ich et Hüfop
wür, ich nühm de Löbbes van de Bastian net; dä es dörch
der Sauf söve Dedel[2] geflapt, wenn dä geng Buschen hei,
dann wür de malezige[3] Geck noch ze äfeldig, för de Kohle
ze rengele en Klütte ze mache.

De Frau Krent hau noch ge Wohd gesprauche, nun
fong se efel a en sad: »Et get op der Welt nüs schänd-
licher, els de Lü' de Ihr afschnie, dröm sag ich leiver nüs;
efel dat Hüfop, — merr, wie gesad, ich well nömme de Ihr
afschnie.« Wie se dat gesad hau, duh wischpelet[4] se de
Frau Schnirp, die neven hör soss, gett enn än Uhr, die
leiss hören Hos egene Schus falle en wischpelet gett an hör
Söster, en esou geng et ronk enn de ganze Gesellschaft.
Alles hourd op met strecke en besoch de Krentse; de Frau
Fimel sad efel; »Merr Frau Krent, sau dat wörklich wohr
sin?« »Ich ben net derbei gewest,« sad drop de Frau
Krent, »en schnie gewess nömme de Ihr af, merr ühr west
doch allemol, dat et Sann duh ses Weiche fut es gewest,
en wie soch et us, wie et wier kom! blass en fahl, wie der
Duhd; ich sag jo, den ewige Stoht,[5] gölde Kettens en
Uhrreng en Brosche. Der aue Hüfop süft, de Hüfopse es
än Labangse en de Brür van et Sann, dat es ouch gett
rarsch, dat wed än schönn Zort va Kning,[6] wenn de Ba-
stian noch enn di Familie könt.« »Allewill,« sad de Frau

---

[1] etwas Liebes im ironischen Sinne. [2] sieben Drittel.
[3] hager, schmächtig. [4] raunen. [5] Staat, d. h. Kleiderpracht.
[6] Kaninchen.

Behei, »sit et Susannche efel reht fresch us en hat ruh
Backens.« [1] »Leivste Frau Behei,«schnappet drop de Frau
Krent, »nüs en de Welt es allewill wolfeiler, els ruh
Backens; för ses Peneke könt ühr än half Johr Stauf [2] han
för ruh Backens.« Wie se dat esou sad, du kom et Mar-
jennche met die schönn ruh Backens ä Stöckelche Tourt
en de verkierde Kehl, [3] dat et sich ganz verströpped [4] en va
luter Hosten erus goh muht en net mieh wier kom.

»Ich begriev efel net,« sad dann die Frau Fröchop,
»woröm sich de Joffer Bromel esou völ Meuthe [5] met de
Bastian get, els wenn se si Modder wür.« »Allerleivste
Frau Fröchop, et es völ onbegriflich eun de Welt, en et es
jod, dat me net Alles sage darf, wat me wees. [6] Ich sall
gewess nömme de Ihr afschnie, merr der aue Sörig, Gott
trüst sing Siel, dat wor ouch att enn sing jong Johre esou
Kamerädche; ühr verstöt mich jo, en die Joffer Bromel
wor enn hör jong Johre att gett flöcker, [7] els et sich för ä
Mäddche scheckt, en duh zer Zitt wod völ van et Bromel
en der Sörig gesprauche; verwandt send se sich net mieh
gewest, els ich met der gruhsen Törk. Met »Joffer Bas«
wod dann esou gett vertuscht. Tönkt üch net, dat der
Bastian de Joffer Bromel gliecht?« »Wie zwei Dröppe
Wasser,« saten die angere allemol. »Oeverhaupt,« fuhr
dann de Frau Krent fut, »die ganze Bromel'sche Familie
doh es zeleve net [8] völ agewest; der aue Bromel wor äne
Bedreger, sing Frau än Etz-Klabot, die Land en Lü' anäh-
hong, en die zwei Söstere van de Joffer Bromel woren
hiel liehte Waar, merr die ligge nun att alle vier onger
gen Ehd, Gott trüst hön Siel; en Gott sall mich bewahre,

---

[1] Wangen. [2] Stoff. [3] verkehrter Schlund. [4] verstricken.
[5] Mühe. [6] weiss. [7] flügger. [8] niemals.

dat ich gett Schlehts van hön säd, dann, wie gesad, et get ge schändlicher Laster, els ömme de Ihr afschnie.«

Oem halever Zeng wor de Kaffie-Visit bei de Frau Behei att us; se haue sich allemol jod amüsirt en genge kontent noh Heem. Ongertöschens [1] dat die Kaffie-Visit gewest wor, soss nun, wie afgesprauche, de Joffer Bromel met et Susannche bei der Bastian. Et log en reng Schervett open Dösch; drop stong, Alles va pür Selver, de schönne Kaffiepott, Melespott en die prächtige Zockerduhs met Klömp wie Hondereier. Aene Wolbere-Flam van Krutbretzelen-Däg en än Radong wie ä Rad met Rosinge [2] wie Prumme [3] fehlet net, en esou Alles novenant. [4]

Et Sannche hau hü dat bloh nessele Kleed met die wisse Pelering a en die Maue met Ruhseknöpcher; ouch stong höm dat Höttche, wat net gruhsser wor wie ä Schwolsbere-Neist [5] en höm hengen open Hore hong, allerleivst, esou dat noch anger Lü', els der Bastian, sage muhte: »Dat es der Meuhte wehd!« Oem dat et Sannche gett vergrammt [6] wor, wod hü net gesonge, en wege die Brubbel, [7] die der Bastian an de Fenger hau, kuhnt he ouch net Gittar spelle. Dat dog efel ouch nüs, wegeworöm, de Joffer Bas sad glich noh der Kaffie: »Ja Bastian, dann welle für nun glich met de Hauptsach afange; et Sannche hat sich dann entschlosse en well dich enn ä Jodes-Nam nemme; ich hauf, dat du de Familie Ihr mags. Vadder en Modder van et Sannche send everstange.«

Der Bastian wor wie geck va Freud. »Sannche,« sad he, »du zockere Bretzel, du Lämmeschöffche, dann es Alles, wat ich Liggens en Rührens han, an dich, esougar ming Kroppede en der chinesische Poschelei; [8] morige losse für

---

[1] inzwischen. [2] Rosinen. [3] Pflaumen. [4] dem anpassend, demgemäss. [5] Schwalbennest. [6] heiser. [7] Blase. [8] Porzellan.

ons aschrieve en enn drei Weiche trau ich dich dann enn Jodes-Nam. Ich hauf dann ouch, Joffer Bas, dat ühr ons de Ihr an döt, zau singer Zitt Patt en Joh ze wede.« Et Sannche wor ganz beschamt en pipet merr wie än Mösch: »Bitte, bitte.«

För de Zitt eröm ze krigge, spelede se nun noch gett Par of Onpar för äne Grosche, bes de Joffer Bas Schloff kreg. Der Bastian leihet se allebeids noh Heem en leiss sich rechtig des angern Dags bei der Herr Pastuhr aschrieve.

Appropuh, ich hür doch, dat der Nobber Behei Ban-keldrott[1] gemagd hat en noh Amerika gelaufen es, trotz-dem, dat sing Frau de Kaffie-Visite esou ganz einfach heil. Wat mag nun wahl de Frau Krent sage?

VIII. Kapitel.

Der Bastian geth noh der Herr Pastuhr. — Kräftige Baas van der Ba-stian. — De Joffer Bas en et Sannche kicken ens noh de Kleiasche van der Bastian. — Et Selever en et Liefed van der Bastian. — De ganze Familie Hüfop könt ens bei der Bastian kicke. — Ahdig Späsgere met dat Kestche Zigare. — Dat evig Vertraue van de Familie Hüfop gefält der Bastian. — Der Herr Notar en de Rührong van der Bastian. — Ustusch van Vergissmir-nicht. — „In biefen heiligen Hallen."

Wie gesad, der Bastian geng glich des angern Dags noh der Herr Pastuhr. Ich moss ens noh üch komme, Herr Pastuhr, sad he; ich scham mich zwor ze sihr för et üch ze sage, merr ich moss et üch doch sage; ich weu mich geer för de Röf[2] aschrieve losse,

Der Bastian wor der Herr Pastuhr ganz usser Kenness komme, dann van zera, dat he et eschte kommelezire ge-

---

[1] Bankrott. [2] Aufgebot in der Kirche.

west wor, hau he sich wenig bei höm egen Kerich sieh
losse, öm dat he gewöhnlich egen Männebrür [1] öm $1/4$ noh
11 de dütsche Meis met sengen holp. He song esonne kräf-
tige Baas, dat höm mieh els ämol van Forsch [2] de Knäuf
va gen Kamesöls floge. He hau wörklich, ohne ze lügge,
esonne stärken Ohm, dat he van de Kerichdör, wo he van
wege de fresche Loft ömmer stoh blev, bes open Altor de
Ketze gemächlich hei usblohse könne.

»Nun sad ens, Herr Sörig,« sad der Herr Pastuhr,
»för et Traue selvs broucht ühr üch nun jüstement net ze
schame, merr hat ühr ouch de Sach met üch selvs jod
överlad en överdaht?« — »Ich selvs,« sad drop der Ba-
stian, »han dat net nühdig gehat, de Joffer Bas Bromel
hat met de Frau Hüfop alles överlaht en överdaht; se
mengt, ich kühm op ming Rauh, dröm well ich hör ouch
et Pläsir duhn en mich traue. Uehr kühnt mich efel äne
Gefalle duhn, Herr Pastuhr, wenn ühr mich egen Sa-
kerestei afreift, [3] of wenn et egen Kerich sin moss, dat ühr
dann net ze hell reift, söns wenn der Klös en der Pitt et
vernühm, dann wöd ich van dönn ze sihr gezänkt en dann
scham ich mich ze sihr.« Der Herr Pastuhr schott met der
Kopp en sad: »Kommt merr morgen ens met ühr Bruht
zeröck.«

Wie der Bastian noh Heem kom, duh fong he att de
Joffer Bas en et Sannche doh setze; se wore komme, öm de
Kleiasch [4] van höm ens ze ongersöcke; et Sannche wau bei
die Gelegenheed dann ouch de Kankte, Reng, Uhrreng en
Krützer van de Frau Sörig seliger ens kicke, net us Neu-
chirigheed, sondern us Attaschement för der Bastian. He
hau die Sachen allemol us dat ruht Zaviane Kestche enn

---

[1] Minderbrüder, d. h. Nikolauskirche. [2] Anstrengung. [3] auf-
rufen. [4] Kleidungsstücke, Garderobe.

de leere Pieftabaksbüll gedohn, öm dat he dat Kestche
bruche kuhnt för de Duvve ze fuhre; dat Kestche zweimol
afgestreiche voll wor grad hön Porziuhn. Die gölde Uhr
en die gölde Kette hau he et Lisep gelehnt, öm sich des
Sondags stats [1] ze mache. He schott der ganze Büll open
Dösch en et Sannche soch met Pläsir die schönn Deiamante;
et leiss sich efel net völ mereke en sad dann an der Ba-
stian: Esou wie et doh es, kann ich nüs van die Sache
bruche, me kühnt efel vlecht gett drus mache losse. Nem
merr alles met, sad der Bastian, en loss merr gett drus
mache, ich bezahl et met Pläsir. Ouch et Seleverzüg van
der Bastian wor allemol ohtfränkisch; [2] Kaffiepott en
Zockerduhs, Lühtere en Leffele en Furschette. De Joffer
Bas mengt zwor, et wür alles däftig [3] en et würe doch
schönn Familiestöcker; der Bastian efel fong ouch, dat et
ze plomp wür, he wür ouch genge Frönd van Leffele wie
Saukülle, en Pött, die Ponger [4] wogede; he packet dröm
alles enn äne Mahdkörv, öm et noh Hüfop ze schecke, en
sad an et Sannche: Scheck et merr noh der Goldschmed, en
loss et noh dinge Geschmack ömschmelze, ich bezahl et
met Pläsir, en wenn de allemol die ohtfränkische Kankte [5]
ouch wels ömschmelze of ömstecke losse, deug et merr,
ich bezahl et met Pläsir.

Met et Selever van der Bastian soch et efel beister
us, els met et Liefed, [6] en esouwahl de Joffer Bas els et
Susannche verschrekkede sich, wie se soche, dat he merr
noch vier, net van de beiste Hemde hau. Dat kom efel
doher, dat et Lisep höm met der Peter de Hemder
dörchän [7] drage leiss, en stief en fast behauptet, die zwelf

---

[1] geschmückt, schmuck. [2] altfränkisch. [3] solide, kernhaft.
[4] Pfunde. [5] Spitzen. [6] Leinwand. [7] durcheinander, d. h. ge-
meinsam.

jau Hemder gehürte de Peter; der jonge Her hei bänklich
völ Hemder verschleisse, dodörch dat he alles egen Hemds-
maue temtiret. [1] He hei noch zwelf Dutzend Kräg, [2] dröm
kühnt men doch net sage, dat he wenig Liefed hei.

Ongertöschens [3] wor nun ouch Vadder en Modder, en
der Wickes en der Hari, die zwei Brür van et Sannche,
ens kicke komme, wie et bei der Bastian ussüch. [4] Die wore
dann ouch allemol ennverstange domet, dat et et allerbeiste
wür, dat alles neu ageschafft wöd; eson Möbele van
Nossbom schekkede sich doch net för jong Lü', enngelad
Pallisander wür völ schönner; dorop gehürte sich efel
ouch neu Pandülle en neu Spegele. »Merr op et aller-
schönnste,« sad der Bastian, »ich bezahl et met Pläsir.«

Et Lisep hau för de Dame Schokelad gemagd, der
auen Hüfop geng efel met sing Söhn ens egene Keller
kicke, wo se met Pläsir soche, dat der Bastian enn de
eschte Zitt noch net verdöschte [5] kühnt. He selvs braht
Glaser eraf en ä fresch agebrauche Kestche Zigare. Sing
köneftige Verwandte doge höm alle Ihr a. Der Wickes
fong besondersch de Zigare delekat en froget, of he er sich
net ä paar met nemme kühnt. Versteht sich, sad drop der
Bastian, wenn ühr welt, allemol. Nun machede wörklich
die drei Here dat nett Späsge [6] en stuhche [7] dat ganz
Kestche Zigare en Kamesols-, Rocks- en Boxeteische, dat
der Bastian si Pläsir dran hau en döchtig lache muhd. He
hau överhaupt lang net esou völ Amüsement gehat, wie
die paar Stond enn de Keller. Der auen Hüfop heisch em
cher fils, der Wickes en der Hari Bruder Bastian, en wore
ganz vertraut met em. Uehr könt denke, wie jau Frönde
se att wore, dat der Wickes, wie he futt geng, der Bastian

---

[1] thäte. [2] Kragen. [3] inzwischen. [4] aussähe. [5] verdürsten.
[6] hübscher Spass. [7] steckten.

die Freud noch mached en sad: Bruder Bastian, lehn [1]
mich ens zeng Dahler, ich han minge Büll vergeisse en
moss hei en de Nobberschaf än Klenigheed bezahle. Dat
Vertraue gefällt mich, sad der Bastian, en wor ganz ge-
ruhrt, dat he enn eson vertrauungsvoll Familie kom.

Frau Hüfop, et Sannche en de Joffer Bas Bromel
hauen dann onger hön usgemachd, dat alles neu mühd ge-
machd wede, bes op de Tapiete egen Schloffzemmer. Dat
gov ä Leven egen Hus, alles wod verkod, [2] öm dat alles
doch merr aue Pröl [3] wür. Et Sannche en si Modder genge
met der Bastian alles bestelle. He bezahlet, wie he gesad
hau, met Pläsir, denn he hau die 2000 Dahler Stadtobli-
gaziuhne verkohd, öm gett mieh Geld egen Fengere ze
krigge. Die woren höm doch att lang leistig gewest, öm
dat he alle Johrsch [4] die Schingcher, [5] wie he sad, afschnie
en domet nohe Stadthus goh muhd, wo he sich dann onger
alle die Lü' döck ze sihr schamet. He froget an si könftig
Schwegervadder, of he höm wal et Vertraue schenke weu,
höm dat baar Geld ze verwahre, öm et vör en noh usze-
gevve.

Dat moss efel ouch wohr sin, bei Hüfop heil alles op
der Bastian, dat et än Freud wor. Alle Ovends muhd he
doh eisse blieve en dobei wor sing grüsste Freud dann,
dat singe Win sing könftige Verwandte esou jod schma-
ched [6] dat he op der angeren Dag äne Körv derhen schecke
muhd. Acht Dag för de Trau duh soch der Bastian efel
allier, met wat för jau Mensche he ze duhn hau; der Notar
wor bei Hüfop en et Sannche leiss döm opschrieve, dat het
der Bastian alles giev, wat et Liggens [7] en Rührens [7] hei:
doröver kresch der Bastian wie än Magdalina van Rüh-

---

[1] leih. [2] verkauft. [3] alter Rumpel. [4] jedes Jahr. [5] Schein-
cher, d. h. Zins-Coupons. [6] schmeckte. [7] Immobilar und
Mobilar.

roug en sad: Notar, nun schrievt gefälligs ouch derbei, dat van hü' a alles, wat ich han, an et Sannche es, en net alleng alles Liggens en Rührens, sondern ouch Flüggens en Laufens, ich meng de Duvven en de Honder. Wie se ongerschreven haue, duh pütschede[1] se sich allemol met samt der Notar en de Zügge. Bei die Gelegenheed knuppet[2] sich der auen Hüfop esou stärk an der helle Kopp van der Bastian, dat he sich der leiste Zank,[3] döm he noch hau, ussteiss,[4] en op die Manier der leiste Bewies, dat he Zäng gehat hau, verluhr.

Noh et Eisse schnippelet[5] et Sannche us ä Stöckelche bloh Kapier der Bastian ä Vergissmirnicht en reket höm dat met die usdrocksvoll Wöhd: Bastian! Bastiänche! — He hei dorop geer geantwohd, merr et wor em, els wenn he än Ramenass egen Hals gehat hei va luter Freud; he feil dröm et Sannche öm gen Hals, för höm ze pütsche; he wor dobei efel esou ifferig, dat he höm äne bänkeliche Knupp a gen Stier gov en et des angeren Dags ä bloh Vergissmirnicht agene Kopp hau. Han ich dich wieh gedoh? froget der Bastian. »Bitte, bitte,« sad et Sannche en nohm de Gittar. Der Bastian knäufet sich et Kamesol op, dog de Crawat us, ströfet sich de Maue[6] ä Besgen erop en song dann si Liefstöcksge: „Ən dieſen heiligen Hallen,“ met esonne kräftige Baas, dat de Scheldereie[7] agen Mur tafelede.[8] Der auen Hüfop wor enn Schloff gefalle; ühr mott efel net menge, dat he, wie de Lü' sate, alle Ovends voll gewest wür; die ruh[9] Nas, die he ömmer hau, hau he met op de Welt braht.

Der Bastian nohm nun singen Hot, stug dat kapiere Vesgissmirnicht enn si Kamfur,[10] sad Adie en geng.

---

[1] küssten. [2] stiess. [3] Zahn. [4] ausstiess. [5] schnitzte. [6] Aermel. [7] Bilder. [8] bebten, zitterten. [9] rothe. [10] Brieftasche.

Et es doch äne wahre Schofskop, sad der Wickes an der Hari, wie der Bastian futt wor.

IX. Kapitel.

Der Bastian könt wege grauf Widdersätzlichheed gegen de Polezei open Violing. — Schreck en Alteraziuhn bei Hüfop. — Kolligheeden van et Sannche. — De Trau blievt op der 19. Februar fastgesatz. — Se fahre met ses Wagens nohge Stadthus. — Wat de Frau Krent opge Stadthus gesad hat. — Höflichheed van der Bastian gegen der Herr Börgemester. — Trau egen Kerich. — Wat de Frau Krent bei Sörig egen Hus gesad hat. — De jong Lü' gönt op Reis. — Kriescherei, wie se futt gönt. — Met de Isenbahn direkt noh Velvisch.

Den Ovend wor der Bastian esou pläsirig, wie he zeleve noch net gewest wor. Van schloffe ze goh wor geng Red; he nohm de Gittar erat, stemmet se en song dann us de Entführung us der Serail dat Ledche: „Im Mohren= land gefangen saß." Donderment, sad der Bastian, dat wür esou gett, wenn ich et Susannche än Albad [1] domet brähd. [2] Gesad, gedoh; öm halever Aeng stong he met de Gittar onger gen Fenster van sing Bruht en fong fresch a ze senge. Aene Poliss, [3] dä jüstement us ge Wihtshus noh Heem geng, reif efel: Halt doh! welt ühr dat Rosen en Brölle opgeve; wat hat ühr räuhetige Lü' ze amollestire [4] en net schloffe ze losse? Wat, sad der Bastian, ühr solt mich doch net verbeie, ming Bruht ä Ständche ze brenge? ich bröll net en ros net en amollestire ouch nömme, els de Familie Hüfop, en dön duhn ich domet ä Pläsir. „Wider= sätzlichkeit!" reif der Poliss. „Auf die Violin mit ihm, Nacht=

---

[1] Ständche. [2] brächte. [3] Polizeidiener. [4] behelligen, lästig werden.

wächter herbei!" Glich wore ses Nahtswäter met die evig
schärpe Lanze doh; allemol packede se der Bastian an eu
met gefälde Lanze wod he noh gen Violing [1] gefuhrt. Wie
he doh sos, duh sad der Nahtswäter us si Revier, dä höm
hiel jod kankt: Haut üch hei merr räuhig, Herr Sörig, söns
kritt ühr noch Schmacke [2] derbei; ühr kommt efel net egen
Mönnebrür, [3] ich sall et bei Hüfop sage goh, wo ühr ver-
bleve sed.

Nun kann sich jeder Mensch de Schreck en die Al-
teraziuhm enn de Familie Hüfop hiel lieht denke, wie der
Nahtswäter enn aller Frögde kom en sad, dat der Herr
Bastian Sörig des Naht met alle Gewalt wege gruhsse Be-
leidigong en gröbliche Widdersätzlichheed gegen de Po-
lizei hei mösse noh gen Violing braht wede. Et Sannche
wod kollig en feil överäh, wie 'ne Schottelplack; der aue
Sörig klapperet va Geft met de Bellen [4] opäh, der Wickes
en der Hari lacheden efel en sate: Dovan sall he net duhd
blieve; für hant jo att selever mieh els ämol doh geseisse,
dat kann der ordentlichste Mensch passire. De Modder
machet et Sannche et Korsett los en weisch em met
Schlagwasser; et ärem Kenk kom wier zau sich en sad
dann met än bibele [5] Stemm: Ba-Ba-Bastian! Enn den
Ogenbleck kom der Bastian erenn, se haue em att los ge-
losse; et Sannche wod op ä Neuts kollig en wür vlecht
noch än hauf Uhr kollig bleve, wenn net grad de ömge-
schmolze Seleversache en de Deiamantebrosch en de Uhr-
reng van der Goldschmed komme würe. Dat wor än
Pracht! Der Bastian selvs wongered [6] sich en sad: wat me
doch net us eson plompe au selevere Geschiere mache
kann! Die Lühtere en die Pött send klor för futt ze

---

[1] Polizeigefängniss. [2] Schläge, Hiebe. [3] Minderbrüder, d. h.
Gefangenhaus. [4] zahnlose Kiefer. [5] zitternd. [6] wunderte sich.

blohse, [1] en wie völ Leffele en Furschette! Alles noh der
neutste Muhde. Hei es ouch et Nühtche [2] derbei, sad der
auen Hüfop, 500 Dählercher es jüstement net ze völ för
alle die Sache. Bezahlt merr met mi Geld, sad der Ba-
stian, ich bezahl et met Pläsir. Ja, *cher fils*, sad der Hüfop,
dann salst [3] du efel sorge mösse, dat für gett kleng Geld
egen Fengere krigge; die 2000 Dählercher va leis send
att lang op an Möbele, Spegele, Pandülle, Liefed en Kleier
för dich en et Sannche. Gank merr noh gen Sparkass, die
schesse dich op än jau Obligaziuhn ä par Dusend Däh-
lercher vör.

Der Bastian sad nüs; he daht efel bei sich: et es doch
en ganz korjüs Sach, dat Traue es verdammt dür; [4] wat
kost mich dat nun att, ih ich noch getraut ben, en wat
sall et mich noch koste? Doför sad der Herr Pastuhr efel
ouch: Der Eheſtand iſt ein heiliger Stand, en för hellig ze
wede, deht me doch att geer gett. Et deht efel ouch nüs,
der Wickes [5] en der Hari [6] die hant mich egen Hank ver-
sprauche, met mich enn Kompanei ä Geschäft azefange,
womet für esou völ Geld verdenge, els für welle. Dorop
verloss ich mich.

De Trau wor nun fastgesatz op der 19. Februar; dat
wor der Namensdag van et Sannche. De Huhchzitt hei
zwor bei Hüfop gehaue wede mösse, merr de Zemmere
wore doh gett kleng, dröm wod se bei der Bastian egen
Hus gehaue. Ich weu, dat ühr doh dat Kauchen en Brohne
gesiehn heit; et Lisep met noch än fremd Köchen, et
Sannche met si Modder, der Joffer Bas Bromel en der
Peter en ovendren der Bastian egen Hemdsmaue en äne
Schotzel [7] a, alles driehnet sich egen Köche eröm wie än

---

[1] zum Fortblasen. [2] Nota, d. h. Rechnung. [3] wirst. [4] theuer.
[5] Ludwig. [6] Heinrich. [7] Schürze.

Jaarkruhn.[1] Der Bastian stoss der Kaniel, de Beschote-
blom en anger Gekrühds, he mahlet der Peffer en schrabet
de Schochenile[2] en wau met aller Gewalt ouch de Bölcher[3]
mache. Der Peter hacket et Gevölsel,[4] schliefet de Metzer,
speulet de Grülle en schlodered en frenget de Schottel-
placke us.

Met ses Wagens fuhr der Bastian öm zwelf Uhre
nohge Stadthus. Oem elf Uhre wor efel de Frau Krent en
de Frau Schnirp att doh met alle die Frauen en Mädd-
chere, die leis op der Kaffie zesame wore, net us Neu-
schirigheed[5] sondern us Attaschement för et Sannche.
Wie nun efel de jong Lü' enn der Saal truhne[6] en de
Frau Krent de Kranz van echt pariser wisse Ruhse en
Oraniebleuh,[7] de Kankte-Schleier, dat Kleed van hömmel-
bloh Muhr[8] antik soch, en dann die Deiamante-Brosch en
Uhrreng en dat prächtig Braselett, duh blev hör der Ohm
stoh; endlich sad se efel: Nä Kenger, överdreve es över-
dreve! Nun beseht üch ens die verwönschte Prenzess! Et
es än wahre Schand för ä Mensch, wat nüs en hat, sich
esou gett ömzehange; et es än wahre Schand, sag ich, för
ä Mensch, wat att us de Johren es, sich esou ze dekoltire;
wenn ich der Herr Pastuhr wür, ich wörp hön nohgen
Kerich erus. Nun beseht üch ens de grönge[9] Löbbes van
de Bastian! siht he net us wie äne magere geplode Kra-
metsvogel. En nun seht ens dat Driehne van dat od Bro-
mel, perquanzies[10] Joffer Bas, wat mag dat od Schärf[11]
sich ennbelde met die Blommemötsch, wo sich än Kauh
satt dra weihe[12] kühnt? Ich begriev die au Hüfops net,
die es an alles Schold, die muht et Sann sage: mag dich

---

[1] Garnkrone. [2] Schwarzwurzeln. [3] Klöschen. [4] Füllsel. [5] Neu-
gierde. [6] traten. [7] Rosen und Orangenblüthe. [8] Moiré. [9] grün.
[10] zum Schein, quasi. [11] Scherbe. [12] satt daran weiden könnte.

net lächerlich; der aue Hüfop met sing Domgrove va
Jonge, dä hat jod lache, die hant an der Bastian ä fett
Knäuchelche,[1] woran se, wenn se et net överdrieve, noch
lang knage könne. Ich sag jo, we oht wed, levd lang.

De Frau Schnirp en alle die Angere gove de Frau
Krent Reht en saten ouch: Oeverdreven es överdreven!

Wie de Trau verbei wor, duh gov der Herr Börge-
mester et Sannche en der Bastian de Hank en sad: Nun
wönsch ich üch völ Gelöck! Der Bastian, dä enn de Fa-
milie Hüfop völ an Beldong gewonne hau, sad glich drop:
»Bitte Herr Börgemester, ich wönsch üch des Glichen en
noch völ folgende, et steht alles ze vergelde.« Wie se va
ge Stadthus genge, duh verströpet[2] sich der Bastian dörch
den allmächtige Krenolin en dat wit Kleed van et Sannche
en wür noh die urweltliche Trapp eraf gefalle, wenn he
sich net an die Joffer Bas gepreckt[3] hei, die noch vezeng
Dag dernoh de lenke Höft met Opodeldock van de Stöss
ennrieve muht. Alle Karebenger en Apeltieve[4] stongen
ongen open Trappe en juchelede, wie der Bastian eraf kom.
Wie se enn der Wage sosse, öm direkt noh gen Kerich ze
fahre, duh sad der Bastian: Et es merkwördig, Sannche,
wat de Lü' op ons haue; wenn de Klocke noch luhede,
dann däht gewess Alles, der Köneck wür enn Oche.

Egen Kerich geng Alles hiel ordentlich en stell; de
de Joffer Bromel en der auen Hüfop kresche, et Sannche
machet zwor ouch luter Päncher,[5] merr et kuhnt sich doch
net an et Krische krigge. Während der Zitt, dat der Herr
Pastuhr die schönn Predig hiel, spellet der Bastian met de
neue gölde Uhrschlössel en daht: wür et merr att us. Der

---

[1] fetter Knochen. [2] verwickelte sich. [3] im Falle ergreifen.
[4] Obstverkäuferin. [5] das Verziehen des Mundes vor dem Weinen.
[6] Nadeln.

ärme Schelm soss doh, wie op Nölde;[1] he hau die neu
Helepe met die Ruhseknöppchere, die et Sannche höm för
ä Bruhtsgeschenk[2] gesteckt hau, öm de Ruhseknöppchere[3]
siehn ze losse, anplatsch henge, vör över Krütz gedohn en
se gett ze stärk agetrocke; nun petsched[4] höm, öm dat he
ouch Supjehs[5] anhau, die neu Box ganz entsetzlich. Ih he
dröm wier enn der Wage klomm, sad he: wahd ens gett,
Sannche, ich moss mich de Helepe[6] ä paar Laucher[7]
deiper schnalle.

Wie se nun us gen Kerich noh Heem kome, duh
woren att alle Frönde en Fröndenne bei der Bastian. Wie
se usklomme, duh soch he open Stross der Klös en der
Pitt; die Domgrove lachede en machede der Bastian Spitze-
borei;[8] he wor efel ouch net fuhl en satz hön äne dubbele
Lier[9] en daht, lauft ühr merr, ich kom op ming Rauh. De
Frau Krent, de beiste Fröndenn van de Joffer Bromel en
van de Frau Hüfop, wor natürlich ouch doh; se braht et
Sannche ä prächtig Bukett, ganz könstlich gemagd us
luter Röbbe, Karrute[10] en Morre,[11] en oven dropp sosse
zwei wisse schnäbelende Düvvcher va Leiezocker. Uehr
sed gar ze güdig, sad de Frau Hüfop, leivste Frau Krent,
ich dank üch för die gruhsse Attenziuhn. Schwigt mich
dervan, sad de Frau Krent, et es merr än Klengigheed;
ühr wesst, wie ich ömmer op ühr Süsge[12] gehauen han en
noch hau; dat et Kenk esonne geschekde, brave Mensch
kregen hat, wie der Herr Bastian Sörig, freut mich mieh,
els ühr gläuve könnt. Ich sad noch dese Morge opge Stadt-

---

[1] Nadeln. [2] Brautgeschenk. [3] Rosenknöspchen. [4] drückten.
[5] Souspieds. [6] Hosenträger. [7] Löcher. [8] Rübchen schälen. [9] Spott-
gebärde, welche man mit Daumen und Zeigefinger vor der
Nase macht. [10] rothe Rüben, Mangol. [11] gelbe Rüben, Möhren.
[12] Susannchen.

hus, et es än Freud, esou Pärche ze siehn. Uehr haut et
Süsge hiel nett agedoh, merr alles modest en zedatt, [1] gar
net uswendig en överdreve, wie men et allewill gewehnt
es, en döck bei Lü', die et gar net esou bred hant. Wie se
esou kallet, duh kom grad de Joffer Bromel op hör a. Dag
ming allerleivste Fröndenn, sad de Frau Krent, et geht
doch nüs över au Fröndschaft; wat haut ühr üch merr
fresch en wahl! Ich sad noch dese Morge opge Stadthus
an de Frau Schnirp: de Joffer Bromel siht noch us wie ä
jonk Mäddche; wo hat ühr doch merr dat allerleivste
Mötschche gegolde? Uehr hat lang nüs a gehat, wat üch
esou jod kleid, ge Blömche ze völl noch ze wenig. Ich sad
dese Morge an de Frau Schnirp, me moss sich enn os Johre
noch att ä Bessge opflecke, wenn me net ganz wellt över-
sieh wede; onger os gesad, ühr sed hü' esou knapp en nett,
dat ühr noch menige jonge Mensch gefährlich wede kühnt.
Och gött doch, sad de Joffer Bromel en lonked [2] ens noh
der Spegel.

Van et Eisse well ich net völl sage; alles wor enn
Oeverfloss en jod gekaucht; wat de Krentse des angeren
Dags op hör Kaffie-Visit dervan verzalt en dröver resonirt
hat, es allemol geloge; ich kenn de Krentse, — ühr kennt
de Krentse efel noch lang net.

Glich noh Dösch fuhre de jong Lü' futt. [3] Se haue
lang överlad, of se noh Dütschland erenn bes Koblenz, of
noh Frankrich erenn bes Paris reise saue. Der Bastian
wau efel, öm dat he Franz kuhnt, noh Paris; dat et Sannche
ge Franz kann, sad he, es mich hiel leif, dann han ich ouch
ömme, dä van Zitt zer Zitt ens Dütsch met mich sprecht,
söns kühnt ich et Dütsch knapp vergeisse. Wie se va gen
Dösch esou ganz stell opstonge, duh stong ouch de Frau

---

[1] züchtig, bescheiden. [2] sah verstohlen. [3] fort.

Hüfop, de Joffer Bas, de Frau Krent en de anger Mäddchere allemol stell op en leisse de Mannslü' alleng setze; se komen efel bau wier erenn met klatsch[1] nas gekreische Schervette — de jong Lü' woren met de Isenbahn op Velvisch a. De Frau Krent kresch et bänklichste en sad: »Gott wees, wat eson ärm Wihter enn die fremd Landau[2] för än Onglöck krigge kühnte!«

X. Kapitel.

Ongelöck enn Velvisch. — Onhöfflichheed van de Isenbahn. — Openthalt enn Paris. — Amüsement van der Bastian. — Heemkömst. — Et Sannche kritt de eschte Krämp. — Gott se Dank, dat de Frau Hüfop grad könt. — De Mander send Onmensche. — Oever et Nervensystem. — Der Bastian siht sin Onreht enn. — Jau Liehre van de Modder an de Dohter, wie me de Mander noh sing Hank trecke moss. — Et es der auen Hüfop gett överkomme. — He hat efel nüs, els et *desirium clemens.*

Wä hei dat nun wahl denke könne, dat der Bastian att enn Velvisch dat Ongelöck gehat hei? He hau sich esou meuh[3] geissen en gedronke, dat he bes a Velvisch ganz räuhig geschloffen hau, en hei secher bes Lück geschloffe, wenn se enn Velvisch wegen de Ongersöckong[4] van de Kleiasch net heien usklemmen[5] mosse. Dat wor doh än evig Blieve! Et Sannche dronk dröm ä Köppche Thie, der Bastian rauchet sin Zigärche. Ich well doch, sad he an et Sannche, opschrieve, wie ich mich desen Ovend en op de ganze Reis enn et Fremdeboch ennechrieve moss, wie mich di Vadder gesad hat. Me kühnt esou gett vergeisse; ich

---

[1] ganz nass geweinte. [2] Land mit dem Nebenbegriff des Unheimlichen und Gefährlichen. [3] müde. [4] Untersuchung. [5] aussteigen.

gläuv, dat he gesad hat: »Monsieur Sebastien Sörig et son éponge.«[1] Rechtig. He pütschet et Sannche en reif att luter: ma chère éponge, ma chère éponge!

Op ämol heischt et: Wier ennklemme[2] för noh Lück![3] Der Bastian en et Sannche sosse wier op hön Plaatsche, duh soch efel der Bastian, dat he si Kamfur[4] en ouch de Zigareduhs hau ligge losse. Merr än Ogenbleck, leivste Kenk, sad he en wor att us der Wagon, leif efel enn äne verkierde Wartesaal, suht sing verlore Sache en foug se net. Wie he dat Flöten van de Isenbahn hourt, duh sad he bei sich: flöt ühr merr esou lang ühr welt, ühr solt doch wahl wahde, bes ich mi Kamfur fongen han! De Isenbahn suhset efel met et Sannche att futt en leiss der Bastian et Kamfur söcke. Wie he dat efel soch, duh heil he sich der Kopp fas en reif wie beseisse: Mon éponge perdue! mon éponge perdue! Wahd ühr merr, ühr Spetz-bauve,[5] dat hat ühr mich net ömesöns gedoh; die Onhölf-lichheed, net ens zeng Minüte op ömme wahde ze welle, loss ich enn Oche bei der Kaatzer enn et Echo setze, en dann solt ühr bau met ühr Isenbahn net völl mieh ze duhn han. — Wie he efel esou doh stong en net wost, wat he afange sau, kom zom Glöck der Herr Knuddelmeyer van Oche, dä jüstement ouch enn Velvisch wor, op em a en sad: Bojour Herr Sörig, hat ühr ouch Affaire hei? »Dat grad net,« sad der Bastian, »ich ben op ming Bruhtreis.«[6] Wie, sad dropp der Knuddelmeyer, en dat esou alleng ohne Frau? »Dat send die Oester van die Welschen hei Schold, die hant ming Frau noh Lück geschlevd met samt minge Palatusch, en losse mich hei alleng enn die Kau rasele,[7] anplatsch[8] ä paar Minüte op mich ze wade.« Hat

---

[1] épouse sollte er schreiben. [2] einsteigen. [3] Lüttich. [4] Brief-tasche. [5] Spitzbuben. [6] Brautreise. [7] zittern. [8] anstatt.

net völl ze sage, sad drop der Knuddelmeyer, dann fahrt ühr noh zwei Stond met der Schnellzog en trefft ühr Fräuche en Lück. Se dronke nun zesame än jau Puttelige Bordoh, en, wie gesad, der Bastian fuhr spieder met de Schnelzog.

Nun denkt üch efel ens dat ärm Wiht van datt Sannche! dat wor nun esou ganz alleng enn dat Lück akomme en dat ohne Franz ze könne! Et hau va Velvisch a bes Lück gekreische en esou gekreische, dat et Oge wie Oelicher en än Nas wie äne Karfonkel hau. Der Palatusch van änen Her, döm et bei sich hau, en die zwei Isenbahn-Biljette, die et op alle Staziuhne gezeigt hau, hauen de Isenbahn-Beamte klörlich gesad, dat et met dat Menschge net ganz rechtig wor. Wat wod doh net över et Sannche gesad en gedaht! Op alle Froge wost et nüs ze antwohde, els »retuhr, retuhr,« en dobei mached et luter Zechens op Ochen a. Et kreg ä Biljet för met der niekste [1] Zog noh Ochen en kom rechtig enn der Naht öm halever zwei hei a. Denkt üch de Schreck van Vadder en Modder, wie hön Dohter medden [2] en der Naht alleng noh Heem kom en sei nüs van der Bastian soche, els singe Palatusch. Et Sannche verzalt hön dann et Ongelöck van Velvisch en wie der Bastian sich möglicher Wies us Verzwieflong der Hals künt afgeschnee han. Modder en Dohter schleifen die hauf Naht net, der auen Hüfop schnorket [3] efel wie äne Romelspott. [4]

Der Bastian wor nun met der Schnelzog noh Lück gefahre; he suht doh et Sannche, merr he fong em net. He muht die Naht enn Lück blieve en hau Zitt genog, ze överlege, of he morge fröch noh Paris of noh Oche fahre

---

[1] nächste. [2] mitten. [3] schnarchte. [4] ein Geräusch machendes Fastnachtsinstrument, eine Art Waldteufel.

sau. Wenn ich minge Palatusch hei, sad he, en wenn et net esou bänkelich schneiet, dann göng ich bes Paris; nun efel es et beister, ich fahr met der ehschte Zog noh Oche; et Sannche sall der Weg noh Heem wahl alleng fenge. Vör nüng Uhre wor he att bei Hüfop. Et Sannche sos noch doh enn der Beddejack en de Schloffmötsch en dronk met si Modder der Kaffie. God se Dank, sad der Bastian, dat ich dich hei treff; du has dich gewess völ Onrauh över mich gemagt, doför han ich dich efel ouch äne Sack Möppchere metbraht. Och, sad de Frau Hüfop, die ganze Sach hei nüs op sich, wenn de Krentse mer nüs dervan vernühm, efel die kritt nun änt ze krente. [1]

West ühr wat, Kenger, sad endlich de Modder, ühr set op Reis en blievt op Reis; enn acht Dag kann me gemäch- lich enn Paris gewest sin; nun mohd ühr üch gefalle losse, die kotte [2] Zitt bovenop [3] ze blieve en dann hürt nömme gett van ühr Ongelöck, ühr hat efevöl Pläsir en wed net usgelachd; noh acht Dag treckt ühr dann des Ovends bei üch enn, en dann sed ühr grad van Paris komme. Esou geschuch [4] et dann ouch; der Bastian lieret et Sannche enn der Zitt ninoigele en et Sannche gov höm Lexiuhn enn et Deklamire en spellet schwatze Peter met em. De Frau Hüfop hau efel net Onreht, dat se an et Sannche sad: Gef du efel merr jod Aht op der Bastian, dat dä sich räuhig verhelt en dat dä merr ömmer doran denkt, dat he enn Paris es. Der zweiden Dag hei he sich efel att bau ver- rohne. [5] He soss doh en suht de Etzen [6] us, die dese Meddag gekaucht wede saue; duh worep änen Domgrov van äne Jong met äne Schnieblock än Ruht [7] an hön Zemmer enn. Der Bastian ress glich de Fenster op en reif wat he roffe

---

[1] kritisiren. [2] kurze. [3] oben auf, d. h. im obern Stockwerk des Hauses. [4] geschah. [5] verrathen. [6] Erbsen auslesen. [7] Scheibe.

kuhnt: Domgrov, wenn ich net enn Paris wür, dann kühm
ich eraf en güf dich döchtig Konkele![1] — Die leiste drei
Dag wode de Bastian efel esou lank, dat he menget geck
ze wede; zom Glöck feil et noch et Sannche enn, dat he
geer esou allerlei knisteret;[2] et gov höm dröm änen decke
Knupp Wahs, en nun mached he dorus Männcher en Fräu-
chere, Rüterzeped[3] en allerlei Gediersch; de Lämmeschöff-
chere klevet he Watt ope Lief, esou dat de Frau Hüfop en
et Sannche selever sage muhte, dat se wie lebendig würe.
Der leisten Dag mached he us ganz fette Lötter[4] Sefeblose
en stüret et Sannche merr enn et Lese, öm dat he ömmer
reif, wenn he eson schönn decke Blos gemachd hau: »Sich
ens Kenk, doh siehs du Klüre!«

Se woren efel der achden Dag alle beids fruh, dat se
boven us dat Paris kome. Des Ovends spieh wode se met
äne Vigilant noh Heem gefahre met sammt hön Koffere en
der Bastian singe Palatusch.

Des angere Morgens wor der Bastian att enn aller
Fröchde open Duvves. He geng dann egen Köche bei et
Lisep en der Peter en sad: »Doh hat ühr jedderänge[5]
zwei Dahler; ich hei üch van Velvisch, ich meng van Paris,
geer gett metbraht, wenn et net ze sihr geschneit hei;
övrigens es enn dat äfeldig[6] Velvisch, ich meng Paris, ouch
nüs ordentliches ze krigge. Wenn ich gewost hei, wat ich
nun wees, dann wür ich gar net noh Velvisch, ich meng
Paris, gegange. Eson Reis es schändlich langwillig. Me
sieht doh nüs els luter Franzuhse; et Merkwördigste, wat
ich doh gesiehn han, wore Kröppelskenk, die att Franz
spruhche, els wenn se der Meidinger ganz dörchgenommen
heie.« — God beheu os en bewahr os, sad et Lisep, dann

---

[1] derbe Ohrfeigen. [2] machte. [3] Reiter zu Pferd. [4] dickes
Seifwasser. [5] ein jeder. [6] einfältig.

send doh de Kenk klor wie behexd en noch luser els hei!
Der Bastian geng nun met et Sannche Kaffie drenke en
stuch sich dernoh ä Zigärche an. — Et Sannche fong efel
an ze hoste en sad: leive Bastian, ich han et dich att lang
sage welle, — wenn de mich net ömbrenge wels, dann bliev
mich met dat Gestänks van Taback us gen Zemmere, ich
wed noch kollig dervan. Leivste Kenk, sad drop der Ba-
stian, du bes enn Abüs; [1] dat es än ganz fing Zigar va fof-
zig Dahler et Dusend, die äne beistere Geroch hant, els
Rüchketzgere. [2] Wo sall ich dann rauche, wenn ich net
egen Zemmere rauchet? Ih der Bastian dat noch gesad
hau, heil et Sannche att der Buhch [3] fast en kreg de schreck-
lichste Krämp; et zappelet met de Been, klapperet met de
Zäng en verdriehnet de Oge wie ä Mensch, wat der Gest
opget. Enn den Ogenbleck kom zom Glöck de Frau Hüfop
erenn. Lisep, reif se, merr gau wärm Schervette [4] opene
Buhch, Hofmannsdröppe en Schlagwasser. [5] — Der Bastian
wor wie duhd. He wod erus gescheckt bes sich et Sann-
che gett erholt hau. Nun sad de Frau Hüfop, wie se reht
hau, höm ens ongenüssig de Wored. Van zera dorft der
Bastian merr noch opgen Duvves rouche.

Et Sannche wor noh gen Bett geleit wode, en fong
sich noh dat Köppche Kamellenthie bau beister. Der Ba-
stian kom ganz beschamt, öm dat he an Alles Schold wor,
ens kicke, wie et met sing Frau geng. Nä, sad duh efel de
Frau Hüfop, de Mannslü' send allewill wie Onmensche;
nun könst du mich doh erenn met de Stefeln an en tram-
pels wie än Trampeldier enn än Zemmer, wo ömme krank
litt; bei eson Gelegenheed deht me de Stefeln us. Der Ba-
stian soch sin Onreht enn en sad, he weu dann leiver opgen

---

[1] Irrthum. [2] Räucherkerzchen. [3] Bauch. [4] Servietten. [5] Köl-
nisch Wasser.

Socke laufe, wat dann ouch geschuhch. De Frau Hüfop
expliziret der Bastian dann noch et Nerevesystem van ä
Frauenzemmer en sad höm, dat dat noch finger wür, els
Spennegewebbs; de Mannslü' heien efel entweder gar geng
Nereve, of Nereve wie Bonnestrüh [1] en Klockeseiler, dröm
krege se ouch zeleve geng Krämp. Leive Bastian, sad se
dann noch, du moss zeleve ge Frauenzemmer wierspreiche;
wenn et Sannche »Jo« sed, dann heu dich öm Goddes Wel
vör dat onglöcklich Wödche »Nä«; dat Wödche hat enn
der Ihstand mieh Ongelöck gesteft, els der Muhde met
sammt de Krenoline. Der Mannsmensch, dä dat glöcklich
Naterell hat, merr ömmer jo ze sage, dä levt wie ä Vögel-
che enn ä Körvge, wat räuhig singe Kennefsohm [2] frest.
Du kans nun goh, Bastian, en hols för et Sannche die ses
Böcher us gen Leihbibliothiek; et weu spieder geer ä Besge
lese. Du kans höm dann ouch ä paar Apelzine en gett Bo-
bong metbrenge för din Onreht wier jod ze mache en dich
bei et Sannche wier ennzeflensche. [3]

Wie se wier bei et Sannche enn et Zemmer kom, duh
sad dat: Modder, ühr mott et efel net ze ärig met em
mache, söns wed he mich ganz verbupsackt. [4] Kenk, sad
drop de Frau Hüfop, loss dich die Krämp net led wede,
luhs Fraue trecke sich hön Mander enn de ehschte vezeng
Dag ganz noh hön Hank. Wenn die ehschte Krämp net
aschlönd, dann hat me si ganz Leve singe Wel net, en än
Frau, die höre Wel net hat, es ä geschlage Wiht, wie ich
ben. Ich erenner mich noch, wie der Dag van hüh, wie ich
de ehschte Krämp kreg, dat duh di Vadder sad, wenn du
Krämp has, dann han ich Ogge, en Krämp en Ogge gehüre
begenäh; he geng erus en kom mich an der Sauf. Protten [5]

---

[1] Bohnenstroh. [2] Hanfsaamen. [3] einschmeicheln. [4] einge-
schüchtert. [5] schmollen.

en Stuvven [1] hölp allewill nüs mieh, se lossen änge dann alleng en gönt noh gen Wihtshuser, bes de Frau van selvs wier zahm wed. Noch äng Hauptsach han ich dich efel noch ze bemerke: mach, dat du de Kass egen Häng kriss; än Frau, die de Kass net hat, es merr än half Frau; bei jedder Rechnong van der Zockerbäcker, van de Muhdemächersche en der Goldschmed wed räsonirt över Alles, wat de Mander nüs ageht; wenn du efel de Kass has, dann levst de enn Fred en Rauh. Wie se et Sannche eson jau Liehre en noch völl angere gov, du wod de Frau Hüfop noh Heem geroffe, höre Mann wür gett överkomme. Der aue Mann hau enn die leiste Zitt bänklich gedronke. Der Bastian kom noh Heem en sad an et Sannche, der Dokter hei gesad, der Vadder hei nüs, els et *Disirium clemens,* wat döschtige [2] Lü' ongerworpe [3] würe.

Elfde en leiste Kapitel.

Der Bastian welt perforsch gen Schloffmötsche drage. — Properetiet van et Sannche. — Der Bastian enn gruhsse Gesellschaft. — Sing Beldong enn Red en Antwohd. — De Firma Sörig en Hüfop. — Spekulaziuhnen enn Aktien Erfendong van der Bastian. — Der neue Handelsartikel. — Et Sannche krit ä' Flosfieberche. — Der Wickes en der Hari gönt noh Amerika. — Bankeldrott van et Hus Sörig en Hüfop. — Aerger van der Herr Sugelster. — De Joffer Bas Bromel anömmt sich der Bastian. — Et od Marike. — Der Peter en et Lisep. — Der Bastian es Pat wode. — Fackelsonndag en die nahsse Waffele.

Et es doch vör än Dohter völl weht, wenn se än luhs Modder hat, die hör enn der Ihstand jaue Roht gevve kann. Enn ganz kotte Zitt hau et Sannche sich der Bastian noh sing Hank getrocke, dat et ä Pläsir wor. He sad zeleve net mieh »Nä«, wenn het »Jo« sad; het hau singe Well en ouch

---

[1] hart angehen, brüskiren. [2] durstige. [3] unterworfen.

de Kass. Et enzig Led, wat et met der Bastian noch hau, wor, dat he dörchus geng Schloffmötsche drage wau. Het klaget et an si Modder en die sad du an der Bastian: »Leive Bastian, ich han dich ömmer vör äne vernönftige en propere Mensch gehaue; nun begriev ich efel net die Onvernonft en die Verkenserei, [1] dat du geng Schloffmötsche drage wels! Siehs de dann net, dat de fresch övergetrocke Kösszeche [2] noh zwei Dag erus send, els wenn se dörch gen Dreck geschlevt würe? Siehs de dann net, dat et Sannche us Properetiet, öm sing Nahtsmötsche net schwatz ze mache, des Ovends alle sing Hoorflieten [3] usdeht? [4] Äne Mannsmensch ohne Schloffmötsch es merr änen haleve Mannsmensch en es noch schlemmer, els än Frau ohne Beddejack. Ohne Schloffmötsche weds de vör der Zitt kahl, dauv, blenk en lahm, än Schloffmötsch helt der Verstank beigenäh en es der grüdste Zierroth van änen echte dütsche Mannsmensch. Enn de Depetirte-Kamer esouwahl wie enn der Stadtroht hat Jedderänge sing Schloffmötsch egen Teisch, öm se em Fall der Nuht a zeduhn en de Franzuhse bang se mache.« Dorop leiss sich der Bastian dann gesage; he wau efel merr Schloffmötsche ohne Flüsger [5] en met schmal Böhd. [6]

Va zera [7] wor et Sannche de glöcklichste Frau en nun wöst ich att gen Hus, wo mieh Pläsir gewest wür, els bei Sörig. Et wore nörgens mieh Kaffie- en Thie-Visite, Dinnihs en Suppihs els bei de jong Frau Sörig. Se hauen överall Visit gemachd en woden dröm ouch överall enngelade, esougar op Thie-dansants, en bei eson Gelegenheed kuhnt me dann klörlich siehn, wat en luhs Frau us änen domme Mann mache kann. Dörch et Sannche hau der Bastian eson Beldong krege, dat he sich enn Oche enn de grüdste Gesell-

---

[1] Schweinerei. [2] Kissenüberzüge. [3] Haarflechten. [4] ablegt. [5] Quästchen. [6] Bord. [7] von der Zeit an.

schaft net ze schame bruchet. Söns sad he ömmer, wenn
he Huhchdütsch spruhch, »ja wull«, nun sad he efel »ïa
wohl«, söns sad he »jut«, »ein ïanz ïahr«, nun sad he »kut«,
»ein kanz Kahr«, en esou alles op et hüchsde Huhchdütsch.
Noh de Liehr van sing Frau heil der Bastian sich enn Ge-
sellschaft att luter an et frogen: Wie lebt es mit Jhren Herr
Bater, Mutter, Schwester, Bruder, Onkel, Tante, Better, Base
u. s. w. Sing Hauptantwohd wor efel: „Bitte, ist mir unbe=
kannt." Et Sannche hau höm gesad, he sau sich merr för
et Antwohden enn Aht nemme. Wat kann men nun efel
enn än Thie-Gesellschaft van äne gebelde Mensch mich ver-
lange, els die Frogen en dat Antwohden van der Bastian?
Wenn gelachd wede muht, dann lached he met, wie de vor-
niehmste Here, dat et dörch alle Zemmere schallet en
agiret [1] dobei met de Ärm wie äne Telegraph. Dat he dann
att wahl ens ömme än Tass us gen Häng schlog en höm
selvs de Tass met sammt de Thie egen Hot feil, wore kleng
Malöre, die der Domste passire könne.

Van Pläsir alleng levt der Mensch efel net; et wor
dröm huhch Zitt, dat der Wickes en der Hari [2] met der
Bastian ä Geschäft afonge; wegeworöm, ä Kapitälche noh
et angert geng flöte en de Familie Hüfop begreff dat klor,
dat, wenn der Bastian nüs mieh hei, sei ouch nüs mieh heie.
Esou entstong [3] nun et Geschäft: »Sörig en Hüfop.« »Sich,
Bastian,« sad der Hari, »du has dich enn nüs ze bemeuhe,
du bruchs gar nüs ze duhn, els merr et Geld ze schaffe;
mi Brur en ich für levere de Kenntnesse; ich führ et Kon-
tur en der Wickes geht op Reis. Womed für handele, dat
sall sich fenge, merr alles enn et Gruhsst; für fangen att ens
jeddenfalls met mieh Kapital an, els der Ruhtscheld, en
wat es us döm wode? Für mühten efel verdammt wenig

----

[1] arbeitete. [2] Heinrich. [3] entstand.

Glöck han, wenn für döm net dröver kühmen; dovör loss övrigens mich en der Wickes merr sorge.«

Wat der Bastian van Kapitälcher noch Liggens en Rührens hau, dat wod ze Geld gemachd, en för et Handelskapital ze verstärke, wod op sin Hus noch esou völl opgenomme, els he krigge kuhnt. De eschte Spekulaziuhn mached der Wickes enn Mastrechter Isenbahn-Aktien;[1] hc golt för 2000 Dahler à 20 Dahler per Stöck en gewonn op die Manier 8000 Dahler. Der Bastian hau dora än bänkeliche Freud en traktiret des Ovends sing Schwögersch met Schampanier. Bei die Gelegenheed sad efel der Hari: Ding Erfendong, Bastian, us Kolefonzius[2] en Wahs än Zort va Poschelei ze mache, gläuv ich doch net, dat sich jod rentire sau; merr de neuen Artikel „menschliche Juhanno",[3] do gläuv ich, leiss sich get enn mache; dat Geschäft hat noch wenig Konkurrenz, de War es noch bellig en wenn für se onvervelscht us de eschte Quelle betrecke, dann könne für doran ons 75 Prozent verdenge. Wenn für merr 20,000 Mann per Johr rechne, die ons der Juhanno levere en bezahle per Kopp änen Dahler, dann machd dat 20,000 Dahler Uslag op et Johr; jedder Mann efel met usgewahse Menscheverstank levvert, der änge dörch der angere gerechent, för 4 Dahler Juhanno, mache perfekt van 20,000 dann 80,000 Dahler Ennahme, also 60,000 Dahler Profit.

Krestes Kenger Deies, sad drop der Bastian, wat fange für merr met all dat Geld a? Op dat Geschäft freu ich mich, sad der Wickes, dann komm ich ouch op de Lappe en reis op der Buhr met Juhanno-Prauve; der Bastian en et Sannche krigge dann ouch gett ze duhn, die könne dann alle die Tüte för die Prauve mache. Für wellen efel merr

---

[1] Aktien, die eine zeitlang fast werthlos waren. [2] Kohlifonium, Harz. [3] Guano.

zwei Zorte levvere: Prima Qualität, ganz onvervelscht, en dann Nr. 2 met half en half Fommendreck. [1] Et Sannche schott met der Kopp en sad: Ja, efel, wenn efel esou efel — der Hari leiss höm net usspreiche en sad: Ühr Fraulü' hat ömmer gett ze efele; wels du dinge Mann en ding Brür än enndräglich en schönn Geschäft verderve, wonoh mänige de Fengere lecket? — Des angere Morgens soss der Bastian att doh met äne Schotzel [2] a en än gruhsse Pann Papp en klevet Tüte en song wie än Bochfenk: [3] 𝔍n bie𝔦en 𝔥eiligen 𝔥allen.

Me wost net, wat et wor, merr et Sannche hau op ämol gar geng Truff [4] mieh enn; et schnippelet net mieh en song net mieh, zewill hourd der Bastian höm merr noch ope Kontur met sing Brür gett hiel stärk deklamiere, besongersch, wenn et geer Geld gehat hei. Dat se geng Komihde deklamirt haue, sondere ä Trurspell, [5] soch der Bastian doran, dat et Sannche gekreischen hau. Et ärm Wiht feil enn än Süchelei; alle Ovends hau et ä Flosfieberche [6] en wod mager wie ä Spenkleht [7] en noh drei Mond wor et doud.

Der Wickes en der Hari die deklamirede nun merr noch alleng ege Kontur. »Du bes der äreme Geck sin Onglöck Schold en et onsd met,« sad der Hari; »ich weu, dat der Düvel dich met samt de Aktien holet. Haue könne für ons net mieh, geng Busch egen Kass en övermorge mosse die 6000 Dahler Wecksele bezahlt werde; verkauf merr noch dese Nommedag die 10,000 Dahler Mastrechter för jedder Pries, döm de derför krigge kans, versteht sich, gegen Kontant. Nemm merr glich de Isenbahn-Billets bes

---

[1] Kohlenasche. [2] Schürze. [3] Buchfinke. [4] wörtlich Trumpf, d. h. Heiterkeit, Lebensmuth. [5] Trauerspiel. [6] Erkältungsfieber. [7] Wachsfaden.

Ostend, dat für desen Ovend noch futt komme, onger-
töschens mach ich ons Koffer gereht. Wenn der Bastian die
zwei Millioune Ponk Juhanno, die für noch op Lager hant
en die enn ons leiste Bilanz met fönf Groschen et Ponk
agesatzt send, jod regalisirt, dann könt em vlecht noch gett
erus, jeddenfalls blievt de Kredituren noch ä nett Objekt.«
Der Wickes en der Hari wore futt wie geblose noh Amerika
en hant nüs mieh van sich hüre losse.

Des angeren Dags wor nömme opge Kontur; der Ba-
stian daht efel, se send hü gewess op de Jagd; wegeworöm,
sing beide Schwögersch [1] wore gruhsse Liebhaber van de
Jagd en eson Pläsircher. Der Dag drop, wie der Bastian
grad de Duvve gefuhrt hau, duh kom der Konturist van
der Herr Petsch met ä van die Weckselcher. Welt er net
ä Besge wahde, sad der Bastian, der Wickes en der Hari
send noch net doh, ich han mich efel met die Schrieverei
opge Kontur zeleve net afgegeve. Wie der Bastian esou
kallet, duh kome noch zwei Konturiste van der Herr Sug-
elster en der Herr Schrufstock, allebeids met Weckselcher.
Ich sall ens opge Kontur kike, sad der Bastian, vlecht hant
se et Geld för üch allemol doh gelahd. He fong doh efel
nüs els folgende Breif:

Lieber Bastian!

Da unser gemeinsames Geschäft in Europa nicht geht, so
haben wir einen Abstecher nach Amerika gemacht, um hier unsere
Waaren zu verkaufen. Sobald wir dieselben abgesetzt haben wer=
den, erhältst Du dafür gemünztes Geld oder Silber in Barren.

Deine überseeischen Schwäger:

Wickes Hüfop. Hari Hüfop.

Geld, ühr Here, sad der Bastian, feng ich nun jüste-
ment net, merr noh de Breif hei schecke ming Schwögersch

---

[1] Schwäger.

et us Amerika, en, wie se sage, et Selever enn Bahren;
domet menge se gewess kleng Botterbahre.

Et ärgeret sich nömme mieh, els der Herr Sugelster
över die schlehte Strech van der Wickes en der Hari; he
hau hön doch die paar Johre jod bedengt en us au Frönd-
schaft för hön Vadder seliger zeleve net mieh, els merr 20
Prozent berechent.

Wie et der äreme Bastian nun geng, dat bruch ich
nömme ze verzelle; et wod höm Alles verkod bes op sing
Kroppede. Et wor ä Glöck vör em, dat de Joffer Bas noch
levet. Se wor et Schold, dat he sich getraut hau; se gov
höm dröm ä Kämmerche bei sich en leiss höm met eissen
en drenke. He tüselet nun dörch gen Hus, fuhret de Hon-
der, klenget [1] et Holz, begoss et Liefet [2] opgen Bleech [3] esou,
dat selvs et Marike, die au Mahd, die nun att 46 Johr bei
Joffer Bromel gedengt hau, sage muht, der Herr Bastian
wür änen angeniehme, raffetierige [4] Mensch. Wie de Joffer
noh sess Johr storv, duh vermached se der Bastian de Liev-
zog [5] van hör ganz Vermöge à Kondizioun, dat he et Marike
levenslänglich bei sich behaue en dubbele Luhn gevve muht.
Nun wor der Bastian op sing Rauh en levet wie ä Vögelche
enn ä Körevge. He song wier fresch: Jn biefen heiligen Hallen,
en anger schönn Ledchere, dat et Marike döck de Thronen
egen Ogge kome en et de Häng ennäh schlog en sad: Me
sau sage, wo et menschlich of möglich wür!

Besonger Fröndschaft heil der Bastian met nömme
mieh, els met der Peter en et Lisep, die, wie ühr west, sich
kott noh der Bastian getraut en ä jod Geschäft agefangen
hauen. Doh soss he döck ganze Nommedage henger gen
Ovend en heil et Lisep et klengste Kenk, wo he Pat van

---

[1] kleinte, d. h. hackte. [2] Leinwand. [3] Bleiche [4] sehr thätig.
[5] Leibzucht.

wode wor, en soch dann ouch att gett noh gen Thiek. [1]
För die anger Kenger van et Lisep, die höm net angersch,
els »Manonk Bastian« heische, mached he Wahsemännchere
en Lämmeschöffchere. Kenger, sad he döck, wenn die Bahre
Selever van Amerika komme, dann mag ich üch glöckelich.
He liehret hön ouch nienoigele en braht hön hiel döck
Möppchere met en hei hön geer noch völ anger Sache met-
braht, wenn et Marike höm net esou knapp enn Geld ge-
hauen hei. Op Fackelsonndag es mich der Bastian noch
begehnt [2] met fresche nahsse Waffele, die et Marike för de
Kenger gebacken hau. God gev merr, dat et Marike lang
ze leve blievt.

---

[1] Theke, d. h. Laden. [2] begegnet.

Käuer[1] över Kengerzocht.

Et wor grad enn dat Johr, wie Cathrinadag op äne Samsdag feil, der 25. November. Oem dat os Beis Trinettche heisch, haue für Kenger er met än jau Appeltourt van Krenideg[2] en än Radong met völl gestossene Amandele[3] drenn gebonge. Der Klös[4] hau än Spröcht[5] opgesad, die he ouch opgesad hau, wie et de Modder hören Namensdag wor öm Zent Getrudes. Ich selvs hau van der Herr Liehrer äne Breif opgesatz krege en döm met eson grousse Lettere geschreve, dat de Beis selver sad, se kühnt de Breif ohne Brel lese. Der Wickes[6] en der Dures[7] haue geng Spröchten opgesad en ouch geng Breif geschreve, se sahte, för Jongens van 10 en 12 Johr schekket sich dat net mieh. Der Klös en ich, für hauen ouch van de Grosche, de ons de Beis alle Sondags gov, beiäne[8] gelad en ä Blomebouket gegolde en de Beis domet gebonge. Der Wickes en der Dures hauen efel nüs verspart, die golde sich för hön Geld ZweipenneksZigare en piefede, wenn der Vadder et net soch; de Modder dorscht[9] hön nüs sage, söns wode se frech.

Et wor also des Samsdags der Namensdag geweest, dröm hau de Beis de Frau Hüfop des Sondags ze Nommedag op ä Stöcksge Tourt en Radong en ä jod Köppche Kaffie egelade. De Frau Hüfop wor de beiste Fröndenn van de Beis, se haue zesammen vör 70 Johr egen Oschelene[10] egen

---

[1] gutmüthiges Gespräch. [2] süsser Teig. [3] Mandeln. [4] Nikolas. [5] Gedicht, Spruch. [6] Ludwig. [7] Theodor. [8] zusammen. [9] durfte. [10] Ursulinen-Kloster.

Schul gegange en ouch zesame van der aue Habes [1] danze
gelierd. De Beis soss doh enn de schönne Prötter en hau
noh de Meddag wie gewöhnlich än Tüppche [2] gehaue met
de Katz opene Schous, die Finess heisch en gar net kratzet.
De Beis wor op hör staatsde [3] agedoh, se hau ä siehe Kled
a met Agaschante en än opgesatzde Mötsch met völ Kankte;
se hau ouch ä ganz neu Türchen [4] agedohn en der selevere
Breel a, se schnuffet us die schönn Agathe-Douhs [5] met Gold
beschlage, worus sönst der Beistevadder seliger geschnufft
hau. Se wor gerad wacher wode, duh kom de Frau Hüfop
erenn met de siehe Falie [6] en doronger äne lange siehe
Manktel, ouch hau se äne schönne grousse Stouch met Sieh
gefouhrt, de över der hauvo Buch recket en de beiste Kar-
kass [7] a.

Wat wor de Beis frouh; se stong op en nichet [8] sich,
de Frau Hüfop nichet sich ouch, se pütschede sich en krege
sich met de Häng en duh satze se sich. De Beis zeiget de
Frau Hüfop de Geschenke en ouch et Bouket en minge
Breif met die grousse Lettere en der Klös muht de Spröcht
noch ens opsage.

»Wie alt es der Päul, [9] dä de schönne Breif geschreven
hat?« froget de Frau Hüfop.

»He es öm Peter en Paules grad acht Johr alt wode,«
sad de Beis; »merr os Päulche es än Auerjünche [10] en liehrt
wie Wasser.«

»Wat doch eson neu Liehrmethud net deht!« sad die
Frau Hüfop, »ich siehn hei *M*-en enn de Breif esou schönn

---

[1] ein Tanzmeister des vorigen Jahrhunderts. [2] Schläfchen.
[3] geschmückteste. [4] falsche Haarlocken. [5] Dose. [6] ein nonnen-
artiges Frauengewand. [7] aus dem Französischen Carcasse, hoher
Kopfputz mit Drähten. [8] machte einen Knix. [9] Paul. [10] ein alt-
kluger Junge.

wie mänig erwahse Mensch se net schönner schrieve kann.
En wie hat e singe Nam esou klor en dütlich dronger ge-
satzt! et es jo allewill bänklich, wie de Lü' hönne Nam
ongerschrieve; ge Mensch kan et mieh lese, öm dat et äne
Krabellemanes wie Chinesesch es.«

»Sed stell,« sad de Beis, »dat kennt ühr net, dat es
allewill Muhde; söns sad me, de es esou ongeliehrt dat
he net ens singe Nam schrieve kann, nun hescht et, de Her
es esou geliehrt, dat he net ens mieh singe Nam schrieve
kann. Et eschte Erforderness van äne jauen Angestellde [1]
es, dat he singe Nam op dütsch-chinesesch schrievt; of sich
mänige schamt över dat, wat he schrievt, of över singen
eigen Nam, ich wees et net. Leiss sad mich än huchdütsche
Madam, ä geboren Oecher Mäddche: »Meine Mann schreibt
seine Nam so koriös, dass ich es seleber nicht lese kann, er
macht nur esou ein Zeichen wie einen Ochsenkopf.« En de
geliehrde Mann wor enn et Overland an än Isenbahn age-
stellt, öm de Rar [2] ze schmiere.«

»Et es mich allelä,« sad de Frau Hüfop, »ich feng,
dat de Kenger allewill gau liehre.«

»Gau,« feil de Beis hör enn et Wod, »gau liehre se,
merr wie en wat? Wenn et ärm Klösge doh setzt en boch-
stabirt, dann krig ich klor et Fieber, för R uszespreiche,
kröpt sich et ärm Kenk en görgelt en raspelt, els wenn he
än Kätsch of äne Storkel egen Halz hei, bochstabirte än Sch,
dann sproutzt [3] he mich et Gesecht voll, bei anger Boch-
stabe verdriehnt he de Oggo en machd Grimasse en schniet
Gesechter, els wenn he än Begovgeed krieg. Wat wor dat
söns än enfache Methud! Wie freuet sich Heem alles, wie
ich dat kröttlich Wod *Konstantinopel* ohne Fehler bochsta-
bire kuhnt! Dat es ä stärk Stöck, sad mi Vadder seliger

---

[1] Beamter. [2] Räder. [3] spritzt.

för ä Mäddche van 7 Johr! Dä Magester (Liehrer gov et
duh noch net) moss belouhnt wede, ich schek döm ä fonkel-
neu Kaleminge Kamesol![1] Wahl hondertmol muht ich,
wenn att wier ömme kom, dat kröttlich Wod *Konstantinopel*
bochstabire. Os Päulche es ouch em Stand, dat Wod ze
lese, merr bochstabire kann he et net; he sed emol of ses
ko—ko—ko en dann es dat kröttlich Wod *Konstantinopel*
erusgebötelt.«

»Doh hat ühr Reht,« sad de Frau Hüfop, »merr et
freut mich, dat me hürt, dat me de Liehr wier op der auen
Tun brenge welt en de Obrigheed gesad hat, de Liehrer
wöre völ ze geliehrd; wenn die selever kröttliche Wöd lesen
en schrieve kühnte, dann wöste die genog, för Schul op
ze haue.«

»Jo,« sad de Beis, »et moss än Kier[2] drenn braht
wede, söns sau me bau sage, dat de Welt vergeng. Söns
liehret jedder Kenk Kathegesmes; doh es allewill egen
Schule geng Sproch mieh van, dat hesche se nun Religions-
onterrecht, merr Kathegesmes liehre se net mieh. Allewill
piefe de Jöngsgere van zwölf bes fofzeng Johr en drenke
Bier egen Wirthshuser; dat könne se beister, els de zeng
Gebott en de söve Stöck. Ose Wickes es zwelf Johr alt en
op de vierde Schul egen Augestinger; — merr wat de Jong
piefe kann, dat es bänklich. He sed, ohne Bier ze drenke
en ohne ze piefe kühnt allewill nömme mieh Latin liehre.
Minge Mann seliger hau söve Schule studiert, ohne ze piefe
en Bier ze drenke en kuhnt si Latin beister, els de Lü' van
allewill.«

»Wörklich,« sad de Frau Hüfop, »mi Vetter hat Reht,
dat he sed, für würen allewill enn et Bier- en Rauchjohr-
hondert en wenn sich de Obrigheed net drenn leget, dann

---

[1] eine Weste von Kalamin, ein veralteter Stoff. [2] Aenderung.

wöte de Schule bau egen Wirthshuser gehaue. Wie mänige jongen Her hürt att ens geer än Predigt, wenn egen Kerche gestaucht [1] wöd, en he än Zigar dertösche piefe kühnt.«

»Geschlage Kenger,« sühtet de Beis, »en dubbel geschlage Mäddchere, dön esou Möffelche ze Deel wed! Minge Son hat alle die Jongens, wat sall dat met der Zitt noch wede? Us ose Wickes könt att ens gewess nüs Jods.«

»Leivste Fröndenn,« sad drop de Frau Hüfop, »mengt ühr vlecht, de Mäddchere würen allewill beister, els de Jonge? Ming Dauhter hat ses Mäddchere, en doh wesse für ouch, wat für an hant. De Mäddchere weden allewill opgetrocke, els wenn — — —«

Hei ongerbroch er de Beis en sad: »Frau Hüfop, der Kaffie wed ons kalt, losse für drenke; ühr verzellt mich dann glich van de neumudesche Mäddchenszocht, ühr hat enn de leiste Johre noch att ens äne Ball gesiehn en set op Thiedansants gewest en könnt doröm gewess metspreiche.«

Se dronke nun äne reth zabbige [2] Kaffie, döm me met änen Hossbengel hei us zoppe [3] könne en osse Tourt än Radong.

---

[1] geheizt. [2] saftig. [3] tunken.

Beschloss van der Käuer.

Noh der Kaffie fong dann de Frau Hüfop wier a:
»Wie gesad,« sad se, »de Mäddchere send allewill net völ
beister, els de Jongens. Wat wore für enn ons jong Dag
raffetirig en aschlägig egen Köche, — wat heil me net alles
ze Roth; jedder Mäddche kuhnt recken en strieche, stiefen
en blöhe, kauchen en backe. Allewill kenne se net ens
mieh de beiste Stöcker van et Flesch, frogt ens ä Mäddche
der Ongerscheed töschen än kotte Röb, än vaste Röb en
än Drusröb, töschen et Köpchen an der Schen en et Köp-
chen an der Stütz of et Stöck an de Blom, se wesse kom
mieh der Ongerscheed töschen änen Hammelsbog en änen
Hammelsbolz.«

»Doher könt et ouch,« sad drop de Beis, »dat allewill
de Manslü' esouvöl köchepettere en leiver egen Wieths-
huser els heem eisse. Leis hau et Stänz[1] van os Nobber-
sche Püfferdcher[2] gebacke, en wat för Püffedcher? Se
woren esou vast, Frau Hüfop, wie Bockelsteng,[3] me hei
ömmen ä Lauch dermet egene Kop werepe könne, üsserlich
än klor Krei[4] en enwendig nüs els Terf;[5] die ärm Schrut
van dat Mäddche hau bei et Beschlo[6] der Geisch[7] en de
Eier vergeisse en op än hauf Ponk Meel bau ä Ponk Krente
verbroucht, öm se reht jod ze krigge.«

---

[1] Konstanzia. [2] Backwerk. [3] Rollsteine. [4] Ofenschlacke.
[5] nicht gebackener Teig. [6] Anmengen. [7] Hefe.

»Uehr sold siehn,« sad de Frau Hüfop, »met ons au
Lü' sterve de Püffedcher us en ouch et Sprötzewerk[1] en
de Strouve.[2] Leis woren bei ons alle ses Mäddchere enn
äne Tespeta, of me sage mühd, Sprautz-, Spritz-, Sprutz-
of Sprötzwerk; ongertöschens geng hön de Botter met
sammt et Kütgensfett[3] noh ge Für erenn. Doh hat ühr
der Kauch en Back van allewill! Kenger, sad ich, zänkt
üch doch net, et hescht Sprötzwerk, wenn efel änen Herr
Offecier of änen angeren houchdütschen Her doh es, könnt
ühr op Houchdütsch Sprautz- of Spreizwerk sage.«

»Me sau efel bau sage,« sad de Beis, »wo ses eson
Mäddchere würe, doh müht de Köche wie än Uhrwerk
goh en der Niehn en de Striech en der beiste Ordnong
sin, womet sauen se sönz wahl de Zitt eröm krigge?«

»Uehr denkt an de au Zitt,« sad de Frau Hüfop, »wo
sich de Mäddchere ouch met et Hus bemeuhede,[4] merr
dat es allewill ganz angersch, se bemeuhe sich met alles,
merr net met et Hus, se können en wessen alles, merr nüs
van der Hushalt.«

»Merr,« sad de Beis, »wat temtire se dann, öm de
Zitt eröm ze krigge?«

»Se hant noch Zitt ze wenig för hön Werk,« sad de
Frau Hüfop, »wat ühr gett temtire hescht, dat scheckt
sich för ä vörniehm Mäddche net. Leis wod os Klör ganz
kollig, öm dat äne vörniehmen Her gesiehn hau, dat et
egene Gank[5] äne Strühzalm[6] opgeraft hau, woför et doch
än Mad hei roffe könne. Hön Werk es sich us en a ze duhn,
ze klavieren en ze senge, nötzliche Romane en Komiedens
ze lese, Pantoufele ze stecke, op Thie- en Kaffie-Visite ze
goh en eson Sache mieh; wie saue nun die ärm Mäddchere

---

[1] u. [2] Backwerke zur Fastnachtszeit. [3] Schweineschmalz.
[4] bemühten, d. h. beschäftigten. [5] Hausflur. [6] Strohhalm.

noch gett angersch temtire könne? Me moss ouch net ze
völ van de Kenger verlange. Strecke grieft en de Nerven
a, Niehne verdörft en de Ogge, Kauche verhetzt en et
Blod en ruinirt en der Teng, [1] Strieche brengt en Quete, [2]
noh Stiefen en Blöhe krigge se der Wenkter an alle Fen-
ger en Zihne, doröm wür et jo onvernöneftig, dat de jau
Mäddchere esou gett temtirede.«

De Beis schott met der Kopp en menget, »et müht
doch en de Loft van allewill ligge, dat de ärm Mäddchere
esou tier [3] würe, dat kühm gewess dörch alle de Gas en de
Damp van alle die Isenbahne.«

«Dat kan att gett derzau beidrage,« sad de Frau
Hüfop, »merr ich gläuv et litt doch mieh en de Strabaze,
die de Mäddchere allewill usstoh mösse.«

»Strabaze?« froget de Beis.

»Jo, sad se drop, »Strabaze; dat Danze van allewill
send wörkliche Strabaze för de Mäddcher. Uehr müht
merr ens esonne Ball of änen Thie-Dansant enn ons Dag
siehn, öm dat ze begriefe. Van änen Menuet of överhaupt
van äne galante ordentliche Danz en Walz es geng Red
mieh; van Pas en Anterschas kenne se der Nam net ens
mieh. Söns galopirede merr de Ped; allewill galopire de
Mäddchere, doröm stönt se dann ouch met sammt de Here
en geiche, [4] en hant gengen Ohm öm zesame ze spreiche.
Wat mänige reht ze pass könt. Et korjüste van alle Dänz
es efel wat se Ongerrock of op Franz Cotiljong hesche,
äne Danz met änen Afang merr ohne Enkd. De Danz duhrt
dreimol esou lang els der ganze Ball, de Heren en Dame
setze dobei ganz gemächlich op hön Steul en doch läuft
alles ömmer dörcheen wie än Garkroun en geicht en blost.
Alles könt dobei us Fazun en Gehiel; [5] de Here send noh

---

[1] Hautfarbe. [2] Schwielen. [3] zart. [4] keuchen. [5] Haltung.

den Danz us wie Pudle, die ege Wasser apportirt hant, de Mäddchere wie geplode[1] Vögel, en verplakder[2] wie hön Bouketer.«

»Mi Vetter,« sad drop de Beis, »de leis ouch de Cotiljong ens gesiehu hat, de sad mich, et lüg doch Verstank enn den Danz; höm tönt, dat dodörch ä Beld van de jetzige Zitt vörgestalt wöd, en esouvöl sage weu els: Gemächlichheed, Onbeständigheed en Ongenüssigheed; alles setzt dobei gemächlich, de Here danze ömmer met en anger Dam, send also enn der Cotiljon wie enn et Leve onbeständig en alles es ongenüssig, öm dat se van gen Ophüre wesse welle. — Se hant also ouch Bouketer?«

»Of se Bouketer heie! Bouketer wie Weischmangele, än Kouh kühnt sich satt dra freisse. Usser än allmächtig Hankbouket hant se ouch noch Bouketer open Schauere,[3] op gen Aerm, opene Bouch än överal. Ochherm! Dat hant de miehdste ouch nüdig; se hant geng Rousen open Backe, dann hant se er doch wenestens open Kleier. Et schingt mich, dat ouch de Bouketer de jetzige Zitt vörstelle, dat hescht völ Gerüsch en wenig Woll, völl Blome en gau verplakt!«[4]

De Beis wor neuschirig wode, en wau nun van de Frau Hüfop ouch noch geer alles över de Toilett van allewill wesse. De Frau Hüfop sad efel: Kleng Keissele hant grousse Ouhre, en zeiget op mich en der Klös.

»Dätt[5] Kenger,« sad nun de Beis, »do hat ühr noch änen decke Klomp, nun könnt ühr noch gett bei et Marike goh!«

»Adie Päulche, adie Klösche!« sad de Frau Hüfop en duh fong se de Beis van de Toilett ze verzelle; öm dat

---

[1] gerupft. [2] verwelkter. [3] Schultern. [4] verwelkt. [5] da habt ihr was.

ich dat efel net gehourt han, dröm kann ich dat net wier verzelle. Et Marike sad, wen für höm de Klömp gieve, dann verzellt het os än schönn Geschichte van et Bakauv. Für goven os Klömp en et Marike verzalt os än schönn Geschichte van et Bakauv.

Der Manes[1] Brei.

Uehr sollt doch wahl van der aue Nobber Brei ge-
hourd han? Die Sach wor efel die. De ganze Hushaldong
bei Brei bestong us ses Persoune: hönnen aue Spetz, zwei
Mä et Lisep en et Micke, der auen Her met Madam en
hönne Son Manes. Se haue merr den enzige Jong, mieh
Kenger haue se zeleve net gehat. De Frau Brei hei zwor
geer noch ä Mäddche gehat, merr wie et net angersch[2]
wor en net angersch sin kuhnt, du trüstet se sich, merr
op der Manes wor se stolz; wenn de Sproch op em kom,
dann sad se döck: »ich han zwor merr minge Manes, merr
de zällt ouch för ses angere.« Wat wohr es, es wohr, et
wor äne wahre Blötsch[3] van äne Jong, ä Kapitalstöck van
ä Kenk, wat wege sing Deckde van zwei en än half Johr
noch net alleng laufe kuhnt. He wor esou enn der Schlag
wie der Bastian Sörig, merr net esou deck geköppt.[4] De
Frau Bas Oelig sad esou döck, els se der Jong soch:
»leivste Frau Bas, ich ben bang, ühr kritt spiehder met de
Jong noch völl uszedrenke,[5] ühr sollt siehn, dä wed ge-
fährlich för de Mäddchere, seht ens die Ogge van de Jong,
send et net klor Karfonkele? Lett[6] ens drop, dä traut
sich, ih he zwanzig Johr od es.«

Dr Frau Brei grimelet dann en drüget der Manes et
Kutenäsge[7] af, sad efel glich drop: »För dressig Johr kritt

---

[1] Hermann. [2] nicht anders. [3] dick und fett. [4] hatte keinen
so dicken Kopf. [5] auszutrinken. [6] gebt einmal Acht. [7] Rotz-
näschen.

he van ons dozau de Erlaubness net, der Brei wor grad
fönf en dressig Johr alt, wie ich em kreg, of wie he mich
kreg, en wie döcks hat he mich seit der Zitt, wenn de
Sproch drop könt, gesad, he hei noch völl ze fröch ge-
traut. Noh mingen Tönk hat he efel Onreht.«

Der Nobber Brei wor äne wahlstohende Man, he hau
sälevs enn sing jong Johre gett Latin gelierd, he kuhnt
beister Prozente rechne, els mänige Professer, ouch kuhnte
alle Marmotte [1] öm ganz Stadt Oche met. Name neume,
wegeworöm, he hau Liebhaberei an Marmotte, en geng
sälvs enn singen Auendag noch op Marmotten us, esou get
verlet [2] der Mensch net.

He wau dröm ouch der Manes äne Gelierde wede
losse en gett an der Jong lege. He dog em dröm egen
Augestinger en hau de Freud, dat der Manes enn Afang
prächtig liehred, en he hei ouch secher dörchstudiert, wenn
si Modder höm net esou döck gesad hei, dat si Vadder
riecher wür, els he glöt, en dat he sich dröm net ze sihr ze
strappelezire [3] brouchet. Dröm hourd he op, wie he vier
en än half Schul studirt hau en genog kuhnt, för änjöh-
rige Freiwellige ze wede. Wat sau men ouch mieh van
äne vorniehme Mensch verlange? He kreg nun ä ganz be-
songer Pläsir för de Wiethshuser, wat he att en die leiste
Zitt gehat hau, wie he noch egen Augestinger geng. He
piefet wie si Vadder, he dronk Schöppchere wie si Vadder
en leset Zidonge wie si Vadder, en schempet dann des
Ovends met singen Aue över der Prüss en över der Stadt-
roth, die allebeids jetzonder nüs beistersch ze duhn heie,
els sich ze knebbele [4] en de Stüre ze vermihre, ohne ze
sage, wo der Mensch de Busche dervör krigge kann.

---

[1] Schmetterlinge. [2] verlässt. [3] anzustrengen. [4] zu zanken.

De Frau Brei, di dat döck agehourd hau, sad zewille an et Lisep : »Ich gläuv, wenn der Brei Könek van Prüsse wür en der Manes Börgermester van Oche, dann levet de ganze Welt en Fred en Rauh, wegeworöm, der Brei es genge Frönd van Zoldate en der Manes hält nüs op alle onnüdige Schule en dat ewig Huser-baue.« »Et wür mich an Alles nüs gelege,« sad et Lisep, »wenn ons Here merr net eson Freigeister würe ; osen ärme Spetz, dä Alles ze verstoh schingt, wat se sage, es ouch äne Freigest wode, dann enn de leiste Zitt deht he nüs, els op alle Gestliche en Beginge bletsche.«

Esou verschliberet [1] ä Johr noh et angert enn der- selve Tüssel, bes dat der Manes esou ä Johr of acht en dreissig alt wor. He hau enn der Zitt hei en doh gefreit en et Drüdche Flöck hei em ouch genomme, wenn he merr gewelt hei, merr et schinget höm met dat Freie zeleve net reht Ensch [2] ze sin. Si Modder hei efel esou ewig geer än Schnor [3] gehat, dröm sad se leis an der Manes : »Hür ens, Manes, et wür nun efel ouch bau Zitt, dat de dich traue gengst, wat wür us di Vadder wode, wenn he mich en et Lisep net kregen hei ! Ae Johr vergeht noh et angert en spieder stehst de doh en kicks en has net Frau noch Kenk en bes änen aue Jongesell, an döm ge Mensch op der Welt gett scheert, wegeworöm, äne aue Jongesell es eigentlich merr noch ä verknäuchert Wese en eigentlich gar genge ganze Mensch mieh. De kleng Kenger send banger för em, els för der Hans Muff, en de gruhsse Mäddchere lachen höm us en giffele över die gefärfde Hore, de Perücke, de falsche Zäng en verdrügde [4] Brone van esonnen aue, verliebde Jongesell. Störvt esonne Mensch, dann sed de ganze

---

[1] verstrich.   [2] ernst,   [3] Schnur, Schwiegertochter.   [4] ver- trocknet.

Stadt: es he endlich doud! et es merr en Ruth us en Fenster! Hengerlet[1] he noch gett, dann freuen sich över singen Doud alle wittschegtige[2] Vetter en Frau Base en danke Gott, dat der Herr Vetter esou jod gewest es, sich för hönne Profit zeleve net ze traue.«

»Hürt ens Modder.« sad drop der Manes, »dat sad ühr jod, merr machd üch doch net esou völl Onrauh över mi Traue, enn ühren Zitt woren de Mäddchere rar en de Jongens enn Avendant,[3] merr allewill send de Mäddchere, die sich traue welle, enn Avendant, en de Jonge, die sich traue könne, wede zemlich selde. Oem sich allewill ze traue, dozau gehürt Courasch en noch mieh Busche. Wie ühr üch trauet, duh stonge die Wöd: Consert, Ball, Kaffie-Visitt, Crinoline, Thiedansant, Plaisirtrain, Ammen en Kenger-Mä noch net enn et Lexiko van än Börgerschfrau. Hürt mich dröm op met ühr Traue; wenn ich äng krigge kann met hondert dusend Daler, dann sall ich mich ens bedenke, angersch trau ich mich gar net, ich loss mich net an än Kette lege. Wenn ich egene Klöppel mi Zigärche rauche en ming Schöppchere Mosel drenke kann, dann hür ich dat Giffele[4] van de Mäddchere net. Kom Spetz,« sad der Manes, en geng erus.

Ongertöschens dat der Manes met si Modder esou kallet, soss et Lisep doh en mached de Andiv reng, schweg efel en sad ge Wod; wie nun efel der Manes fut wor, duh sad et: »Madam, ose jongen Her hat esou ganz Onreht net, et send allewill ganz anger Zitte, els duh zer Zitt, wie für der auen Her trauede. (Et Lisep sproch met de Frau Brei ömmer per »für« en heil sich sälever för ä Stöck van de Familie.) Et wor Alles belliger, de Kleiasch van de

---

[1] Hinterlässt. [2] weit hergeholt. [3] in Ueberfluss. [4] heimliches Gelächter.

Mäddchere en de Fraue völl zedader, van dat ewig Ge-
klavirsch [1] en Geböcks wost me nüs en doch songe de Lü'
schönner en wore pläsiriger els allewill. Mich komme noch
de Thronen egen Ogge, wenn ich üch met der Her dat
schönn Ledche: „Setz dich, liebe Emeline," sengen hür.« De
Frau Brei sad nüs, dröm fong et Lisep wier a: »Söns heil
me jau Nobberschaft, efel geng Visite, me heil Keremes
öm de Keremes met Schenk en Fläm en backed en jau
bäckersch Tourt öm der Namensdag, merr allewill es et
enn die jong Hushaldonge alle Dag Keremes, alle Dag Na-
mensdag en dann klagt me över schlete Zitte. — Wie für
der Manes krege, duh hant für ons att dörchgeschlage
ohne Amm en ohne Kengermäddche, en hant em doch allir
met zwei Johr gespiehnd, [2] wie he bau alle sing Zäng hau,
en ühr west, dat für höm noch langer heie drenke losse,
wenn der Jong net esou nitsch [3] wode wür en ons net esou
politisch gebeissen hei. Jetzonder es et efel gar net vör-
niehm, sing Kenger sülvs ze schenke, dat verdörft de
Stemm van Madam, hengert er an et Klavierspelle en let
hör net Zitt genog, för enn Visite ze gohn. Ae schenke [4]
Kenk wed wie ä Krütz en Ongelöck agesiehn. Ich begrief
et net en wees et net, söns zer Zitt, duh hei men ouch net
alle die Amme krigge könne, die nun duzendwies ze han
send, dat moss än enn verkierde Luht [5] ligge, de Isenbahne
könne doch dora net Schold sin. En wie behandele de
Amme de Kenger? Grad, Madam, wie Sugelstere, se send
merr fruh, wenn de ärm Wihtchere voll gedronke send,
dat sei se va gen Hals krigge en egen Wech stucke [6] könne.
Efel — — Efel — — —« et Lisep kuhnt net mieh vöra, et
hau gengen Ohm mieh, dröm sad duh de Frau Brei:

---

[1] Klavierspiel. [2] entwöhnt. [3] boshaft. [4] ein Säugling. [5] Luft.
[6] stossen.

»Wenn men et eson reht betracht, dann moss me sage, dat de Welt ömmer verkierder wed. Söns reket[1] me wieher met äne Kauborger,[2] els allewill met änen Daler. Söns hau der Mansmensch met zwanzig bes fönf en zwanzig Johr äne Trafik[3] of än Afisge,[4] allewill laufe se bes fofzig Johr, ih se sich sälvs mentenire könne. De Manslü' send esou büs net, wie me se magd, ich gläuv, dat die jong Here van et jüngste Gerecht,[5] die jong Döktersch en Professersch gar geng Feiende van de Mäddchere send, merr wie gesad, wenn me van ze traue sprecht, dann hescht et: Ja, merr efel, seht ens, wie sau me sich wahl alege, öm us ze komme, et es zwor ä nett Mäddche, et es brav, gescheckt en fliessig, et fehlt höm nüs, els hondert dusend Daler! Dröm wed allewill völ gefreit en wenig getraut. Ich han noch Pläsir an de Offizierchere, die dönt et belliger, die verlange merr zwelfdusend Daler för sich ze traue, en dann geve se Frau en Kenk der Adel noch ömesöns.«

»Och Gott, Madam,« sad drop et Lisep, »van der Adel ohne Busche hau ich net völl, ich kenn dat us Erfahrong. Uehr west jo, min Oeverbeistevadder[6] heisch von Papenheim, wat he van Vermöge hengerleiss, wor net sagens weth, dröm heisch sich mi Beistevadder merr noch Papenheim, dä hengerleiss efel noch weniger els nüs, dröm heisch mi Vadder seliger, Gott trüst sing Siel, öm de Ihr van de Familie ze rette, sich merr noch ganz änfach Pap, en esou stohn ich ouch enn et Daufboch engeschreve: Lisep Pap. Et es möglich, Madam, dat für wittschechtig[1]

---

[1] reichte man. [2] zur Zeit hier sehr gangbare Münze im Werthe von 6 Silbergroschen 3 Pfennig. [3] Geschäft. [4] Aemtchen. [5] das jüngste Gericht, so nennt das Volk scherzweise die jungen Referendaren und Assessoren beim Landgericht. [6] Urgrossvater.

noch gett verwandt send, wie Pap en Brei verwandt send,
en leis hourd ich osen Her an der Manes verzelle, he stam-
met us de Familie von Breijahn, wenn he Offezier wede
weu, dann süht he die Sache enns noh, dat müht sich enn
die au Papiere fenge, wenn de Müss se net freissen heie.«

De Frau Brei schott met der Kopp en schen ä Besche
ärgerlich, wegeworöm, sei wor wörklich en Geborene von
Gänselederzipzapmuffenheim, en hau sich dörch hör Traue
verworepe;[2] sei hei zweidusend Daler gegeve, wenn höre
Man der Nam: von Breijahn wier hei anemme en sei dann
Frau von Breijahn-von-Gänselederzipzapmuffenheim hei
ongerschrieve könne. »Lisep,« sad se dröm, »us eson Sache
moss du dich erus haue, doh könne merr de Schreftgelichrde
över spreiche, merr wier op os Sache ze komme, moss me
sage, et es allewill ä korjüs Regir enn mänige jong Hus-
haldonge; de jong Fräuchere fangen domet a, womet me
söns zer Zitt ophourd. Se send döck gett ongenüssig,
glich än half Dutzend Mä, ä grouss Hus, prächtige Möbel,
mieh Selever, els söns Koffer en Zen, Kleier wie än Pren-
zesse — — wie gesad, wenn de jong Here dat allemol er-
öpere,[3] dann sau et hön att ä Besge benaut[4] wede, merr
ich gläuv, dat de Manslü' an eson Sache weniger denke,
noh mingen Tönk es et der Withshuslauf, de hön van et
Trauen afhält; hourds de net, wat der Manes sad van
Schöppchere Mosel egene Klöppel. Doh setzen er genog,
die äne jaue Trafik of än hiel jod Afisgen hant en sich
traue kühnte, merr de freie Lauf, dat Laufen op de Grav,
die Schöppchere en die Zigärchere, dat hält en der van af.
Me sau et net gläuve, merr wohr es et, enn die Johre, wo
jaue Win west, es et Traue selde. Der aue Noë, Gott ver-

---

[1] weitläufig. [2] verworfen. [3] erörtern. [4] ängstlich.

gev em sing Sönd, hei sich vlecht gar net getraut, wenn he net att getraut gewest wür, ih he den onglöckliche Win erfong. De Polezei verbeid allewill alles, woröm verbeid se net ouch de Withshuser?«

»Lot en merr doh setze, Madam,« sad nun et Lisep, »lott en merr, et könt ouch en Zitt, wo se dat meuh[1] wede, wenn se ens stief en lahm send, der Putekram[2] en de Gecht hant, decke Büch[3] en dönn Been hant, dann send se ärm Wihter, die me wie Holz en Kohl ganze Dag en ganze Nahte ligge lett, wat helepe hön dann de Busche? Ge Mensch hat Hatz för esonen aue Jongesell, de sälvs zeleven ouch gen Hatz för angere gehat hat. Dröm deht et mich led för ose Manes, de hat wörklich ä jod Naterell, me brucht merr ze siehn, wie he op der Spetz hält. Leis wie dat met die Mullkörv op kom, wat wor he doh geftig op de Stadtröth en sad: ich weu, dat die sälever allemol Mullkörv an heie, dann wöd gett weniger geklaft en gett mieh gedoh, ich weu, dat et Lisep der Mullkörv anplatsch van osen äreme Spetz drage kühnt, et es en wahre Quälot[4] för dat ärm Dier, wat att genog geplogt es met dat koffere Ihrenzeche[5] agen Hals. Wie gesad, Madam, der jongen Her hat ä wech Hatz, en ühr sollt siehn, he traut sich doch noch.«

»Lisep,« sad de Frau Brei, »du has wenig Kenntness van de Manslü', söns kühnste esou net kalle. Die hant döck ä jod Naterell för allerlei Gedirsch[6] en gar gen Hatz för de Mensche. Ich gläuv, ich hei minge Man zeleve net krege, wenn ich els Mäddche met ming Brür net die Liebhaberei an Marmotte gehat hei wie he; he kom enn min elderlich

---

[1] müde. [2] Podagra. [3] Bäuche. [4] Qual. [5] Ehrenzeichen, d. h. Hundepfennig zum Zeichen, dass sein Herr die Steuer für ihn zahlt. [6] Gethier.

Hus eigentlich mieh för de Marmotte, els för mich, spiehder mached sich dat Traue van selvs. Jongeselle en Jongeselle send övrigens ongerscheidlich, [1] bes fofzig Johr kann me noch nüs van en sage, se ändere döck van Sen en send dann döck getraut, ih men et gläuvt, en wede dann döcks noch liedliche Mander, wo me dann att gett Gedold met ha moss. Noh fofzig Johr hürt efel alles op, dann send et wörklich au Jongeselle, dat hescht Egoiste, Gitzhäls, Brompött, Schmierlappe en Menschehasser. Me hat zwor Beispile van Exempele, dat sich hei of doh noch änge bekiert, merr die send selde, en dann send et doch merr au Queist [2] en Quespele, die de beiste Böschtele [3] verloren hant.

Wie et Lisep en de Frau Brei esou kallede, duh kom grad der Nobber Brei noh Heem. Et Lisep braht em die wärm Pantouffele, de Frau Brei dog em der gewärmde Schloffrock a en recket [4] em de wieh leere Kapp met dat bred gröng papiere Scherm a, för de Ogge ze schune [5] en dann satz he sich enn de grousse leere Prötter.

»Nüs Neuts, leive Brei?« froget dann de Frau. »Gods der Welts nüs,« sad he drop, »et Enzige, wat ich gehourd han es, dat se än Jongeselle-Stür opbrenge [6] welle, esou dat Jongeselle över fofzig Johr alle Jorsch fofzig Daler bezahle mossen, dann alle Jorsch änen Daler mieh bes se sich traue gönt. Dat Geld wed agelad för de Ongerhaldong van au Jomfere.« [7] »God se Dank,« sad et Lisep enn et Erousgoh, [8] dann krig ich en mänige au Schwad [9] doch äne rüuhigen auen Dag.«

»Dat es jod,« sad de Frau Brei, »dat me sich ens de Mäddchere gett anömt, ich weu, dat se die Stür att met

---

vezig Johr afönge, dann sau me bau siehn, dat sich mänig
äuge trauet, för die fofzig Daler ze profetire. Et Traue es
jo doch allewill merr äne Handel met Mäddchere, die wie
verlege Waar op Lager ligge, wenn se geng Buschen hant.
Haste söns nüs mieh?«

»Ja,« sad drop der Nobber Brei, »me sed ouch, dat
Kaiser en Könecke schlete Geschäfte mache, en dat us Angst
för hön Bankeldrotte, hön nömme mieh gett lenne [1] welt.
Me sprecht ouch dervan, dat se der Pobst pensionire en de
Religiun afschaffe welle, wegeworöm, se wöd för de jong
Lü' att gett od en verschleisse, [2] esou dat äne gebelde jonge
Mensch sich bau schame müht met eson au Religun.   Me
sed ouch, dat der Engländer met der Amerikaner stärk anä
würe van wege de Bauwoll. [3]   De Amerikaner send gecke
Kels, merr de Engeländer send noch gecker, wenn ich efel
die Sach reht eröper, dann krigge für genge Fahm [4] Bau-
woll mieh.« »God beheu en bewahr os,« reif de Frau Brei
en sad an et Lisep: »Lisep, dann mossde morgen em Dag
noch ä Ponk Bauwoll gelde, söns hant für an et Enkd ge
Weckegaar [5] mieh för de Köchelamp.«

Der Manes soss stell doh en grimelet, sad efel nüs; he
sproch Heem selde över Politik, deste mieh klafet he efel
egene Klöppel.   Uehr moth üch ouch net äbelde, dat der
Manes domm gewest wür, em Gegendeel, he hau Kopp ge-
nog, wie hei he söns esou bänkelich över de Depetirte en
över datt ganz Regir enn Berlin schempe könne.   Dozau
gehürt sich doch Verstank.

Wenn der Manes enn Gesellschaft wor of op der Ball,
dann wost he esou jod si Wod ze duhn, els jedder angere.
Enn die leiste Zitt hau he zwor et Danze bau opgegeve,

---

[1] leihen. [2] alt und verschlissen. [3] Baumwolle. [4] Faden.
[5] Dochte.

merr dröm ohs he en dronk he deste mieh en raisoniret dann des angern Dags opene Grav över schlete Verpflegong en die langwillige Gesellschaft, wo he sich wie äne Möp anugirt hei. De Trüffele, sad he, würe nüs gewest, els verbrande zollholze Stöpp, en de Fasane nüs, els mager Honder met gelende Fasaneflögele. He fong ouch, dat merr gett au Schachtele [1] van Frauenzemmer met Mangele Blomen opgene Kopp en Krenoline wie Karerahr [2] doh gewest würe, die wönschende, dat me se van wege hön Pele en Deiamante, die se sich ömhange, för jong Mäddchere ansiehn sau. De jong Mäddchere woren höm ze onnüsel, [3] die, mengt he, kühnte merr spreiche över de Pensioun, wo se gewest würe, en wösten op anger Froge nüs ze sage, els jo en nä.

Wege sing jau Verdauongsorgane heische sing Frönde höm henger Röcks der freisse Manes. Wat he van de Mäddchere sad, wor efel allemol geloge; bei alle sing Lousigheed soch he doch net enn, dat se merr der Geck met em heile. Wenn he enn die leiste Zitt noch wahl ens walze wau, dann geichet [4] he, wie än dämpig Ped, de Mäddchere de Frisuren usserä en de Blomme va gene Kopp. Enn der Kotteljong leissen se höm setze, of se driveden ä Späsge met em. Wenn se höm merr komme soche för ze angaschire, dann heisch et: »O Jöses, doh könt he; es dann nömme, dä de leistige Mensch sed, dat he doch Heem blieve sau.« Dat ärm Wieht, wat dann met em danze muht, wod ovendrenn van die anger Mäddchere noch usgelachd. Dobei hau he ouch noch die Liebhaberei, sich ömmer de jöngste Mäddchere uszesöcke noh et Spröchwod: »Wie auer wie gecker.« He dog dann esou verliebt wie än au Mösch egen Aprel, merr wat he de Mäddchere vörschirepet, [5] wor drüg

---

[1] Schartcken. [2] Karrenräder. [3] einfältig. [4] keuchte. [5] vorpfiff.

10

wie fresche Fommendreck [1] en langwillig wie än Thievisitt met esougenande Gesellschaftsspiele. He sproch met de Mäddchere över der Nationalverein, över de dütsche Flott, över neu Komiete en över de beiste Mullkörv, die ömmer enn Berlin gemagd wode würe en noch gemagd wöde; ouch verzalt he de Mäddchere döck van de Lousigheed van singe Spetz en van sin Attaschement för dat Dier, öm ze bewiese, dat för der Fall en wenn Sache würe, dat he sich ens an ä Mäddche attaschiret, et dann ouch för jod wür.

Me kann net angersch sage, der jongen Herr Brei, wie de Frau Schnirp em noch ömmer heisch, wor ömmer krache reng en noh der Muhde gekleid, he drug zwor noch ä Paar bänkliche Vatermörder klor wie Scherschottele, wegeworöm, die versteichede singe dönne Backebarth, de enn die leiste Zitt zemlich mengelierd wode wor; dat he opene Kopp ä Besge kahl wod, dat kuhnt bau nömme siehn, esou nett keimet he sich et Hor van beide Siehe noh de Medse. [2] Wat efel doch de Mäddchere messfeil, wore die bänkliche Nägel, die he wie Schöppe wahse leiss, öm ze zeige, dat he äne vörniehme Her wür, dä net ze wereke bruchet, dobei hau he sich ouch et Schnufe [3] agewehnt, wat em schled stong, öm dat he merr än ganze kleng Nas hau.

Dörch dat Schnufe wor he efel der beiste Frönd van de Frau Schnirp wode, die ouch schnufed. He hau dör van Zitt ze Zitt enn Gesellschaft ä Schnüfche [4] offerirt, dröm sad die an we et merr hüre wau, der jongen Herr Manes Brei wür der gemüthlichste en ageniehmste, der höflichste en apetitlichste jonge Mensch, döm sei zeleve hei kenne liehre. Onger ons gesad, de Frau Schnirp hau ä Niedche [5] bei sich, die met der Manes esou enn äng Johre wor, wie me sed, dann bei de Mäddchere darf me net perfekt sage,

---

[1] Kohlenasche. [2] Mitte. [3] Tabak priesne. [4] Priese. [5] Nichte.

wie alt dat se send. Sei hau nun Absechte op der Manes för hör Niedche Polinche, dröm leiss sei sich ouch van höm agen Dösch führe en mached, dat et Polinche neven höm ze setze kom. Se envitiret ouch der Herr Brei, hör ens besöcke ze komme, öm enn höre Jade de Kroschele[1] ens ze siehn, sei hei er wie kleng Husäppel. Der Manes leis er ens schnufe en sad, he kühm. — —

Hat ührt van dat Ongelöck van der aue Nobber Brei gehourd? Wie et vörgestere esou bänklich renet en wenged, duh geht mich den onvernöneftige Man met der Paraplü en der Spetz noh gen Krim[2] eraf. An zent Fleng[3] jägt em der Wenk der Paraplü us gen Häng noh Hatmannstross eraf, dohenger der Hot, dohenger sing Prück, dohenger läuft der Spetz en dohenger der Nobber Brei. Fönef Stöck hengerä. Der Man struchelt, fällt en hat sich döchtig wieh gedohn; zom Glöck apportiret der Spetz noch de Prück, ih se der Man enn än Vigilant setzede. Wie et em hü geht, wees ich net, en wat us der Manes wed, wees ich ouch noch net, ich sall et üch efel, wenn ich et vernomme han, spiehder verzelle.

Ih noch de Vigilant bei Brei akom, wor att änen Domgrof derhenn gelaufen en hau agezeigt, dat der Nobber Brei an Zent Fleng änen Oeverfall kregen hei en glich doud noh Heem braht wöd. Nun denkt üch de Schreck van de Frau Brei en et Lisep en et Micke! Der Manes wor grad net Heem, söns hei dä sich vlecht ouch verschreckt. De Frau Brei leiss de Hos us gen Häng falle en wod kollig, et Lisep dog äne Kek,[4] dat et Micke et bes op gene Söller hourd en enn änge Zedder en Rasel[5] äraver kom. Et Lisep leiss Madam met äng Hank ä Besge Eissig opschnuffe en

---

[1] Stachelbeeren. [2] Krämerstrasse. [3] St. Foilan. [4] Schrei. [5] in Zittern und Beben.

riefed hör met de anger Hank över gene Buch en egen Röck,
öm de Levensgeester ze erwecke. Wie nun efel de Vigilant
kom, duh dog et Lisep wier äne bänkliche Kek en leiss
Madam ligge, för noh der Her ze siehn. Der ärme Man
tavelet met Hölep van der Kutscher en et Micke noh de
Vigilant erus en soch affreslich us; he hau de Häng en et
Gesecht voll Morass [1] en äne Büll [2] agene Kopp wie än Fust.
Oem de Vigilant agen Dör hauen sich ongertöschens mieh
els hondert Kenk en Fraulü' versammelt, en ih än hauf
Stond vörbei wor, heisch et egen ganze Stadt, der Nobber
Brei en sing Frau würen doud bleve en et Lisep hei sich
va Leed opgehange. Et Micke leif noh alle Döktersch,
wahl bei dressig, ih et ens änge Heem fong, wie het efel
noh Heem kom, duh woren er att ä Stöck of fönf met der
Her beschäftigt, die anger fönf en zwanzig, die noh der
Hank noch kome, esouwahl wie alle die Lichebedder, die
sich ouch äfongen haue, genge wier stell noh Heem. Der
Nobber Brei wod van die fönf Here nun gröndlich onger-
suht, se leissen höm de Zihne en de Fengere bewege, der
lenke en der rehte Foss opheve, Ohm schöppe en de Nas
schnufe, [3] se satzen höm allerlei hölze Trihter [4] op ge Lief,
öm ze hüre, wat he enwendig kapot [5] hei, se frogeden em,
of he Buchping hei, of höm tüsselig [6] wür en of he net be-
stemmt sage kühnt, of he vör of hengen opene Kopp gefalle
wür, en noch hondert anger Froge. Der jaue Man sad op
Alles jo en stippet endlich de Zong än Ele lank erus, öm
dat he dat ömmer dog, wenn merr äne Dokter erenn kom.
Et Lisep stong doh met der Spetz open Aerm, et kresch
wie än Magdalina en sad: »Wat es doch der Mensch, wenn
he egene Morass gefallen es!«

---

[1] Strassendreck. [2] Beule. [3] sich schneuzen. [4] Trichter. [5] zer-
brochen. [6] taumelich, schwindlich.

De Döktersch konsultirede nun enn dat anger Zemmer över de Kasus en tespetirede sich hiel lang, merr dorenn stemmede se allemol överän, dat der Man der Büll vör en net hengen agene Kop hei. Enn de Meddele, die se brouche saue, wore se gar net einig; zwei van hön sate, me müht der Man ä Täsgen of ses ohrlosse [1] en än zwanzig Sugelstere setze, ouch kühnt et net schade, wenn he dobei noch zwelf nasse Köpp [2] kreg; die drei anger Here gloten efel, ä Paar Sugelstere op der Büll dügen et alleng. Wat de Melezine för ennzenehme ageht, doh wore se noch ganz angersch userä; änige saten, he müht Kamellenthie drenke för der Schreck uszeschweese, [3] die angere wauen höm ä Glas Win geve för ze stäreke; endlich wore se dann doch der Meinonk, et wür beister, wenn he merr Wasser drönk. Der Nobber Brei kuhnt van Glöck sage, dat he onger die Here Blot-, Thie-, Win- en Wasserdöktersch hau, dröm wod he ouch esou gröndlich kurirt.

Ongertöschens hau sich ouch de Frau Brei wier gett erpackt; et Lisep klaget över Stech agen Hatz en et Micke hau Mageping krege; of der Spetz gett fehlet, dat sau sich enn der Lauf van der Dag wahl zeige. Alle drei krege se äne Kordial opgeschreve en duh genge de Here noh Heem, saten efel, dat se öm fönf Uhre wier kühme. Kot en jod, die Here dogen alle Dag zweimol hön Schöldigheed en enn än Weich of ses wor der Büll fut. Spiehder han ich der Nobber Brei döck sage hüre, dat de Büll höm dühr wür ze stoh komme.

Et könt efel, wie me sed, geng Ongelöck alleng, esou geng et ouch hü bei Nobber Brei. Enn der Zitt dat et Lisep met der Her en de Madam beschäftigt wor, hau et de Köche em Stech losse mösse, en wod allir an de Köche er-

---

[1] Aderlassen. [2] Schröpfköpfe. [3] auszuschwitzen.

renert, wie et sich ens de Nas schnuffe wau en soch, dat et
enn sing Verbasdigheed [1] der Schottelplack egen Teisch ge-
steiche hau. Wie et nun noh gen Köche leif, duh dog et
doh wier äne bänkliche Schrei, wegeworöm, ope Für wor
alles verbrankt en ovendrenn van de beiste Kasserolle et
Gelüths afgelaufe en van die Karmenade, die et för dese
Medag brone wau, hau der Spetz de zwei schönnste freisse
en die zwei angere onger gen Arith [2] geschleft. Et Lisep
verfolget der Spetz met de Fürzang, en ich gläuv, et hei
et Dier enn der eschte Geft ömbraht, wenn net jüstement
der jongen Her noh Heem komme wür en der Spetz be-
schötzt hei.

Der Manes hau egene Klöppel van dat Onglöck van si
Vadder gehourd, dröm gov he sich koom de Rauh si
Schöppche uszedrenke, öm noh Heem ze komme. Wie he
nun efel soch, dat si Vadder merr äne Büll agene Kopp hau,
en si Modder att wier an et tüsele wor, duh fong he an
över de Onvernonft van si Vadder ze resonire. »We geht
dann ouch,« sad he, »bei esou Wehr an Zent Fleng vörbei,
wo der Wenk van ganz Oche beigenäh könt. Der miehdste
Wenk,« sad he en grimelet, »wed doch opene Grav, op de
Theaterstross en die anger neu Strosse gemagd, en dä blost
dörch Hatmannstross an Zent Fleng vorbei noh gene Maht
crop bes ope Stadthus, wo sich der Wenk legt, wegeworöm,
do helt de klassifizirde Ennkommstür der Wenk op.«

Et schlemste bei de ganze Geschichte wor nun efel,
dat se nüs ze eissen haue. Et Lisep hau dröm us de Nuht
en Dugend gemagd, en gau enige Ponk Brodwosch en äne
Keissel Aeppel enn de Schal gebrone. Het nuhm met et
Micke öm gau wier jod ze wede, van die Melezin anplatsch
van alle zwei Stonds alle Veddel Stonds äne jaue Leffel en

---

[1] Verwirrung. [2] Anrichttisch.

wörklich dat dog hön esou jod, dat wie se koom än döchtig
Stöck Brodwosch en ä Paar Glaser Bier ege Lief haue, bei
et Lisep de Stech agen Hatz en bei et Micke de Mageping
ophourd. Se fongen alle beids, dat hön de Melezin hiel jod
gedohn han, ofschöns [1] än kleng Verwesselong vörkomme
wor, de Madam hau der Kordial van et Micke, en et Micke
dä van et Lisep genomme, wie sei dat efel gewahr wode,
duh haue sei hön Melezin att bau us, dröm sad et Lisep:
»losse für merr nüs an Madam sage, Melezin es doch merr
Melezin en die van dich sall Madam att esouwahl jod duhn,
wie mich de hör jod gedohn hat.«

Wie se koom geissen haue, duh leiss de Frau Schnirp
froge, wie et met Madam en der Her geng en of Madam
Brei erlaubet, dat se met et Polinche hör desse Nommedag
ä Veddelstöndche Gesellschaft haue kühm. De Frau Brei
nohm de Visit an en bedet der Manes, doch dese Nomme-
dag Heem ze blieve, he wöst jo wat de Frau Schnirp op
em heil. De Frau Schnirp met et Polinche kome; et wor
hü besongersch nett agedohn, et hau ä van die neu
Schifferschhötchere [2] an en äne Krenolin, de koom dörch
gen Dör geng. Et Polinche wor wie ühr west ongefehr enn
äng Johre met der Manes, et dog efel, els wen et beschamt
gewest wür, wie et der Manes soch, of de Matant höm van
wege der Manes gett gesad hau, wees ich net, merr ich
gläuv et doch, der Manes efel wor gar net beschamt, he
wor höfflich en verzalt hön van dat Malör van si Vadder.
Wie der Manes efel än Tass Kaffie gedronken hau, duh ex-
kusiret he sich, öm dat he noch Geschäffte egen Stadt hei,
he muht nämlich noch noh gene Klöppel goh.

Wie he fut wor, duh fong de Frau Schnirp allir a ze
klafe. »Uehr sollt wahl gehourd ha, Frau Nobbersche, van

---

[1] obschon. [2] Schäferhütchen.

dat Ongelöck van de Fröle Zipp, dat es met dör esou, et blievt efel onger ons, ich han et ömmer gesad, dat Mäddche es ze uswendig, [1] dat moss veronglöcke, die ärm Eldere! — En wat sad ühr dann van die Hieroth van de onnüsele Grei met die Zang van dat Nell Allärm? doh sollt ühr noch van hüre, he gläuvt, het wür rich, en het gläuvt, he wür rich, en ich wees, et blievt efel onger ons, dat se allebeids nüs hant, die hant sich allebeids geköllt, ühr sollt siehn, dat get doh noch Schlon en Riesse. Op de Ball wed allewill dat Verlobe ganz gemeng, esou hant sich op der leiste Vauxalball zeng Paar knall en fall verliebt en verlobt. — Efel die Bankeldrott bei Brezel, dat es doch gar ze ärig, ich han et efel att lang gesad, net wohr Polinche, ich han et at lang gesad, de Pomei [2] enn dat Hus, dat op Visite laufe en dat Visite haue van die Schlamel van die Frau Brezel met hör Döhter, et blievt efel onger os, dat legt der Man open Röck, den äreme Man! — En dann die Geschichte van de Madam Dönkel met de jongen Leuchtenam, nä ich moss dervan schwigge, ich bedur merr höre Man en die ärem Kenger. — En wat sad ühr dann va Berlin, dat send doh Krepchere [3] en Kürchere, [4] der Könek welt van nüs wesse, de Ministersch welle van nüs wesse en die angere wellen ouch van nüs wesse, me sprecht doh van Blod en Iser, dat et änge ganz bang wede sau. Doch losse für merr schwigge, söns wede für noch alle drei konfiszirt!«

»Merr,« sad drop de Frau Brei, »ming leivste Frau Nobbersche, ich han van alle die Geschichte noch nüs gehourd, van die zeng Paar Verlobongen op de leiste Vauxalball, dat moss doch än Abbüs sin, der Manes hat os komme sage, et würen op der ganze Ball merr zwei en än half Paar

---

[1] dem Aeussern, dem Scheine ergeben. [2] Aufwand, Aufschneiderei. [3] Possenspiele. [4] Schwänke.

dohgewest. Van Berlin wees ich efel gar nüs; ich en et Lisep für lese de Zidong merr van ongen op, öm ze siehn, wie völl Dusend Hase en Schelfesch akomme send, en we gestoreve en gebore woden es, we sich traut en wo änen Usverkauf es.«

»Leivste Frau Brei,« sad efel duh de Frau Schnirp, »leider Goddes es alles wohr, wat ich üch verzalt han, ich han mich mi Leve met genge Klaf en Weisch afgegeve, dat wees de ganze Stadt. Et schingt, dat ühr gläuvt, et wür onkrestlich, esou gett ze verzelle, wenn et net wohr wür, merr dann sad mich ens, wat sau me dann wahl enn än Kaffievisit afange, et litt doch enn ons Naterell, dat me gett verzelle welt, en wenn et net wohr es, dovör sed me jo ömmer derbei, et blievt onger os. Für send nun onger ons, Frau Brei, ühr set än scharmante Frau, dröm sad mich ens onschenirt, wie gefellt üch mie Niedche? (Et Polinche wor perquanzis ens bei et Lisep egen Köche gegange.) Ich well,« sad se, »els Matant nüs sage, merr zedat es et, wie ä Quiselche, [1] onschöldig wie ä neugebore Kenk, fliessig wie än Bei, relich [2] wie än Og, hushälderisch wie ühr Lisep, kot en jod, ich darf höm els Matant net love, efel dat moss ich sage, et wöd än Husfrau enn osen Ad. [3] Wenn op üch de Sproch könt, dann sed et ömmer, ïa än zweide Frau Brei get et net mieh, dat es de jodste, leivste Frau us Oche. Ich weu merr, dat et gett mieh Senn hei för sich ze traue, dat es et enzigste Led, wat ich met em han, ich sag üch, Frau Brei, et kühnt er Hondert för änge krige; — de richste en de schönnste jong Here van Oche breiche bau der Hals för em, et kritt alle Dag Mangele Boukette en bau jedder Naht mache se Musik onger sing Fenster, merr wie gesad, et deilt mieh Körv us, els enn zeng Johr ege Körver-

---

[1] Betschwester. [2] reinlich. [3] in unserer Art.

geisge[1] gemagd wede. Ich sall üch efel ens gett verrohne,
Frau Brei, merr et blievt onger os, ich gläuv et es enn ühre
Manes verliebt, en wenn et döm net kritt, dat et dann lei-
ver gar genge welt. Uehr west, ich kenn mich op Mädd-
chere, wenn ühre Manes bei ons vörbei köhnt, dann süht et,
dat ich döck gläuv, der Ohm geng höm us, en wenn ich em
dann frog, wat es dich, Polinche, dann sed et: »och nüs, ich
daht an et better Leide.« Ge Mensch efel kann sich doröver
wongere, Frau Brei, dann ühre Manes — ühr west, ich
kenn net, wat schmichele hescht, — ühre Manes es äne
schönne Mensch, he hat esou gett an sich, esou get änneh-
mens en esou leflig[2] Wese, dat he lieht de Mäddchere der
Kopp verdriehne kann. En ä Mäddche singe Kopp litt egen
Hatz, dat wesse für noch us os jong Johre.«

Mengt ühr nun vlecht, dat alles, wat de Frau Schnirp
verzalt hat, wohr wür? Onger os gesad, alles es geloge.
Et Polinche hat zeleve noch genge Freier gehat, de Matant
wür höm efel geer quitt gewest, dröm leiss sei leis met sin
Ennverständniss enn et Echo en enn än duzend anger Zi-
donge ennröcke: Ein gebildetes, gemüthvolles Fräulein aus
guter Familie, in den besten Jahren, mit Aussicht auf eine reiche
Erbschaft, steht für einen Lebensgefährten von zärtlicher Gemüths=
art gleich zu beziehen. Sich persönlich zu melden im Kurhaus.

Nun wees ich, dat sich dorop einige au Stöck met
Schnorrbärt gemeldt hant, merr et es nüs drus wode, of et
Polinche, en of die au Stöck net gewelt hant, wees ich net,
merr dat wees ich doch, dat et än Sönd en än Schankd es,
dat sich allewill de Mäddchere wie Schelfesch en Böckeme
en de Manslü' wie drüge Stockfesch en Laberdon enn de

---

[1] enge Gasse, wo vorzüglich Korbwaaren verkauft werden.
[2] lieblich.

Ziedonge abeie. [1] Wenn ens hei of doh gett drus könt, dann es et eson prüssesche Hieroth för ses Weiche.«

Dat Lob över höre Manes wor de Frau Brei egene Kopp geklomme, dröm sad se an de Frau Schnirp: »ühr hat Reht, Frau Nobbersche, der Manes hat esou gett an sich, esou gett, wat enn os Familie litt, en si jod Hatz, wenn me met em ömzejoh [2] wees, kennt ühr ouch; ich weu merr, dat he ühr Niedche trauet, se gefellt mich besondersch wegen hör zedat Wese en hör reng Ongerröck, ich sall ens met der Manes spreiche.«

Wie se esou kallet, duh kom grad et Polinche wier erenn, dröm muht se van dat Traue ophüre. »Uehr hat Onreht,« sad de Frau Schnirp an de Frau Brei, els wenn se perquanzis över Krenoline gesprauche heie, »ühr hat Onreht, dat ühr geng Krenoline dragt, die schecke sich för jedder Alder en för jedder Stand, selvs än Mad ohne Krenolin es allewill merr än half Mad. Et es ouch än profittliche Dragd, me hat net mieh nüdig, än half Duzend Ongerröck ömzehange, öm gett Fazun ze krigge en de Kü-de-Pari [3] send dodörch ganz överflössig wode. — — Für sallen efel ouch mache mösse, Polinche, dat für noh Heem komme. Wie gesad, leivste Frau Brei, des Dag hant für dann de Ihr, üch met der jongen Her bei ons ze siehn, met der auen Her hauf ich, sall sich de Sach wahl mache, ühr hat jo Döktersch genog.« — — —

Des Ovends noh et Eisse sad opemol de Frau Brei an der Manes: »wat tönkt dich Manes, ich weu mich wahl äne Krenolin mache losse, de Frau Schnirp en et Polinche hant mich derzou gerohne?«

---

[1] anbieten. [2] umzugehen. [3] um mehr Rundung zu gewinnen und kräftigere Hüften zu zeigen, trugen die Mode-Damen culs-de-Paris und fausses hanches.

»Dött wat ühr welt,« sad drop der Manes, »ich be-
meuh mich met geng Krenoline en geng Ongerröck!« —
»Do has du efel Onreht, leive Manes, äne jonge Mensch, de
sich traue welt, moss ä jod Ogemerk op de Ongerröck van
de Mäddchere han, wegeworöm, ä Mäddche met schmutzige
en schlete Ongerröck es än Klumel en wed geng jau Hus-
frau. Söns bei dat zedat Danze wor dat för de jong Here
schwierlich ze erforsche, merr allewill met die Krenoline
en bei dat jagen en jallopire bei et Walze, kann Jedder-
mann, de Aht geve welt, de Mäddchere bes över gen Kneie,
hön Hosbengele[1] en hön Ongerröck ohne Meuhte siehn.
Oem dat ich doh grad van et Traue kallet, wie gefellt dich
et Polinche? mich tönkt, dat wür esou gett för dich. Uehr
set enn äng Johre, et es gar net oneffe[2] va Gewächs en van
Tronie, et spelt Klavier en sengt, drägt Krenoline en reng
Ongerröck. Et sau, wie ich hür, noch ä schönn Vermöge
han, en onger os gesad, et es enn dich verliebt, en oven-
drenn wöd dann de Frau Schnirp di Matant.«

»Die Sach es ze överlege,« sad drop der Manes, »wenn
et merr met dat schönn Vermöge sing Rechtigheed hat,
söns trau ich noh minge Senn en noh minge Geschmack.
Ich ben at lang et Jongeselleleve meuh, wegeworöm, ich
wed alle Dag stiever[3] va Gecht en wenn me doh litt, dann
welt der Mensch doch opgewad sin, en gett Gesellschaft han.
Hei ich merr för zwanzig Johr et Drüdche Flöck getraut!«

Wie he noch an et Spreiche wor, duh kom et Lisep
erenn en sad: »Madam, et es met et Micke net mieh usze-
haue,[4] van zera dat et de Krenolin, den Hot en die lang
Schall drägt, wed et alle Dag frecher en asseranter, doh
hat et mich nun wier den överbleve Stomp Brodwosch us

---

[1] Strumpfbänder. [2] nicht uneben. [3] steifer, unbeholfener.
[4] auszuhalten.

gen Speng geschnützt, [1] en wie ich höm dorop sag, et kühnt sich änen angern Dengst söcke, duh stippt [2] et mich de Ärm egen Sie en sed: »für wellen ens siehn, we hei et längste ushelt, der jongen Her hat ouch noch gett ze sage.«

»Lisep,« sad drop der Manes, »et wür onkrestlich, ä Mäddche vör än eveldig Stöck Brodwosch fut ze schecke, hei egen Hus wed för sing Moralitiet jod gesorgt, wat op än anger Platsch vlecht net esou der Fall wür, en wat heit ühr dann? dann heit ühr et Micke met dat Stöck Brodwosch. op ühr Siel, en kühmt dovör vlecht net egen Hömmel.«

Wie et Lisep dat hourd, duh schweg et stell en sad nüs mieh, et ackeled [3] efel van der jongen Her en et Micke nüs Jods en verzalt des angere Morgens de Frau Brei allerlei, wat et att esou gesiehn en gehourd hei. De Frau Brei schott met der Kopp, en daht mieh, els se sad.

Der Manes geng wörklich noh enige Dag met si Modder noh de Frau Schnirp op der Kaffie, en wat wohr es, moss wohr blieve — wenestens hei enn Oche, wenn ouch net enn Berlin — et wor bei de Frau Schnirp egen Hus, wie bei än kleng Prencess. Anplatsch van ä Photographen-Album hau sci er zwei, se rohnet de Frau Brei sich ouch änt azeschaffe. »Esou än Album,« sad se, »hant hü ze Dag alle Lü', die gett vörstelle welle, en dodörch alleng zeigt me sing Beldong en singe Verstank. Ich hauf, dat ich niextens de Photographie van de ganze Familie Brei enn min Album han, set Frau Nobbersche, dörch esou Photographie könne sich de onbedütendste Lü' onsterblich mache, noh hondert Johr heescht et dann noch, wenn ühr ühre Name op dat Beldche schrieft: dat wor also die berühmde Frau

---

[1] verschnupft. [2] setzte die Arme in die Seite. [3] vermuthete, schöpfte Verdacht.

Brei! wat än schönn Frau, me sau sage, wo et krestlich of
menschlich wür! Polinche, gev ens an der Herr Brei ons
Photographien! Für send efel alle beids net jod getroffe,
ich siehn drop us, els wenn ich äne Blodschwär [1] agen Nahs
hei, en et Polinche sieht us, els wenn et gett onger gen
Nahs hei, wat fleddig röch, dröm nemmt de Beldchere merr
för Behölp, für lossen os des Dag allebeids megastipotopo-
graphire, [2] dat heescht enn et groust. Ich wees net, Herr
Brei, of ich et rechtig usspreich, merr me sed doch gewöhn-
lich esou.«

Der Manes nohm die Beldchere en dog se enn si Kam-
fur. Noh der Kaffie genge se allemol gett egene Jade. De
Frau Schnirp leiet de Frau Brei, en de jong Lü' gengen
ouch zesame. Wat se nun allemol doh gesprauchen hant,
doh hant se mich net bei geroffe, merr ich han doch ge-
siehn, dat et Polinche, wie se us der Jade genge, der Manes
ä Vergismirnicht enn ä Knauflauch steichet en dat he et
Polinche ä doubel Mäsösge [3] gov. »Seth,« sad de Frau
Schnirp an de Frau Brei, »wenn ich esou verliebt jong
Pärche siehn, dann denk ich noch eus an ons jong Johre!
Die Sach es rechtig, se spreichen att dörch de Blomm.
Uehre Manes es änen Engel van äne Mensch, ich hür doch,
he blost [4] ouch de Flöt.« —

Koom wor der Manes met si Modder vör gen Dör, duh
froget glich de Frau Schnirp an et Polinche: »Wat hat he
dich gesad, ich hauf merr, dat de dich lous agelad [5] has, de
Manslü' send allewill usgefoxd vörsechtig, met Sühte en de
Oge ze verdriehne send se net mieh ze fange; Dugend en
Schönnheed send nüs mieh, wenn de Busche fehle, dröm
salls de doch net vergeissen han, höm van ding riche au

---

[1] Blutgeschwür. [2] Megalophototypiren. [3] Maasliebchen.
[4] bläst. [5] klug angelegt, benommen.

Manonke enn Amerika ze spreiche en höm ze sage, dat ich
bau än Ekipasch en Ped aschaffe weu, woför ich et Nahts-
geschir [1] att hei. Du has doch ouch dra gedaht ze sage,
dat du noch gar net wellens würsch, dich ze traue, ih de
van änge van die Manonke wenestens än hondertdusend
Daler geerft heits, esou gett schläd dörch, dat magd de
Manslü' grasührig [2] en brengt der Krom bau beigenäh.«

»Ich han höm alles gesad, wie für afgesprauchen haue,
Matant, merr wenn et nun uskühm, dat ich geng riche Ma-
nonke han?«

»Och wat,« sad drop de Frau Schnirp, »heits de höm
merr domet, [2] he hat alleng Busche genog, Amerika es witt
van Oche, eson Manonke könne jo spiehder verderve en
Bankeldrott mache en nüs mieh van sich hüre losse, me
moss allewill met de Manslü' net ze oprechtig sin, se welle
jo van wege de Busche geköllt sin. De Manes schingt mich
noch änge ze sin, bei döm de Köllerei abraht [4] es en de sich
gewehne lett, wenn du em ens has, dann trecke für ons
döm noh ons Hank; bedenk ding Johre, Polinche, en loss
dich än kleng Nuthlöge [5] net verdresse!«

Der Manes wor efel net esou domm, els he ussoch;
egene Klöppel hau he van die au en jong Here, van de No-
tärsch [6] en die Avecate esou menig Wödche gehourd, wie
me sich met dat Richsin en Netrichsin enn Aht nemme
müht, en dat et döck beister wür, ä Börgersch- of Bure-
Mäddche ohne Busche, els en hofedige au Joffer ze traue.
Ue ömhourd [7] sich dröm ens jod, wie et met et Vermöge
van de Frau Schnirp en wie et met die Manonke ussoch.
Leider Goddes woren de Nohrechte [8] net van et beiste, he

---

[1] Pferdegeschirre für die Nacht. [2] eifrig, naschig. [3] hättest
du ihn damit nur. [4] angebracht. [5] Nothlüge. [6] Notare. [7] umhört,
d. h. er forschte nach. [8] Nachrichten.

hourd, dat de Frau Schnirp met alle höre Pomei koom ze leven hei en dat se sich us Ekonomie net satt üsse,[1] öm merr Stod[2] ze mache en sich photographire ze losse. Wat die Manonke ageng, esou hourd he van der beiste Husfrönd van de Frau Schnirp, dat et Polinche merr ängen enzige ongetraude blüdige[3] Manonk hei, dä Schulmester henger Wüschele[4] wür en dä ä Jöngsge van ä Johr of zeng bei sich hei, wat an et Polinche Matant säd.

Der Manes soss Heem en zerbruch sich et Häut över de leiste Kases[5] met dat Jöngsge en kuhnt net begriefe, wie et Polinche Matant hau wede könne, ohne Söster of Brur gehat ze han. Wie he esou daht, duh kom grad der Balbier erenn; wie dä si Geschir erus kromet, feil höm die Photographie van et Polinche egen Häng, die grad open Dösch log. »Wat es dat dann för än au Schartik,« sad he, »die ühr doh hat ligge, Herr Brei? Eson Gesechter saue sich doch schame, sich photographire ze losse! än Mull van än Uhr bes an et angert, Oge, wie us äne doude Kabeljautskopp, en än Nahs wie ä Ketzenhönche,[6] en esou gett lett sich photographire! Verexkesirt mich, Herr Brei, dat ich esou frei spreich, et es vlecht än au Matant van üch en kann dröm doch ä jod Mensch sin, merr wie me sed, der auen Dag magd net schönner.«

Der Manes ärgeret sich ennerlich mieh els he mereke leiss, merr he wost nun, wat he ze duhn en ze losseu hau. He wod ganz verdresslich, en wenn he agen Feuster stong en open Ruhte trommet, dann sad he att luter: »hei ich merr för zwanzig Johr dat Drüdche Flöck getraut! wür ich merr net bei die Schnirpse op der Kaffie gewest! en nun ouch noch dat Micke!«

---

[1] ässen. [2] Aufwand. [3] blutverwandt. [4] Würselen, Dorf bei Aachen. [5] Kasus, Fall. [6] Lichthörnchen.

Met dat Micke wor et än kurjüs Sach, dat wor söns esou flöck en löstelich,[1] merr van zera dat der Manes bei Schnirp gewest wor en het die Photographie bei der jongen Her gesiehn hau, wor et Mäddche wie verzauvert; of höm der Manes, en of het der Manes verzauvert hau, dat wees ich net. Et kresch döck wie äne Piefsack en wenn et Lisep höm froget woröm, dann sad et, et hei eson bänkliche Zankping of Buchping, esou dat et Lisep an Madam sad, het glöt, et Micke hei änge ze völ of ze wenig. Dat duret efel net lang, duh fong et Micke wier a ze senge en wier frech ze wede, en der Manes trommet net mieh open Ruhte, em Gegendeel, wie he op änen Ovend met si Modder alleng wor, duh sad he: »Ich siehn et nun enn, Modder, dat ich de beiste Zitt för mich ze traue han verschlibbere[2] losse, ich denk efel, beister spieh, els gar net, dröm well ich mich dann üch ze Pläsir der niexte Fastelovend traue losse.«

»Gott se Dank,« sad drop de Frau Brei, »dat ich die Freud noch erlev! Wat moss de Frau Schnirp enn ä Pläsir sin! ich daht et wahl, dat et Polinche us sin Hatz genge Steen mache kühnt, en dich doch endlich anühm, et sall nun efel ouch voller Freud sin! Leive Manes, ich sall att hü em Dag afange, gett Seiverläppcher en gett Pesläppchere[3] ze strecke, för wenn ühr än neu Kenkche kritt.«

»Et hat sich wahl,« sad drop der Manes, »met et Pläsir van de Frau Schnirp en de Freud van et Polinche, ich ben bang, dat die geftiger en grelliger send, wie de Ministersch enn Berlin, ühr mot wesse, ich well et Polinche net, kot en jod, ich trau ons Micke, en dozau han ich ming besonger Grönd.«

»Marie Deies Kresteskenger Juseph noch,« sad drop

---

[1] lustig. [2] verstreichen. [3] Geifer- und Pissläppchen.

de Frau Brei, »leive Manes, wat verzells de mich doh? Wat sall et Lisep en wat salle de Lü' sage?«

»Wat se welle,« sad der Manes, »et Lisep en de Lü' bruchen et Micke net ze traue, ich trau em för mi Kopp alleng. Ich well ä stell en fredlich Leve führe en än jau Opwadong han, wenn mich de Gecht plogt, en gett Gesellschaft för die lang Ovende.«

Met der aue Nobber Brei wor över eson Sache net mieh ze spreiche; enige Monde noh der Fall wod der Man ganz wie verkendscht, of si Gehin[1] wecher of heller[2] wode wor, kuhnte de Döktersch net perfekt sage, merr verkendscht wor he. Van wege dat efig dokterire soch der Man alles för änen Herr Dokter a en dog för alle Lü', die höm van Zitt ze Zitt besuhten, esouwahl wie för sing Frau, et Lisep en et Micke die grousse lehre Kutsch af en stipped dann de Zong erus. Zom Glöck wor der Spetz ouch verkendscht wode, he leif hauf Stonde lang singe Statz noh, wat der auen Her et grüdste Pläsir mached. Der Manes wau efel sing Schöldigheed duhn en si Vadder sage, dat he Wellens wür, et Micke ze traue, merr wie gesad, wie he bei si Vadder enn et Zemmer kom, duh dog dä de lehre Kutsch för höm af en stipped de Zong erus en der Spetz leif singe Statz noh.

De Frau Brei wost us Erfahrong, dat de Manslü' allemol gecke Köpp hant, dröm hau se sich att en et Micke ergeve, besongersch, wie der Manes hör der eigentliche Woröm[3] verzalt hau. Se fong dröm fresch a Seiver- en Pessläppchere ze strecke, öm dat se nun wost, dat me sich met de Kengskörv gett zaue muht. Et Lisep kuhnt efel die Sach net onger gen Mötsch krigge, met singe Kauch

---

[1] Gehirn. [2] weicher oder härter. [3] das eigentliche Warum.

wor et verbei, alle Zuppe wore versalze, op de Püfetgere streuet et Peffer en op de Ramenasse Zocker en Kaniel.

»Seth Madam,« sad et, »et ärgert mich evesihr, wenn he dann än Mad traue wau, dann wür et mich doch ihder zaukomme, els die jong Flister van dat Micke, wat kom ä paar Johr egen Hus es, en ich hau hei nun bald mi Jubilei. Et steht zwor enn de zeng Gebot: Du follſt nicht begehren Deines Nächſten Weib; ich moss üch efel enngestohn, Madam, dat ich efig begehr, [1] et Micke ens döchtig ze uhrfigge.« [2] Wat tönkt üch, ich gläuv, et Lisep es ouch verkendscht? — — Genog, der Manes satz singe gecke Kopp dörch en wod op Fastelovensmondag met et Micke getraut.

Wie et nun met dat jong Ihpärche geht, dat moss de Zitt liehre, doröver let sich allir spreiche, wenn se enns ä Jörche zesame gehust hant. — —

Wie gesad, der Manes wod op Fastelovensmondag met et Micke Keusch getraut. Nun wed zwor över jedder Hieroth [3] hei enn Oche wie överall döchtig krentesirt, bau es et Mäddche ze jong en der Brüdigam ze od, [4] bau es et Mäddche ze od en der Brüdigam ze jong, bau fehlt det, bau dat. Gewönlich hescht et: wat äne Löbbes van äne Mensch! wat en Taatsch [5] van ä Mäddche! dat sall ouch wier än nette Zort va Kning [6] gevve, die heien ouch beister gedohn en würe noch gett egen Schul gegange; of nä et heescht: sau me nun sage, dat eson au Gecke sich noch traue genge, die send gewess bang, dat der Hans Muff hön kreg, wenn se des Nahts alleng würe; seht ens dat Griniser van die Brud! en der Brüdigam siht us, els wenn he ege Räuches [7] gehangen hei! —

---

[1] verlange. [2] zu ohrfeigen. [3] Heirath. [4] zu alt. [5] zimperliches Wesen. [6] Kaninchen. [7] Rauchhaus.

Nun könt ühr üch ens denke, wat över die Trau van der Herr Manes Brei met et Micke Keusch krentisirt wod, de ganze Stadt wor voll dervan, en de Frau Schnirp gov drei Kaffie-Visite enn äng Weich, öm die Sach ens gröndlich dörch ze spreiche en ze verzelle, dat der Manes sich för et Polinche bau de Been zebrauchen hei; merr für goven höm äne Körev, sad se, öm dat für woste, wat an höm wor. Van kleng a wor he att änge van de grüdste Domgrove us Oche, dä de Mäddchere ömmer verschrecket, dat se bau än Begovgeed krege; ich han selever mieh els ämol gesiehn, dat he · de onschöldigste Mäddchere egene Wenkter met Schnieblöck en döck met Moras geworpen hat; ouch es he äne bänklich grousamliche Mensch; ich han met ming eigen Oge gesiehn, dat he ganz lebendige Käfelenke de Been usgereissen hat, en we dat kann, dä kann ouch en ärm Wiht van ä Mäddche Aerm en Been usriesse. Ons Polinche es efel dovör völl ze fin opgetrocke, öm sich van esone plompe Breigan Aerm en Been usriesse ze losse, dröm hant für em de Dör gewese en höm selvs gerohne, he sau sich en Kaumad[1] nemme. An die Modder, die au Breize, es efel ouch ge jod Hoor, et blievt onger os, se dauget[2] els Mäddche att net völl, ih se der Brei kreg, en wie den ärme Man an hör hange blev, doh welle für leiver van schwigge, se hat egen Hus ömmer de Bocks a gehat, en van Pläsir es der Nobber Brei ouch net verkenscht wode, wat moss die döm transenirt[3] han? Sei es et Verderve van höre Jong schold, sei hat em enn sing Ondeugt[4] en Gottlusigheete va jongs op gestölzt,[5] nun hat se än Mad, änen Etzburepöngel för Schnor.[6] — —

Onger de Mä egen Stadt wor et efel ä wahre Ravolt,[7]

---

[1] Kuhmagd. [2] taugte. [3] gequält. [4] Untugend, Nichtsnutzigkeit. [5] unterstützt. [6] Schwiegertochter. [7] Aufruhr.

sei wauen et net gläuve, dat et Micke va Badeberg der Herr Manes trauet, bes se soche, dat se noh ge Stadthus genge. De miehdste dahte nun, dat kühnt hön ouch passire en dröm schaffede se sich höne Prüss af en suhte sich bei de jong Here enzeflensche, se soche sich alle Stonds egene Spegel en menkte, se würe noch schönner els et Micke en els menige Madame, wenn sei ens die schönn Kleier van dön anheie. An alle dat Krentesire wor efel nömme gett gelege, et Micke wor met der Manes getraut en wor nun de jong Madame Brei. Et wor et schlemmste för et Lisep, dat wau en kuhnt doch net mieh Köchenn bei et Micke blieve, döm et leiss för dat verschlucht Stömmche Brodwosch hau futschecke welle, dröm hau et ouch an Veränderong gedaht, ofschöns et höm net besongersch trauetig [1] ze Moth wor. Zom Glöck hau et noch än au Kennes, der Wickes Piefestatz van henger Zent Jops, [2] dä, ih he 1813 en der Kreg geng, an höm gefreit hau. He wor els Envalid glöcklich noh Heem komme en hau hei en Oche et Zemmermohle, of, wie me sed, et Wisse geliehrt. Dobei trock he ouch noch die schönn Penzioun van änen Daler per Mond en kuhnt sich jod helepe. Wenn sich der Wickes met et Lisep begenede, dann sate se sich ömmer fröndlich joden Dag, merr dobei blev et dann ouch. Der Wickes hau ömmer noch ä grouss Attachement an et Lisep, merr he wor ze blüh, för eson vörniehm Köchenn azespreiche, besongersch, öm dat si Gebess gett stärk geleh hau. [3] Wie et Lisep nun soch, dat he ze blüh wor, för an höm ze freie, duh daht et, ich sall dann enn Goddes Nam an der Wickes freie mösse.

Esou gesad esou gedohn. Wie des Sondags et Lauf [4]

---

[1] heirathslustig. [2] Dorf unweit Aachen. [3] gelitten hatte. [4] Nachmittags-Gottesdienst.

us wor, duh blev et Lisep agene Wihwasserschkeissel [1]
stoh, bes der Wickes kom; het recked höm Wihwasser en
geng met em noh gen Kerch erus. Open Stross sad et efel:
»Wie geht et dich att, Wickes, wels de net gett met mich
spatzire goh?« »Woröm net, Jomfer Köchenn,« sad der
Wickes enn äng Freud, »dann welle für gett noh de Frie-
denshall, [2] of noh der Bierkeller, [2] of noh Strangenhüsge [2]
goh, ich sall traktire.« Ich moss hei noch bemerke, der
Wickes drug wörklich et blenke Ihrezeche enn net blous
der Lakretzpennek. [3] »Och,« sad et Lisep, »spreich doch
net van Jomfer Köchenn, Wickes, du dehs jo, els wenn de
mich net mieh kenst, sag doch merr wie söns Lisep, wat et
traktire a geht, dat es ming Sach, efel et wür mich et
leivste op ding Kamer, für send jo vernönftige Lü', esou
dat nömme doröver gett Schlets ackele [4] kann, ich han bes
acht Uhre Zitt.« »Dat sall ä Wod sin, Lisep, dann moss
de efel för leiv nemme wat ich han; des Sondags ze Ovend
duhn ich mich gewöhnlich gett ze jau, ich drenk dann ä
Köppche jaue Kaffie met äne marinirde Hereck en Wiss-
broud.«

Ongerwegs golt nun efel et Lisep för si Geld äne ses-
märeke Weck, zwei Riesfläm en än halef Ponk Presskop
met äne Stomp Belster en leiss ouch bei Paulus zwei Kanne
baieresch Bier hole.

Wie se nun bei der Wickes doh sossen en ossen, en
dronke, en sich us die fröger Zitt verzalte, wie se op de
Keremes zesame gedanzt heie en wie se sich duh att bau
heie krigge könne, duh sad op ämol et Lisep, »wat tönkt
dich Wickes, wenn für ons Krömmchere [5] noch beigenä

---

[1] Weihkessel. [2] drei bekannte Wirthshäuser. [3] das schwarze
Ehrenzeichen für Nicht-Combatanten. [4] vermuthen. [5] den Kram
zusammenschlagen, d. h. heirathen.

schlögge?« »Ich dorft dovan net spreiche, leivste Lisep,«
sad der Wickes, »ich wor dovör ze beschamt, merr nun
nemm ich dingen Andrag fresch eweg a en du salls siehn,
dat et Spröchwod wohr es: wie auer wie gecker. Du bes
för ding Johre noch flöck genog en ä reht appetitelich
Mäddche, en wat mich a geht, dat ich et selever sag, ich
nemm et noch op met allewill die Lelbecke van dressig
Johr met Usnahm van ming Zäng.«[1] »Dat deht nüs,« sad
et Lisep, »dann kriss du ouch geng Zankping mieh en für
versparen et Geld för se usriesse ze losse. De Lü' solle
zwor sage, die hant sich lang bedaht, merr ich gläuv dat
es noch beister, els wie et allewill Muhde es, wo se att met
sesseng en achzeng Johr beigenelaufe[2] en noh fezeng Dag
ärm Lü'.en Beddeler sönd. Wenn ich Pastur wür, dön
güg ich allemohl noh gen Kerich erus. Leivste Lisep, sad
der Wickes, leivste Wickes, sad et Lisep, en duh gove se
sich de Hank en pütschede sich dat et knallet, esou dat
der Asor van der Wickes bänklich afong ze bletsche, öm
dat he menkt, se heien sich gebeisse of än Ongelöck ge-
dohn. Doröver fong ouch der Kanalievogel van der Wickes
bänklich a ze flastere[3] en hei sich bau ä Pütche zebrauche.
Wie et Lisep sich ä besche erpackt hau, duh sad et: »et
blievt also bes op Poschmondag;[4] sorg dat de ding Ka-
piere en Ordnong kriss, öm ons opge Stadthus en bei der
Herr Pastur aschrive ze losse.« Der Wickes leiet et Lisep
nun noh Heem en verzalt höm onger Wegs noch, wie et
korjüs wür en Oche met de Stadtröth, ih se et sönd es et
ä Laufe, ä Klaffe en ä Spektakel, els wenn et Hömmelrich
dervan afhöng, en send se et, dann komme se net ens en
der Stadtroth en besorge leiver et Wohl van de Stadt enn
et Theater, op Soupies, Thidansans, of op de Jagd. Wenn

---

[1] Zähne. [2] zusammenlaufen. [3] flattern. [4] Ostermontag.

ich Börgermester wür, dann sed ich, wie se en Berlin sage,
»Gött merr allemol noh Heem, ich well noch leiver de
Stadt alleng regire, ich sall de Busche dovör wahl krigge!
— Agen Dör bei Brei pütschede se sich wier, en weil et
Lisep, wie beinoh alle Köchenne, ä zemlich schwor Mensch
wor, der Wickes efel zemlich malezig,[1] dröm schampet[2]
he us en feil, en et Lisep de längde lank över em. »Nüs
vör Onjods,« reif der Wickes, wie et Lisep sich wier op
taveled,[3] »dat könt van de schlehte Pavei hei en Oche.«
»Och jömich,« sad et Lisep, »dat deht nüs, wenn ich mich
merr net et Kled zerreissen han.«

Et Lisep hau efel än onräuhige Naht. Van et Wissen
alleng, daht et, kann me net leve, he werkt zwor allewill
met angerhauve[4] Mann, dat heescht met äne Gesell en äne
Liehrjong, ich sall doch dobei noch äne Handel afange
mosse. Noch mieh Onrauh mached et sich efel doröver,
wie et sich, wenn et nun getraut wür, sau heesche losse:
Madam Piefstatz of Frau Piefstatz. Ouch log et höm schwor
egen Häut, wat et för än Mötsch aduhn sau wenn et ge-
traut wöd, en esou noch anger wechtige Sache.

Der Wickes kuhnt ouch net enn Schloff falle. Dat
Halefschelecksbrödche, die Riesfläm, dat half Ponk Press-
kop, die Belster en die zwei Kanne Bier hau he sich ere-
gewerkt, wie he efel van et Lisep noh Heem kom, duh
daht he: de marinirde Hereck es morige verdrügt,[5] dröm
well ich mich leiver a ming au Gewohnheed haue en eiss em
desen Ovend met ä paar Oehlicher en Schemulle. Wie ge-
sad, he kuhnt donoh efel net jod schloffe, et wor em esou
korjüs ege Liev, dat he glot, he hei dörch de Fall met et
Lisep der Mag of et Hatz verstoucht.[6] — —

---

[1] schmächtig. [2] glitt aus. [3] mühsam zusammenraffte. [4] an-
derthalb Mann. [5] vertrocknet. [6] verstaucht.

Ich siehn et selever enn en hür üch att allemol sage:
och Gott, wat dourt dat lang met dat Lisep, de jong Frau
wed ganz vergeisse! Dröm kot en jod, et Lisep kreg der
Wickes, se fongen änen Handel a met Aedäppel, Oelicher,
Herecke, [1] Böckeme en Schwegele. [2] Der Wickes hau ouch
Kenness va Mehlwörm, dröm lad he än Heck van Mehl-
wörm a en verkod se an der Cheil [3] en der flocke Betes, [4]
en dat braht ouch noch att gett enn. Et geng hön jod.
Der Wickes gof et Wissen op en mached merr noch de
Aedapelsreise bes noh Wüschele en Badeberg. Se stönd
nun enn et Handelsregister onger de Firma: »Wickes Pief-
statz,« Prokurist: »Lisep Piefstatz,« en wie me hürt, es et
Hus Piefstatz sihr culant.

Of se noh de Hieroth än Reis mache saue of net,
doröver wor et Micke met der Manes net einig. Der Manes
menkt, me müht der Dokter ens froge; de sad efel: »Ja
leiv Lü', dat mott ühr et beiste wesse, et kühnt met Ma-
dam gett förfalle, wat op Reis grad net sihr ageniehm
wür, wie gesad, Madam es att gett onbeholepe [5] wode,
derzau rohne [6] kann ich net, ich gläuv efel, ühr dügt bei-
ster en blevt stell Heem.« Esou doge se dann ouch; öm
sing jong Frau Pläsir ze mache, geng he met hör enn et
Threater en noh de Menagerien, wegeworöm, et woren er
grad zwei enn Oche, än Diere-Menagerie van der Herr
Schmid en än Könstler-Menagerie, worenn den angeren
Her sing Könstler sengen en spelle leiss.

De au Frau Brei hau zwor noch der grüdsten Deel
van der Kengskörv van höre Manes, Hempchere, Mötsch-
chere, Schopplifchere [7] en esougar der Mönich [8] noch,

---

[1] Häringe. [2] Schwefelhölzer. [3] Michael. [4] fluchende Hubert.
[5] unbeholfen, dick. [6] rathen. [7] die ersten Kinderjäckchen. [8] ein
besonderer Anzug, worin vornehme Kinder zur Taufe gebracht
werden.

worenn he noh gen Dauv gedrage wode wor, merr et fehlet
an wölle Dög en Viesche, [1] die hauen de Motte freisse. De
jau Frau strecked sich bau schef, se mached de Viesche
vier en drei Dedel Ehle lang, öm dat se drop rechnet, dat
die drei Dedel tör et Elaufe würe. »Met dat los [2] egen
Wech ligge losse van allewill,« sad de Frau Brei, »ben ich
net everstange, de Kenk liggen der ganzen Dag doh en
tafele [3] met Hank en Foss en mache sich en der Schloff
merr selever wacher. Dörch die neu Muhde get et allewill
ouch bau luter scheif Manslü'; enn ming jong Johre wor
äne Scheif en wahre Raretiet, alles leif a gen Fenster,
wenn änge dörch gen Stross kom, merr betracht mich ens
allewill de Been van de Manslü'! nä wat Fazounger! [4] me
kühnt nun wahl agen Fenster laufe, wenn änge met
schnacke [5] Been könt. För de Mäddchere well ich net sage,
die kann me ohne Viesche los egen Wech ligge losse, wege-
woröm, die hant van Goddes Gnad allemol scheif Been,
öm dat dat enn hönn Gewäcks litt, merr ich bliev derbei,
de Jonge mosse geviescht, [6] wede, dat me se wie äne Posch-
weck drage kann.«

Kom hau de Frau Brei de zweide Viesch va gen
Dröd, duh wor et att rechtig, et Micke kreg ä neu Kengche.
Et wor äne Jong wie än Wolk, äne wahre Blötsch van ä
Kenk, en wat et schönste wor, he glech, wie sei selever
sad, de au Frau Brei wie zwei Dröppe Wasser. »Seth,«
sad se an de Frau Zemperlich, »seth Frau Bas, der klenge
Schelm hat ganz ming Tronie, Hörchere wie Peich, Oegel-
cher wie Krale, [7] ä Mönckche net grousser wie äne Selver-
grosche, en seth ens dat Röcksträngelche [8] än die Been, es
et net els wenn he att ses Mond getrocke [9] wür, ich gläuv,

---

[1] Wickel. [2] ungewickelt. [3] zappeln. [4] Gestalten. [5] grade,
schlanke. [6] gewickelt. [7] Korallen, [8] Rückgrat. [9] gezogen.

he hatt att Bemorie [1] en kennt mich att. seth, wenn ich
gett hell rof, wo es de Beis! dann besith he mich att; ich
gläuv, dat dat ä Lousührche wed.«

Ich han att völl gesiehn, merr dat moss ich sage, ich
han mieh Leve geng pläsirlichere Beis gesiehn; de Frau
wor enn de leiste Dag zeng Johr jonger wode. Se leiss der
Anissohm pongerwies hole en reif alle Kenger va gen Stross
erenn för änn Zockertat ze krigge, esou dat völ Kenger
noh vezeng Dag att froge kome, of de Frau Brei net wier
ä neu Kengche usgegraven hei.

De jauen aue Nobber Brei soss doh met de grousse
leere Kutsch a enn singe Prötter; he wor noch verkensch-
der els verkendscht en spellet met der Spetz. Sing Frau
wau höm efel et Pläsir mache en höm ens der Enkel zeige,
dä noh singe Nam Betes Bastian Manes gedäuvd wode wor.
Se kreg em stell us gen Wech en drug em wie äne Posch-
weck opene Buch noh der Aue.

»Wat ses de,« sad se, »hei van os Mänesge, osen
Enkel?« Noh sing au Gewonheed dog he glich de Kutsch
af en stippet de Zong erus, wie he efel soch, wat ze duhn
wor, duh recket he noh der Klenge, he packet höm efel
met de Been, dat he met der Kop eraf hong en et Mänesge
afong ze käke wie zeng Spoferksger. [2] De Frau Brei
schnappet em gau en wor wie verbast [3] va Schreck, der
aue Brei lached efel en sad: »Gett et Kenk merr äne
Klomp [4] en lott em äne Kallemol [5] backe, dann sall et wahl
wier gau stell sin.«

Apropuh! de Frau Schnirp heil wier än Kaffie-Visit
en wat wod doh över dat ärm Micke verzalt! Efel ouch et'

---

[1] Erkenntniss, Gedächtniss.   [2] Spahnferkel.   [3] ausser sich.
[4] Stück Zucker. [5] ein in einem Teige gebackener Apfel.

ärm Mänesge wod att egen Schier [1] genomme. »Ich han
et,« sad de Frau Schnirp, »van de beiste Fröndenn, van
de au Breize, dat onglöcklich ärm Wiht van dat Kenk es
ä wahre Monstrom, perfekt äne Kuhlekopp, [2] över et ganz
Liev es et Kaffiebrun, singe Kopp es äne Flatschkopp met
Feschoge, [3] bau ohne Nas, äne Monk van än Uhr bes an et
angert, met Leppe wie Kalefskotelette, Uhre wie Scheer-
schottele, Aerm en Been hat et ärm Wiht wie Strühzälm [4]
en auplatsch va Fengercher en Ziehnchere hat et Honder-
klöchere. [5] Et blievt efel onger ons, ich well et Kenk net
de Ihr afschniee. Ich been mich met et Polinche alle Ovends
ä Vadderonser, dat osen Heregott höm van der Welt holt.
Ich hauf merr, dat se höm van Zitt ze Zitt överlese [6]
losse.« — —

Noh de ses Weiche wor de jong Frau Hulda Brei
wier flöck en ravetirig. Höre Man fong de Nam Micke ze
ordinäre, dröm heisch he hör nun Hulda zom Spitz van si
Modder, die nun net mieh wost, wannieh dat et der Na-
mensdag van hör Schnor wür, wegeworöm, se fong de
Nam van die Heligenn enn genge Kalender. Wie sei de
Frau Bas Zemperlich ens donoh froget, duh sad die: »Ja,
leivste Frau Bas, dat wees ich ouch net, van ming zwei
Vettercher heescht der änge Hannibal en der angere Gari-
baldi, die feng ich allebeids net enn der Kalender, dat
mosse wahl Helige us ganz weld Länder sin, die der
Popst selvs noch net kennt.« — —

---

[1] Scheere.   [2] Kaulquappe.   [3] Fischaugen.   [4] Strohhälme.
[5] Hühnerklauen.   [6] Gegen das Ende des vorigen Jahrhunderts
noch wurden die Kinder zur Zeit der Quatember von einem
Geistlichen durch Gebet und Segen, was überlesen hiess,
gegen Spucken und Hexen geschützt. Mit den Spucken und
Hexen hat auch das Ueberlesen anfgehört.

Et duhret net lang, duh hau de Frau Hulda att än zemlich nette Bekanntschaft. Se traktiret döcks en jod, en we dat duhn kann, dä hat gau mieh Frönde en Fröndenne, els höm spiehder leiv es. Frau Hulda wor än flentsche Feg en kreg van der Manes, wat se merr geer gehat hei. Wat höm besongersch gefeil, wor, dat se hiel jod för singen Aue sörget en dat se met si Modder op der beiste Foss stong. Dröm wor Frau Hulda esou staz agedoh, wie att wenig Madame enn Oche, se kleiet jod [1] än hau sich ouch de forniehme Drihn [2] enn et Goh agewehnt. Hör Fresirersche sad döck: »ühr könnt et mich gläuve, Frau Hulda, ühr könnt et met en Prenzess op nemme wegen ühr Natürlichheed, ich meng, dat ühr van ove bes onge alles echt hat, wie üch Gott erschaffen hat; wat moss ich bei anger Madame met Watt opstope, [3] ih se ens gett Fazoun krigge, wat hant die ä Leed met dat Zängennsetze, met die Fervdöpchere en met dat Dutzend Hore, wovan se Fliehte gemagd han welle.«

De au Frau Brei wor van jongsop enn de beiste en förniehmste Gesellschaft gewest, dröm mached se hör Schnor op der fingen Toun opmerksam. »Sich Kenk,« sad se, »der finge Toun hat mich ze Leve net gefalle, wegeworöm, he besteht us luter Lögens en Grimasse, merr we wie du enn de grousse Welt leve moss, dä moss sich dat gefalle losse, dröm gev Aht, wat ich dich sag. Du moss die Lü', die dich net usstoh [4] könne en dön du noch weniger usstoh kanns, per Exempel de Frau Schnirp, merr flentsche en hön merr nüs angersch sage els: meine liebſte, meine beſte und werthefte Frau Schnirp, wie freut es mir, Ihnen hier zu ſehen. Wenn ömme gett sengt of op et Klavier

---

spelt, en wenn et ouch wür för futzelaufe, dann moss de
merr döchtig egen Häng klatsche en fofzigmol hengerä
sage: himmlisch, vortrefflich, ausgezeichnet! Spreich va nüs,
els van et Threater, Konzerte en van der Muhde. Eiss dich
Heem satt, ih de enn än grousse Visitt gehs, en püsel [1]
merr esou gett an et änt en et angert, verstehs de, du
moss esou gett verzaht [2] Wesen a nemme, dann sall et bau
hesche, wat es die Frau Hulda än adig en ä gebeldt
Fräuche.« De jong Frau gov op alles Aht, wat hör
Schweggermodder hör verzalt, en wat liehrt ä Frauenzem-
mer liehter en gauer, els Komplimente en Grimasse mache!

Der Manes selever wor hjel zefreh met de Fort-
schrette van sing Frau en hei zeleve net gedaht, dat he
us dat Micke eson grousse Dam hei trecke könne, wat höm
efel noch völl Onrauh mached, wor et Huchdütsch van
Frau Hulda. Sei behauptet, se hei enn Kölle, wo se fröcher
gewohnt hei, et Huchdütsch ganz verliehrt, doh hürt et
Huchdütsch ganz op en föng et Köllsch a, dröm heie se
ouch de Poletechnesche Schul net krege. Der Manes hau
Reht, met hör Huchdütsch soch et noch zemlich schlet us,
merr doch net völl schleter es bei völl Madame, die geng
Mä gewest send. Des Dag hau ich selvs gett bei der Brei
ze duhn en treif Frau Hulda egene Gank: Meine Mann, sad
se drop, is als von haleber elf eraus, er kommt aber um haleber
ein nach heim, gehen Sie ein Bischen herein und setzen Sie sich
ein Kitzchen am Abend, denn Sie haben sehr kalt, es früst stark,
es hangen überall Keicheln am Dach; Sie haben ein bänklicher
Huft, hüten Sie sich, daß Sie nur nicht die Schweinsucht be=
kommen.

För en noh geng et efel ouch beister met et Huch-

---

[1] ohne hungerig zu scheinen einige Kleinigkeiten essen.
[2] verzärtelt.

dütsch; Herr Manes hau än huchdütsche Mad agenomme en dobei leset sing Frau ouch noch et Familiejournal en der Bazar. Die onglöckliche Wöddchere m i r en m i ch, Sie en I h n e n, die woren efel för de Frau Hulda ze kröttlich. »Och,« sad se an höre Manes, »ich zerbreich mich domet der Kopp net mieh, de Frau Geheimröthenn sed ömmer mich en de Frau Komerzienröthenn sed ömmer mir, dröm well ich mich agewehne, half en half en ohne völl ze bedenke bau mir, en bau mich sage, wie de miehdste Dame sage en ouch der Herr Barong sed, dann sall et doch wuhl jod sin. Dat ärm Häut van de Liehrer de klaft mich bau geck met singe dritter und vierter Fall, en wenn ich höm sag, he sau mich merr en Regel för alle Fäll sage, dann sed he, die güv et net, dröm kann he merr doh blieve.

Dörch die Erbschaft van de riche Manonk us Java wor der Manes änge van de richste Lü' us Oche wode; he heil nun ouch Ekipasch, gov Dinés en Soupés, en de schönste Thiedansans. Nun mached alles Besöck bei Frau Hulda, Civil en Militär, esougar de Frau Schnirp. Frau Hulda wor nun ouch bei alle forniehme Damevereine, kot en jod, se wor de liebenswürdigste Frau us Oche. De Here Offezirsch saten esougar, se wür de „gelungenste" Frau en der Manes hei an hör än jau Aquisitioun gemachd. Enn hör Gesellschafte gov alles mieh Aht op de Ostere en de Leverpastiet, els op hör m i r en m i ch. Wenn se an der Herr Barong sad: „ich bitte Ihne, erlauben Sie mich, daß ich Sie noch ein Stückelche anbiete?" dann sad dä: „ich bitte Ihnen, gnädigste Frau, ich habe mich so eben noch etwas auf dem Teller gelegt, ich danke Sie."

Wie et Lisep van de Stoht en dat Leve bei et Micke hurt, duh sad dat: »wat kann doch net us ä Buremensch wede! Doh sith me, wat de Busche dönt!«

Der suhfe Veries Knoppholz en der volle Mines[1] Peich.

West ühr ouch gett Neuts? — Der ärme volle Mines litt op et Sterve, vlecht es hä hü' att doud. Dat düg mich wörklich leed, wegeworöm, dä Mines wor van zera, dat he dörch de Miessigheedsverein[2] van der Sauf komme wor, gengen oneffe Mensch en kallet öfer allerlei Sache, wie äne Philosoph, els wenn he et us Böcher geliehrt hei.

Of der Mines der Veries an et Suhfe braht hat, of nä of der Veries der Mines verfuhrt hat, dat es schwierlich uszemache. Secher es efel, dat der Veries Knoppholz us än au suhfe Familie herrstammet en sin Oever-Beistevadder seliger van wegen et Suhfe enn Oche zer Zitt van de Mäkelei att berühmt wor. Dröm behauptet dann ouch der Veries, daht Suhfe lieg enn et Gebläuds,[3] wie bei anger Mensche anger Fehler enn et Gebläuds liege, per Exempel et Flocke, et Lügge, et Stehle en anger kleng Fehlercher an der menschliche Korepes.

Der volle Mines Peich wor eigentlich, wie he selever sad, ganz onschöldig an et Suhfe komme, enn zwor dörch sin eige Modder, die höm, wie he noch äne klenge Jong wor, de Buchping, en, met Erlaubniss ze sage, de Wörem[4] ömmer met ä Gläsche Brandewin verdreven hei. He muhd nun zwor enngestoh, dat he, wie he ens der Kohr[5] dervan

---

[1] Dominikus. [2] Mässigkeitsverein. [3] im Geblüte. [4] Würmer.
[5] Geschmack.

gehat hei, he si Modder alle Dag över Buchpiug geklagt
en van Kribbeln agen Nahs, et secherschte Zeche va Wörm,
gesprauchen hei, natürlich Alles geloge, öm merr an et
Ennemme ze komme. En esou hei he sich dann allgemach
an die Mellezin gewehnt en menige Kordial[1] geschluckt,
ih he egene Kattgesmes komme wür. Dat hei efel nüs ge-
dohn, sad he, wenn ich der Veries Knoppholz, Gott trüst
sing ärm Siel, net hei kenne liehre. An der Dronk wor ich,
dat es wohr, merr dörch der Veries ben ich allirsch an der
Sauf komme.

Der Veries wor, wie ühr wahl noch allemol wesse solt,
fröch veronglöckt, wie he duh nohgene Kackert[2] op der
Keremes-Ball goh wau, geng he met Vergeis[3] anplatsch
noh Ponkpotz[4] erus nohgene Vresegrav[5] erenn en versof
esou ganz onschöldiger Wies. Bühs Mensche sate nun
zwor, he wür esou voll gewest, dat he Vresegravspotz för
Ponkpotz agesiehn hei, en dat kühm van der Sauf.

Genog, wie der Mines hurt, dat singe beiste Frönd
esou ganz onschöldiger Wies versaufe wür en wie he hurt,
wat de Lü' sate, duh wor et höm doch ganz kurjüs ege
Lief en op der Stell nohm he sich nun vör, sich et Suhfe
afzegewehne en verspruch et ouch an et Bäbb,[6] sing Frau.
Gott se Dank, satt et Bäbb, dat dat Verek —— —, ich meng
der äreme Knoppholz, doud es, ich wönsch em, dat he äne
schönnen Engel egen Hömmel wür. Nu mag du efel merr,
Mines, dat du gett menschlicher weds, du has ömmer de
Schold op der Veries gelad, dat hürt nun op. Bäbb, sad
der Mines, ich verspreich et dich op än hauf Penkt ——, ich
meng op min Ihrewod en wel haufe, dat für ons gestere

---

[1] Medizinflasche. [2] Namen eines Tanzlokals vor Pontthor
d. i. [4] Ponkpotz. [3] aus Versehen. [5] ein mit Wasser gefüllter
Theil des Stadtgrabens. [6] Barbara.

för de leiste Kier gereissen hant. Der Mines heil wörklich zemlich Wod.

Nun litt der ärme Schelm op et Stereve. Wat mich efel freut, he hat sich jod enngestalt; ich wor gestere noch bei em, wie der Herr Pastur doh wor en der Mines ganz vernöneftig met em kallet.

»Herr Pastur,« sad he, »ich wees et merr völ ze jod, ich han gröblich gefehlt en alle mi Leve biestig gesaufe, sau ich wörklich noch zemliche Kanz [1] han, egen Hömmel ze komme?«

»Merr,« sad der Herr Pastur, »esou mohd ühr mich net spreiche, ühr hat üch jo jod enngestalt en ühr Leve bereut, nun mohd ühr merr fast gläuve en haufe, egen Hömmel ze komme, en ich verspreich üch, egen Hömmel ze komme.«

»Wenn ich merr drenn komm, Herr Pastur,« sad drop der Mines, »dann well ich att met ä greng Plätschge ze freh sin, oser änge hat net völ geliehrt, ich well dröm geer att an än Donnermaschin of enn än Schnie- of Hagel-fabrik [2] döchtig metwereke. Efel, Herr Pastur, erlaubt mich äng Frog: Sau mingen äreme Frönd, der Veries Knoppholz, dä esou onschöldiger Wies egene Vresegrav versaufen es, ouch wahl egen Hömmel sin? Uehr geliehrde Here west doch Alles, et Menschliche esouwahl wie et On-menschliche.«

Der Herr Pastur nohm enns ä Schnüffche en sad dann: »Nobber Peich, dat es att än kröttliche [3] Frog, merr Goddes Barmherzigheed es onerforschlich, me kann net wesse, wat der Knoppholz enn sing leiste Momente noch gesad en gedaht hat, merr wie gesad, et es en blievt äne schlemme Kases, [4] esou voll eweg könt me doch net liht

---

[1] Aussicht. [2] Schnee- oder Hagelfabrik. [3] kritisch. [4] Fall.

egen Hömmel; merr bei Goddes Barmherzigheed es Alles
möglich, dröm welle für dann wenestens haufe, dat ühr
ühre jaue Frönd Knoppholz ouch egen Hömmel antrefft.«

Der Mines schödet[1] met der Kopp en sühted[2] en sad
dann met än trurige Stemm: »Herr Pastur, onger ons
gesad, dat wür mich gar net leiv.«

»Wie,« sad der Herr Pastur, »gönnt ühr dann ühre
Frönd net et Hömmelrich? Ich mengd, ühr heit üch ge-
freut, der Knoppholz doh wier ze fenge!«

»Herr Pastur,« sad drop der Mines, »ühr verstött
geng Knöpp,[3] dat es et grad, wenn ich met der Veries egen
Hömmel enn deselve Abdeilong[4] kühm, dann wür et min
Ongelöck, wegeworöm, dann föng et Suhfe wier a, en dann
wöte für gewess alle beids gau erus geworepe, wat os op
deser Welt zesame mieh els ämol passirt es.«

Der Herr Pastur schlog de Häng över gene Kopp en
reif: »Mines! Mines! Mines! wat send dat för Ennbel-
donge van der Hömmel! Doh hüren alle die Gemengheeten
op, doh es nüs els Fred, Freud en Pläsir Johr us Johr
enn, en Dag för Dag, doh send geng Maschinger en geng
Fabrike, va ze werke es geng Sproch mieh, doh levt me
enn de Anschauong Goddes en sengt met de Engele hellige
Ledchere, en flügt, öm dat doh jedderänge Flögele hat,
met de Engele gett spazire dörch Blommebende. Mines!
Mines! wat hat ühr vör Ennbeldonge van der Hömmel!«

»Herr Pastur,« sad drop der Mines, »alles jod en
wahl, merr wie ich siehn, hat ühr der Veries noch gar net
esou ordentlich gekankt, wie ich em kenn; ich sag en bliev
derbei, wo der Veries es, doh moss ouch gesaufe wede,
dobei es he ouch noch krakilig en es em Stand, wenn doh
geng strenger Polezei, els enn Oche es, met zent Peter

---

[1] schüttelte. [2] seufzte. [3] listige Streiche. [4] Abtheilung.

Rüsen [1] a ze fange en sich met döm ze risse, en mänige ordentliche, stelle Hömmelsbörger, dä räuhig si Glas Bier drenkt, de Flögele uszerisse.«

Der Herr Pastur nohm singen Hott en sad an de Frau Peich: »Lott ühre Man merr stell esou ligge, ich siehn, he es bänkelich an et dolle, [2] lott em merr brav Wasser drenke en spreicht öm Goddes Well merr net van der Knoppholz.«

Wie der Herr Pastur de Dör egen Hank hau, duh reif efel der Mines noch: »Herr Pastur, ich doll wahrhaftig net, merr lott et üch gesad siehn, ühr hat et Naterell van der Veries Knoppholz noch gar net ordentlich kenne geliehrt!«

»Dollerei! Dollerei!« sad der Herr Pastur en geng.

Uehr west, wie stärk der Mines an et Dolle wor, merr, wat sad ühr dovan? der Mines, dä hü' acht Dag op et Stereve log, erpackt [3] sich wier. Ich ben vörgester Ovend bei em gewest, öm em gett van der Vastelovend ze verzelle. He soss doh met än Schnell Bier, Kröttchere [4] en ä jod Stöck auen Hervere. [5] Mines, sad ich, et schingt, der Appetit könt wier? »Ich söck att gett erav ze krigge,« sad der Mines; »ich han desen Ovend noch nüs över gen Leppe gehat, els äne Verekenspuht [6] en ä besge Kompes. [7] Bäbb, hol noch än Kann Bier, der Köb [8] drenkt ä Glas met.« »Mines,« sad ich, »et es Jommer en Scha, dat du met et Bäbb dese Vastelovend net bei ons worsch; esonne Vastelovend wie det Johr, han ich enn Oche noch net erlevt. Et wor alle drei Dag, els wenn et Geld Dreck wür; me kuhnt esou reht siehn, dat et allewill än jau Zitt es, alles Schöpp en Jüs; öm ses Uhre des Mor-

---

[1] Streit. [2] phantasiren. [3] erholt. [4] kleine Weissbrödchen.
[5] Herver Käs. [6] Schweinefuss. [7] Sauerkraut. [8] Jakob,

gens wor et op de Balle noch esou voll wie des Ovends öm zeng, en wat et pläsirlichste wor, et woren överall mieh Fraulü' els Manslü'. En nun well ich dich ouch gett Neuts verzelle, ich han mich dann ouch Vastelovends-Mondag op de Ball met et Rühs [1] Labang versprauche, esouwahl wie der Klös met et Jüpp, [2] der Duhres met et Nell, der Wickes met et Jenn, der Betes met — —«

»Schwig stell,« ongerbruhch [3] mich der Mines, »et sau mich ganz kollig wede över esonn Neuigheeten; ühr ärm Gecke sed allemol ühr jau Dag meuh en Oche hat att wier esou völ ärm Lü' mieh, die sich op de Ongerstörtzongs-Verein verlosse. Ich han mich duh zer Zitt met der Veries, Gott trüst sing ärm Siel, ouch op äne Vastelovends-Mondag voll eweg, net wor Bäbb, versprauche, en va zera wesse für dervan ze senge, wie et zwei geht die sich traue en alle beids nüs en hant en der Man dann noch sühft. Ja, wenn et ömmer Vastelovend blev, Köb, merr noh der Vastelovend könt de Faste en et Nohdenke, wenn et ze spie es, net wor Bäbb? Ich wees dervan ze verzelle en et Bäbb ouch, wat van et fröch Traue en et Suhfe könt. Onfred, Aeremodei, [4] Riessen en Schlo, Krankheed en frögen Doud. An et Suhfe ze komme es en Klengigheed, merr dervan ze komme, dat holt der Düvel! net wor Bäbb?«

»Nun sag ens,« sad ich an der Mines, »wat has de merr neulig, [5] wie der Herr Pastur hei wor, van der Veries gedollt?«

»Gedollt?« sad der Mines, »ich han gar net gedollt, ich sag en bliev derbei: wo der Veries es, Gott trüst sing ärm Siel, doh moss ouch gesaufe wede, ich han de Prauv [6] dervan. Wie für vör zwei Johr op Poschmondag ons Po-

---

[1] Rosa. [2] Jesephina. [3] unterbrach. [4] Armuth [5] neulich, unlängst. [6] Probe.

sche [1] gehauen haue, en es döchtig van der Pater van wege der Suhf kregen haue, duh nohme für ons för, ömmer nöttere [2] ze blieve. Age Naht kom der Veries efel en sad a mich, net wor Bäbb? Mines kom, für packen os än Dröppche, [3] dat es erlaubt en dovan wede für net voll. Veries, sad ich, loss mich enn Rauh, ich kenn dich, du heits mich wier geer op Lap, [4] net wor Bäbb, esou sad ich.

«Mines,« sad he drop, »mingen aue Schulkamerad, gläuvst du dann, dat de mich enn mi Leve noch ens voll siehn sals. Standhaftigheed, sad der Pater, en alles es gewonne. Hü[1] welle für nun ens ons Standhaftigheed bewiese. Zwei of drei Dröppchere en dann noh Heem; nun kom, Mines. Für dronken egene Renk [5] drei Dröppchere. Veries, sad ich, nun es et Zitt, denk, dat für ons Posche gehauen hant. Rechtig, für genge, — en öm gett fresche Loft ze schöppe, klafet mich der Veries noh gene Grav. Wie für bau a Fenger [6] wore, du sad der Veries us sich: Mines, nun hau dich standhaft, dat für hei vörbei komme, ohne erenn ze goh. En ohne ze muxe genge für wörklich vorbei en kikede att luter noh der Elisebronne, öm et Hus net ens ze besiehn; op ämol blievet efel der Veries stohn en sad a mich, Mines, für hant et gezwonge, für send standhaft gewest, än eson Standhaftigheed verdengt än Beluhnong; nun kiere für öm en beluhnen ons selvs met än Haufpenkt. He schlefet mich erenn, en enn än hauf Uhr wore für kardaunevoll, net wohr Bäbb, ich wor kardaunevoll? Et es wohr, der Veries hau än wahre Peds-Natur, et dog em nüs gett. Des angern Morgens öm elf Uhr treif ich em att wier voll opene Maht; sing Frau hau em et Gesecht zerkratzt. Merr, sad ich, Veries, wat has de age-

---

[1] österliche Kommunion. [2] nüchtern. [3] ein Tröpfchen, d. h. ein Gläschen. [4] Sohle. [5] und [6] Wirthshäuser.

fange, du has et Gesecht jo ganz voll Blott? Nüs, sad der
Veries, ich han mich hü' ohne Spegel rasirt. Hondert Ken-
ger leifen henger em en reife: Volle Veries, volle Veries!
Op der Eck va Ponk, wo der aue Aptieker agen Dör stong,
blev he stoh en reif: Pedsmulle, haut der Ohm op en göt
noh Heem, en sad a Vadder en Modder ä Komplement van
der volle Veries, se sauen üch va gen Stross en van der
Sauf haue. Seht, doh den auen Her hat enn die honderde
Döppchere en Pöttchere Salv för alle Krau,[1] merr enn
gen enzig Döppche gett för der Oecher Krau, wat ühr set;
Pedsmulle, haut der Ohm op!«

Drop sad ich an der Mines: »Du has Reht, der Veries
wor onverbeisserlich, he wor eigentlich ä wahre Vereke.«

»Schwig mich dervan,« sad der Mines, »de miehdste
Mensche send eigentlich en oneigentlich mieh of mender[2]
Verekens. Alle Söffer send Verekens. Onger de Vörniehme
get et vörniehm Verekens, die losse sich fahre, wenn se
voll send; onger der gemenge Mann get et merr ordinär
Verekens, die dörch gen Strosse bomele. Gläuv mich, Köb,
et get onger de vörniehm Here mänige suhfe Veries, merr
et wed vertuscht en me liehrt se net kenne. Wenn de
Kutscher van alle voll Here, die se noh Heem fahre, dub-
bel Tax krigge, dann wöte se riech. Ich han mich mieh
losse sage, dat et bei vörniehm Here schemplich wür, net
fönf bes ses Putellijens Win drenke ze könne. Ich hauf,
dat se enn Berlin nun ouch ens usmache, dat Reht för alle
Lü' Reht es, en dat de Figeling[3] en de Polizeistond
köneftig för alle Verekens bestemmt wed. Em Ganzen
gläuv ich efel, dat gegen der Dronk net völ ze duhn es,
wegeworöm, et litt enn et Blot van de dütsche Naziuhn,
en wat wür ouch de dütsche Naziuhn ohne der Sauf. Dat

---

[1] Krätze. [2] mehr oder minder. [3] Polizeigefängniss.

es noch der enzige Ponkt, dat hescht, wie me sed of sage sau, de Dütsche hön enzige Einigheed. Dröm senge jo ouch alle Dütsche, wenn se voll send: Wir Deutsche seind ja alle Brüder! En dat gläuve se ouch enn der Voll! Selvs de voll Engeländer welle dörch hön suhfe Naterell bewieso, dat sei ouch eigentlich Dütsche würe, die merr engelsch sprüche. Könst de noh Baiere, [1] Köb, dann siehste att wier glich an dat biestig Biersuhfe, dat dat echte dütsche Brür send. Doh drenke se sich ömmer voll van wege de Gesondheed, wegeworöm, se sage, wenn se net ganz voll würe, dann krieg et Bier ege Liev Köhm [2] op, en Köhm wür Schömmel [3] en Geft för Menschen en Vieh.«

»Doh hant se Reht enn,« sad ich, »en we dat net begreff, dä müht dommer sin, els de Polizei et verlangt, en nun begrief ich ouch, woröm sich dann de riche en vörniehme Here enn Win besuhfe; die schingen ouch bang ze sin för Köhm, öm dat der Win even esou jod Köhm kritt wie et Bier. Noh ding Explikazioun, Mines, send für dann hei en Oche, wo esou fresch gesaufe wed, wörkliche en echte deutsche Brüder.«

»Me sau et sage,« sad drop der Mines, »en ich gläuv et ouch, net wohr Bäbb? Nun sag ens, Köb, has du hü' net gewerkt?«

»Wat,« sad ich dann duh efel an der Mines, »hü' op der Mondag gewerkt? ich gläuv du verkenscht, Mines! Op der Mondag wereke, dat wür gett Neuts; ich han de ganze Sondagsnaht en des Morgens bes ä Veddel noh elef gewerkt, dat ich koom noch en Meis kreg, en sau mich nun ouch noch der Mondag verdereve? Nä, dorenn hau der Veries Reht, dat he sad, he begreff net, woröm de Gestliche der Sondag net op der Mondag verlähte. [4] Mines, sad

---

[1] ein bekanntes Bierhaus. [2] Kahm. [3] Schimmel. [4] verlegten.

ich, der Mensch welt ängen Dag op de Weich Rauh han,
en öm dat me des Sondags wereke moss, esou es der Mon-
dag der schönnste Dag dovör. Adie Mines, sad ich en
geng; mich tohnt[1] he fong wier a ze dolle, dann dat moss
mich doch jedderänge enngestoh, dat et wörklich lächer-
lich en onmenschlich wür van der Arbeitsmann ze ver-
lange, dat he des Mondags wereke sau en dat he net ens
anplatsch van die Schlaberonz[2] va Kaffie ä Dröppche
drenke kühnt.«

»Bäbb,« sad der Mines wie der Köb fut wor, »ich
weu, dat de Köb ons köneftig va gen Hals blev; ich ben
bang, dat wed äne zweide Veries, net wohr Bäbb? Owieh,
wenn de dat Rühs Labang kritt, döm kenn ich, dat es
selvs än Hüppmei[3] en än Etzhazohr; wat sal dat de ma-
lezige[4] Schnieder noch fiesche.«[5]

---

[1] mir schien. [2] dünne Brühe. [3] Trinkerin. [4] schwächlich,
kränklich, im kölnischen Dialekt des 15. Jahrhunderts malaitz,
d. h. krank. Vergl. Firmenich's Völkerstimmen III. Band,
S. 213. [5] wicklen.

Mascherang,[1]

of

der klafe Tines en der drügge Helemes.[2]

Der Tines wor dann enn äng van die leiste Geheim-
setzongen van der Stadtroth zom Karebenger[3] ernannt
wode en wor also nun wörklich van wege die Geheim-
setzong geheime Karebenger. He en der Wickes stongen
opne Mad en kickede noh ge Stadthous, wo än ganze Pro-
zessioun Paare erop trocke, öm sich traue ze losse. »Die
ärm Gecke doh,« fong der Tines a, »send allemohl hön jau
Dag meuh; de eschte Dag van et Traue send Fastelovend-
Dag, merr glich drop könt de Faste. Dat er zwei mieh
Honger liehe könne, els änge, dat es rechtig, merr et es
ouch rechtig, dat er zwei en drei en vier der Herr Aerme-
Flegel[4] öm mieh Broud aspreiche, els änge. Dat deht efel
nüs; Ochen es rich, de Stadt hat et jo, et kann der van af.
Ich feng, dat die Here, die doröver ze sagen hant, Reht
hant, dat se de ärm Lü' Broud geve, anplatsch se noh de
Spies-Anstalt ze schecke. Met Broud kann jedder Mensch
doch noch gett afange, me kann et verkaufe, versetze,
merr met än jau Börgerschkost, die jedder änge selever
opeisse moss, doh hat me nüs van, els dat me satt wed,
dovör kann me net ens äne Schnaps entousche.[5] Wenn ich
ze sagen hei, ich giev ouch Broud en säd an die Spies-

---

[1] Gries und Stückkohlen durcheinander. [2] der trockene
Wilhelm. [3] Karrenbinder. [4] Armenpfleger, spottweise so genannt.
[5] eintauschen.

Anstalt: »hürt ens, ühr Here, esou lang els ühr net mich gett, els vör ördentlich satt ze wede, esou lang ühr bei ühr Kompes en Speck net wenestens äne Verkenspuht en än half Uhr get, met än Schnell Bier of än Haufpenk, esou lang, ühr Here, schecke für üch nömme. Mengt ühr, et wür allewill genog domet, de ärm Lü' satt ze mache? Jedder Mensch welt ouch ä Pläsir han.«

Drop sad der Wickes: »Se mache jo dovör der Tink- tank [1] ope Mönster.«

»Aerme Geck,« sad der Tines, »mengst du vlecht, döm machede se för et Pläsir van de ärm Lü'? Dögt dich net wieh! dat hat änen angere Bezog, [2] döm mache se för de Belebong van de Badezaisong. Die anger Musik sall jo, wie ich hür, ophüre, dovör spellt dann an der Bronne en enn et Kurhus der Tinktank en döm kann dann ouch de äreme Mann met genesse. Du sallst enns siehn, wat de Huser enn de Nobberschaft va ge Mönster opschlönt, et sall genge Fremde mich örgens angersch wohne welle, els enn der Nöhde [3] van der Tinktank. Wenn Oche Alles ver- lüst en für krigge der Tinktank merr wier, dann könt wier Alles op singen aue Foss en enn sing au Flür. [4] Dat Spell geht över alle ange Spell. Wie men hürt, hat der Kaiser van China att sage losse, wenn de Tinktang fedig wöd, dann kühm he ouch met sing Döhter noh Oche. Dat sau de Mann us luter Dankbarkeed duhn, öm dat äne gewesse Tink-Tank-Ti-Kling-Ling-Li, äne Manonk seliger van em, der Erfenger van de Tinktanke gewest es.«

»Oho!« sad der Wickes, »es dat esou! Efel woröm hant se dat Gesteigersch [5] a ge Stadthus afgebrauche?«

»Häutschüll,« [6] sad drop der Tines, »du wels mich

---

[1] Klockenspiel. [2] Beziehung. [3] in der Nähe. [4] Flor, Blüthe. [5] Baugerüste. [6] Schweinskopf.

wesse, els mänige Stadtroth selvs wees. De Sach es efel klor en vernöneftig, se hant et afgereisse, öm dat se et opgesatzt haue, merr de Frog, woröm haue se dat Gesteigersch opgesatzt, die es kröttlich ze beantwode. Noh minge schlehten Tönk[1] hant se et efel gedohn, öm dat od Stadthus de Pocke[2] noch ens ze setze, en wie de sihs, send die schlet ageschlage, se hant em et Gesecht domet zemmlich verschengelirt.[3] Nun sagen efel angere wier angersch; esou huht ich leis enige Stadtröth dröver spreiche: der änge sad, et Stadthus wöd afgereisse en ä fonkelneut gebaut met Fenstere noh ge Mönster; der angere sad, et wöd ä Stockwerk hucher gebaut, öm beister Ussechte ze krigge; der dreide sad, dat Gesteigersch wür blous för Zirrod doh en denget zeglich, öm bei Feste Fahnen azebrenge; wier änen angere sad, et Gesteigersch wür, öm mieh Leht ope Stadthus ze brenge. Dat leiste, Wickes, es nun ens ganz bestemmt net rechtig, dann wo eson Lüthe van Stadröth send, doh es et doch gewess klor genog.«

»Nemm dich gett enn Aht, Tines, du stechels,« sad drop der Wickes; merr sall dann ouch de Trapp va ge Stadthus gett reparirt wede?«

»Dat gläuv ich net,« sad der Tines, »dat wür ouch Onreht, die Trappe stelle söve Fossfäll vör, dann för mänige es et Stadthus äne wahre Calvarienberg; sich ens doh, doh komme die Pärcher, die irschter eropp genge, att getraut of gekrützigt eraf. En wie mänige wed doh met de Stüre gekrützigt!«

»Dat gläuv ich,« sad der Wickes, »doh has de Reht. Wat tönkt dich, saue für net ä Besche vör gen Potz goh?«

»Han nüs dergegen,« sad der Tines; merr vör wat vör än Potz? Vör gen Neupotz, open Huchstross en der

---

[1] Meinung. [2] Blattern. [3] verunglimpft, verunziert.

Verbendongsweg, doh patscht me bes över gen Knöchele dörch gene Morass, [1] — et schingt, je vörniehmer de Lü', je mieh Dreck; an Tolbertspotz [2] doh rücht et mich gett fies. [3] Ich ben net kröttlich enn et Geröch, merr de Tabak doh, de es mich doch gett stärk, dovör moss me doch än vörniehmer Nahs han els für, Wickes! — — Sich ens, doh henge könt et Ness, wat leis de Sublaternebeamte [4] getraut hat; sich ens wat et driehnt, sich ens de Pomei; [5] sautste net sage, et wür de richste Madam van Oche. Open Stross siehe Kleier, samede Hött met Blomme, äne doubbele Schaal, en Heem afgeschwelde Aedäppel en Kaffie, än Hempt oppe Liev en än Hempt egen Zing. Merr esou es et allewill överall en bei mänige Zort van Lü'. De Her hau Rəht, de leis sad, me kann allewill bei än gewesse Zort van Lü' an de schönn Kleier perfekt siehn, wie völl Honger se liehe, je schönner de Kleier, je grousser der Honger. Merr ich han doch Pläsir an dat Ness, dat sprecht dich allewill Huchdütsch wie än Berlinerenn, en es doch än Oecher Mäddche. Komm ens gett nohder, [6] doh gelt [7] et Gemöss, dann salst de sage, dat ich Reht han.«

(Et Ness met de Gemössfrau Lusch.)

N e s s. »Wie viel gillt [8] diese Schavau?« [9]

F r a u L u s c h. »Mamsellche, die loss ich üch för zwei Grosche, dat es ä Schavöche wie ä Stengche en meld wie Botter.«

N. »Kinderdeies das ist dür, ich gäb' euch eine Märk davor, meine Mann sagt immer, Sie fragten mich viel zu viel vor Alles, ich mühste mehr dingen.«

Fr. L. »Ich hür, ühr sed getraut Madämmche, kritt

---

[1] Strassenschlamm. [2] Adalbertsthor. [3] riecht es übel. [4] Wortverdrehung für Subalternbeamter. [5] hofertiges Auftreten. [6] näher. [7] käuft. [8] kostet. [9] eine Kohlart.

se merr att, ich hauf, dat et op än anger Kier bei könt. Wat es noch mieh gefällig, Madämmche.«

N. Gäben Sie mich auich vor sex Pennige Oelig,[1] von es betzte.«[2]

Fr. L. »Hei, Madämmche, doh hat ühr Oelescher[3] esou fast wie Husäppelcher en saftig wie Peesche:«[4]

N. »Is die Salat auich jud? dann geben Sie mich ein Paar Sträusschere und auich eine Raminass.

Fr. L, »Madämmche, dat es echte Maikropp en gelpsch[5] wie Glas, en die Ramenescher send beister, wie der beiste Düsseldörper Mostert. Sau ich üch alles noh Heem schecke, Madämmche?«

N. »Och nein, duhn Sie es mich nur in der Korb und gäben Sie mich an das Kurändchen wieder.«[6]

Fr. L. »Jod, Madämmche, zwei Schavöchere send drei Gröschcher, de Oelescher ses Penneke, zwei Ramenescher ses Penneke, drei Kröppcher nüng Penneke, magd vier Gröschcher nüng, hei Madämmche, hat er noch drei Penneke.«

N. »Wenn ich es Kompes einmach, komm ich auich bei Sie.«

Fr. L. »Sall mich angeniehm sin, Madämmche. Adie!« —

»Wat ses de, Wickes,« sad nun der Tines, »sau me net sage, et Ness wür us äng van de eschte Familien us Oche? Wenn mi Beistevadder dat hürt, de säd gewess: est-il chretien ou possible? dann de kuhnt Franz, wie Wasser, he hau et us der Meidinger geliehrt en wor zwei

---

[1] Zwiebel. [2] vom besten. [3] Zwiebelchen, die Obst- und Gemüseverkäuferinnen pflegen nur in Diminutivformen zu reden. [4] Pfirsiche. [5] spröde. [6] wieder geben, d. h. herausgeben, was zu viel ist.

Mond enn Velviesch gewest. He sad ömmer: »Tines, liehr
ä Besche Franz! met Franz en Plattdütsch könstde dörch
de ganze Welt.« Merr än enzig Mol hau si Franz höm
Schmakke[1] ennbraht, öm dat de Kosacke höm vör äne
wörkliche Franzous heile, bes der Mann opemol reif:
»Pedsmulle, haut der Ohm op!«[2] Wie de Kosacke dat
Wod hurte, woren se vermufft[3] en bedende öm Verzech-
ness.[4] Doh siht me, wie ä plattdütsch Wod der Mensch
rette kann.«

»Och wat,« sad der Wickes, »efel hastde nüs över der
Lomet[5] gehourt?«

»Wickes, mag mich net grellig,«[6] sad drop der Tines,
»ich darf net dora denke; ich han ming Sondesbocks[7] doh
stoh, wenn die mich met gestohle wür, dann kühnt ich et
niexte Johr ming Posche net haue. — — Komm ens gau,
sich ens doh! doh fengt et Jenn[8] a, sich met de Frau
Lusch ze riesse! Hura! Alaxkiskis!«[9]

---

[1] Schläge, Hiebe. [2] Ausruf eines zur Zeit hier sehr bekann-
ten Vollsäufers. [3] verblüft. [4] Verzeihung. [5] Lombard, Leihhaus.
Als diese Humoreske erschien, war die Verwaltung des Leih-
hauses durch Veruntreuungen seiner Beamten in Unordnung
gerathen, daher bei Vielen die Befürchtung entstanden war,
sie möchten ihre eingesetzten Pfänder nicht wieder erlangen.
[6] böse, aufgebracht. [7] Sonntagshosen. [8] Johanna. [9] Ausruf, wenn
man Hunde zum Angreifen ermuntert.

De Raretite-Sammelong van mi Manonk Quespel.

Dat Sammelwese litt döck enn et Gebläuds esou jod, wie mänige angere menschliche Fehler of ouch Dugend. Esou es et ouch met mi Manonk Quespel mötterlicher Sieds: si Vadder haut att gesammelt, he erevet si Kabinet en ouch et Sammelwese, dann he sammelt van Kengsgebeng [1] a en sammelt noch us alle Johrhonderde en ouch us de Neuzitt. He hat Versteinerongen, Gemields, [2] opgestopde Sachen, Sachen enn Spirites en Verekensblose, [3] Kestcher en Kasten, enn Watt en bleiche Bösse, [4] en noch hondert en än litt, hängt en steht eröm. He lett sing Sammelong geer siehn en explizirt dann Stöck vör Stöck, merr, onger os gesad, doh lügt he dann döcks bei wie gedröckt. Esou verkäuft he jedder Engeländer ä Paar Spore van Kaiser Kal met äne gedröckde Zeddel över de Echtheed. Gewöhnlich schenkt he höm dann ouch noch äne Zank van ä van die weld Verekens, die duh zer Zitt Botsched [5] gegröndt hant, of wie me sed, wo et der Nam van hat. Noh singen Doud welt he de ganze Sammelong an de Stadt schenke, öm hei enn Oche Wessenschaft en Konst enn Flür ze brenge.

Nun sal wahl mänig änge neuschirig sin en welt geer wesse, wat dann att enn dat Kabinet es, merr Alles ze be-

---

[1] von Kindes Beinen, d. h. von Jugend auf. [2] Gemälde. [3] Schweineblasen. [4] blecherne Büchsen. [5] Burtscheid bei Aachen.

schrieve es än Deel der Onmöglichkeed, der Kaatzer [1] sau ouch wahl sage: mengt ühr, ich hei et Kapier gestohle? Dann send ouch völ Sache dronger, die sich net jod sage losse, of nä se hant esone korjüse Bezog, dat me beister deht, me schwiggt dervan. Oem efel minge jaue Well ze zeige, sall ich üch doch ä kleng Listche [2] van de Haupt-stöcker us de Sammelong opschrieve; för de rechtige Explicatioun övernemm.ich efel geng Verantwodong; lügt mi Manonk, dann lüg ich et ouch.

1. Aene vollständig versteinerde hervere Kies [3] (op Latin caseus hervericus antediluvianus), ganz echt; enn de Hongsdag fängt he a ze rüche wie fresche hervere Kies. Us dat Stöck siht me klor, dat Herve att för de Söndfluth gebaut wor en enn die Stadt Kies gemagd wode.

2. Aen versteinerde Rappelkeen [4] (op Latin Rappelia schnützeria diabolica) wohrschinglich van de Boom us et Paradies, wovan de Frau Iva geschnützt [5] hat. Dorus es also bewese, dat de Iva sich met Rabaue [6] of Anckens-sösse [7] net afgegeven hat.

3. Aene versteinerde Ast van de Boom, woran der Absolom hange blev (op Latin Absolonia schnapphasia), met äne Watsch Hoor [8] van de Mensch; jedder Hoor wor duh zer Zitt esou deck wie Helefegar. [9] Et Ongelöck van de Mensch, sed mi Manonk, wor, dat he geng Perrück an hau.

4. Aen Schachtel met versteinerde Küthe [10] van Ur-häreke [11] met Eier wie decke Rousekranz-Koner, [12] ver-

---

[1] der Herausgeber des Stückes. [2] kleines Verzeichniss. [3] Käse. [4] Schlotterapfel oder hier auch Rappelkern genannt. [5] genascht. [6] und [7] Apfelarten. [8] so viel Haar als man mit einer Hand fassen kann. [9] Bindfaden. [10] Roggen. [11] Urhäringe. [12] Rosenkranz-Körner.

steinerde Schlubbe, Möppcher, Kaupuhte, Elsteroge, Nagelwotzele, Fratzele [1] etc. Die Sache send allemol us gene Lousberg [2] eu us der Oecher Bösch. [3]

5. Aen ganze Reih opgestoppde Flarmüs, [4] allemol hei open Grave gefange. Mi Manonk sed, dat wür ganz bestemmt än eige Zort van Flarmüs, öm dat se Sommer en Wenkter flüge, he hescht se: Vespertilio strichianus.

6. Aene Nosskracher van Kaiser Kal, döm he duh zer Zitt der Stadtroth schecket, wenn se hell Nöss ze krache [5] haue. Kühnt allewill wier gebroucht wede.

7. Der Hosbängel [6] van et Emma, de Dohter van Kaiser Kal, döm et verloren hat, wie et der Eginhard Hakelepak [7] dörch gene Schnie drug. De Hosbängel hat die kurjüs Eigenschaft, dat jedder Mäddche, wat em öm et lenke Been deht, onsechtbar wed. Mi Manonk hat em leis noch än Engeländeren gelehnt, en rechtig, se wod onsechtbar. Dat mi Manonk behaupt, he hei enn dat wiss Putellesge van den opgedrügde [8] Schnie van die Naht, dat es geloge, dat es nüs angersch, els et opgedrügt Salz us de Trohne [9] van et Emma.

8. Die wahrhaftige Ongerschreft [10] van der Harun-al-Raschid, der persische Frönd van Kaiser Kal, op ä ganz verknuveld [11] Pergament. Me siht zwor merr esou gett wie än H, merr jedder Alderdomsforscher siht doch klörlich dorus, dat dat nüs angersch, els merr Harun-al-Raschid hesche kann. Aenen Engeländer hat ens an et Pergament gerauche en gesad, et röch noch ganz persisch.

9. Aenge van die Bockelsteng, [12] die der Avekat De-

---

[1] Warzen. [2] und [3] Fundorte von Kreide-Versteinerungen. [4] Fledermäuse. [5] knacken. [6] Strumpfband. [7] Huckepack. [8] getrockneter Schnee. [9] Thränen. [10] Unterschrift. [11] verkrimpelt, zerdrückt. [12] Rollsteine.

mosthenes egene Monk gehat hat, öm sich et Stammele [1] af ze gewehne, ongefähr esou grouss, wie ä stärk Pöllenei. [2] Dorus bewiest mi Manonk, dat de Avekate us de au Zitt der Monk esou witt op duh kuhnte, els de Avekate van allewill.

10. Aen od Gemields, worop der Wasserriechdom van Oche gemohlt es, met alle sing Pompe en Fontaine, die sich efel enn die drüch Zitte van allewill verlaufen hant. Mich tönkt, dat müht allewill ens noh ge Stadthus braht wede.

11. Aen anger Gemields, worop de Ussechte op Gehaltsverbeisseronge gemohld send; de Perspektiv es esou jod dorenn abraht, [3] dat Alles enn de Fere [4] wie püre Nevel ussiht. Alle Agestellde, die et gesiehn hant, sage, se heie lang nüs schönner gesiehn, esou Gemields müht noh Berlin gescheckt wede.

12. Aen Dous met Döhr, [5] die sich de Lü' 1848 egen Föss getronen hant, miehdstens ganz pinglich [6] erus opperirt, mänige dervan hant de Spetzer afgebrauche en setze de Lü' noch egen Föss.

13. Aen Dous met Kockelemäncher [7] us dat selve Johr.

14. Ae Köschge [8] van ä Broud ohne Kleie us et vörig Johrhondert, enn Watt gedriehnt. Op dat Stöck helt Manonk hiel völ, he behaupt stief en fast, esou gett wöd en kühnt allewill net mieh gebacke wede, van zera, dat alle Weichens 200,000 Ponk Kleie van Velvisch en van Lück noh Oche kühme. Dorenn hat mi Manonk nun efel Onreth, ich han met äne Bäcker gesprauche, de hat mich gesad, die Kleie die wöd bau allemol vör de Verekens gebroucht, die allewill enn Oche gemast wöte, en net vör de Mensche.

---

[1] das Stottern. [2] Ei eines jungen Huhns. [3] angebracht. [4] in der Ferne. [5] Dornen. [6] schmerzhaft. [7] Purzelmännche. [8] Krüstchen.

Enn jedder Gemengs düg me zwor ä Pönkche Kleie, merr dat wür, öm et Broud hatzlicher [1] ze mache.

15. Aenen ganz merkwördige Dudekopp met alle Zäng. Mi Manonk behaupt, de wür van äne Schulmester, dat bewiest he us de Zäng, die me süch, dat se zeleve ge Flesch gekäut heie. He magd gewöhnlich dobei ä Späsche en sed: wenn der Mensch et beiste Gebess hat, dann hat he döcks nüs ze biesse, en wenn me dann gett ze biesse kritt, dann hat me ge Gebess mieh.

16. Aen Schnell,[2] worenn wörklich renge Win gewest es; schingt hiel od ze sin, de Johrschzahl es net dütlich mieh ze lese. Wür ä nett Kabinetsstöck för äne Winzäpper,[3] öm sing Geist ens dora rüche ze losse.

17. Et Vertraue en de Hoffnong van änge, de an de Stürvermenderong glot.[4] Se hangen an ganz dönn siehe Fämmchere[5] en Spirites. De Fämmchere send merr dörch ä Vergrüsserongs-Glas ze siehn. Et Präparat, sed mi Manonk, wöt alle Dag klenger.

1S. Aen jau Portioun Oecher Pomei en Behei enn än Verekensblos. Wenn me die Blos an än Uhr helt, dann rappelt en klappert et ganz gewaldig, en doch es de Blos liether wie än Fär.[6]

19. Onusführbar Gedanke över än ordentliche Pavei[7] enn Oche, besongersch opene Tempeltergrav, a Scherpenhövel, enn ganz Ponk etc., item enn än Verekensblos.

20. Ganz neu erfonge Säck, vör Stüre drenn se duhn, van Gommelastik, wede zeleve net voll.

21. Aen Deficit, of van än Stadt of van äne Staat,

---

[1] herzlicher, herzstärkender, d. h. nahrhafter. [2] Henkelglas mit Deckel; meist waren die Schnellen aus Thon gebacken. [3] Weinwirth. [4] glaubte. [5] seidene Fädchen. [6] Feder. [7] Strassenpflaster.

dat wees Manonk net. Et siht us wie äne Bandworm en hat die kurjüs Eigenschaft, dat et ömmer langer wed, je mieh me dervan afschnied. [1]

22. Aen opgestoppt Gewesse van äne Wöcherer; [2] et siht us wie äne Schwam, schingt ouch van Gommelastik en wed ömmer wieher en decker, je mieh drenn könt.

23. Aenen opgestopde Demekrat met äne gewaldige Schnorrbart. Mi Manonk broucht em, öm de Mösche dermet bang ze mache, enn anger Gegende en Länder broucht me deselve Fazounger, [3] öm de Mensche bang ze mache.

24. Ae Klosmännche [4] van de Awau, [5] womet alle Döre opgönt; wenn äne Deifstall vörfellt, dann fengt et a, sich des Dags dernoh van selvs ze bewege. Schade, dat et dat net Dags ze vör deht.

Van eson Oecher Raretite hat he nun ganze Schafer voll.

25. Dat Fengergled [6] van de Mobesenn, wat hör de Dachdecker afgeschlagen hau. Dat lüht enn de Walburgesnaht [7] mieh wie zeng Ketze. Enn Spirites.

26. Der leiste Knall van der Oecher Blötsch, [7] enn Bleich jod verschlosse, merr an de Schwörde [8] feult me, wat drenn es.

27. Der Stutz met Hoorbüll van der Noldekopp. [9] Send merr Klengigheede gegen die Stütz en Hoorbülle, die me dese Fastelovend överall ze siehn kreg.

---

[1] abschneidet. [2] Wucherer. [3] Gestalten. [4] Nachschlüssel, Dietrich. [5] ein im vorigen Jahrhundert sehr berüchtigter Dieb, der als ein mit dem Teufel verschworener Hexenmeister beim Volke galt. Ist jetzt in Aachen und Umgegend noch als Schimpfname geblieben. [6] Fingerglied. [7] zur Zeit der freien Reichsstadt eine grosse Kanone, welche bei Feierlichkeiten abgefeuert wurde. [8] Schwere. [9] eine lächerliche Persönlichkeit des vorigen Jahrhunderts.

28. Et chemisch Laberatorium van der Mellhanz,[1] worenn ouch allewill noch Schmucksache van Blei, Koffer en Zen wie pür Gold gemagd wede, esou dat de richste Dame se op Bäll en Thie-Dansants drage könne.

29. Et Adelsdeplom van der Vetter. Jadi,[2] worus ganz klor bewese wede kann, dat he van Adam en Iva herstammt en also esou jod geng Stüre hei ze bezahle brouche, wie jedder angere Pommer.

30. Ae Schöllche[3] met zwei Tönele, womet me Zwedelenge[4] zeglich fuhre[5] kann. Mi Manonk wor aene Zwedeleng en hau met si Söster[6] us dat Schöllche zeglich gedronke, dröm heil he dorop ganz entzetzelich.

31. Aen ganze Dous echte Oecher Penn[7] met en ohne Johrschzahl.

32. Zwei Backzäng en ä Wätschche Hoor van et Bakauv; he hat sich Hoor van de Schömmel bei Bronzel komme losse, die glieche de Bakauvs-Hoore.

33. Zwei Klöppele van Klöppelsmander us de Mäkelei.[8]

34. De Harmonika van der Leppejuhei.[9]

35. De Lever van der vollen Antoun[10] enn Spiretes, wovan se alle Dag angerhalf Kann enndrügt. Mi Manonk welt dat Stöck efel net mieh, öm dat allewill eson drüg Levere enn Oche överall ze fenge send.

---

[1] Mellhanz verfertigte aus Blei allerlei Kinderspielzeug und vergoldete sie mit Safran. Daher sagt man heute noch von unächten Schmucksachen, das kommt vom Mellhanz. [2] ein Allerwelts-Vetter. [3] Trinkschälchen mit zwei Schnäbeln. [4] Zwillinge. [5] zugleich füttern. [6] Schwester. [7] Holzstifte für die Schuhe, welche die Aachener Stadtsoldaten in der Wachtstube verfertigten und daher ihren Namen erhielten. [8] Wahlumtriebe und daraus entstehende Unordnungen und Kämpfe. [9] ein armer, blöder Tölpel. [10] zu seiner Zeit sehr renommirter Vollsäufer.

36. Zeng Bäng [1] Doudezeddele, die he esou vör en noh gesammelt hat.

37. Ae Manuskript över et Pockepötzche, över de au en neu Planke, [2] över Kiesmeise en Gehljühsche, över Bromelekompott [3] — — — Verexkesirt, ich siehn, dat ich nun met de Bibliothiek van mi Manonk afang, ich wau efel merr van sing Samelong kalle.

---

[1] Bände. [2] Fleischhalle. [3] Kompott von Brombeeren.

Der blüdige Vetter Kruv,

of

„Verschreckt üch net Joffer Bas!"

»Eson Mordgeschichte, Joffer Bas, es enn Oche oner-
hourt! doh sall ich üch ens gett verzelle, merr verschreckt
üch net Joffer Bas!« sad der Nobber Kruv an de Joffer
Uellenberg, die enn höre Prötter sohs en met der Brell
wölle Hose stopped. [1]

»Me hürt efel ouch allewill nüs Jods mieh,« sad de
Joffer Uellenberg, en lad de Hos doh en nohm sich der
Brell af, öm beister hüre ze könne, dann jedder Mensch es
doch Freund va Mordgeschichte, en besongersch au Joffere.
»Ich hauf doch net,« sad se, »dat de Törke att opene
Kningsberg [2] sönd.«

Der Nobber Kruv machet ä ganz vervierlich [3] Ge-
secht, nohm sich ä Schnüffge en verzallt: »Verweche [4] Naht
tösche drei en vier Uhre, et wor stech [5] düster en än
affreslich Weer, der Tütemann [6] opene Madthoun hat dese
Morge selever verzallt, dat de Madthün sich van de bie-
stige Wenk wie Hasselterjutsche [7] gebeugt heie, en zwei-
mol met de Köpp wierä geschlage würe en änge van 'n

---

[1] besserte wollene Strümpfe aus. [2] Anhöhe unweit der
Stadt. [3] schreckhaft, Schrecken erregend. [4] verwichene, d. h.
vergangene. [5] stockdüster. [6] der Nachtwächter auf dem Markt-
thurme, der Thürmer. [7] Gerten der Haselstaude.

gewess äne bänkliche Blötsch[1] ha müth — wie gesad,
Joffer Bas, tösche drei en vier Uhre, du hourd äne Nahts-
wäter enn än afgelege Stross, enn ä fast zaugeschlosse
Hus, wo gar ge Leht brankd, ä bänklich Kärme en Krie-
sche, [2] grad els wie wenn ömme vermod of ömbrath wöd.«
»Gott beheu os en bewahr os, Herr Kruv!« sad de Joffer
Uellenberg, se schnuffet dreimol hengerä en kehret met de
Hank et Schnüffge af, wat op höre Plack[3] gefalle wor. Der
Vetter Kruv verzallt völra: »Der Nahtswäter efel wor ze
bang, alleng erenn ze goh en dat met Reht, dann et lett
sich doch nömme för nüs en wier nüs geer vermode.[4] He
flötet sing Kamerade, en nun hurte se dütlich allemol dat
Kärmen en Rofe: für ärm Wihter, für ärm Wihter, er-
barmd üch doch, erbarmd üch doch! Aenge van 'n[5] hurt
ouch dütlich ä Metz[6] schliefe. »Gott beheu os en bewahr
os,« sad de Joffer Uellenberg.

Se leife noh de Polezei. De Polezei kom glich met
Wehr en Wope[7] en hurt dat Kärme en dat Schliefe van
de Metzer. »Dat es att rechtig,« sad änen Herr Polis,
»doh wede Kenger geschlacht, öm wie enn Paris Pastiet-
chere drus ze backe, ich gläuv, hei wohnt äne Bäcker.
Merr glich op et Backes[8] a!« Esou gesad, esou gedoh.
»Jöses, Herr Polis,« sad der Bäcker, »wat hat ühr mich
doh verschreckt!« »Dat dankt üch der Düvel, dat ühr üch
verschreckt,« sad de, »wo send die ärm Wihtchere va
Kenger, die hei esou gekärmt hant, erous dermet, doud of
lebendig.« »Gott beheu en bewahr os,« sad de Joffer Bas.
Der Bäcker fong a ze rasele[9] en kuhnt nüs angersch mieh
sagen els leiven Herr Polis! leiven Herr Polis! — —

---

[1] Eindruck, Quetschung. [2] Wimmern und Weinen. [3] Hals-
tuch. [4] ermorden. [5] von 'n abgekürzt für von hön d. i. von
ihnen. [6] Messer. [7] mit Wehr und Waffen. [8] Backhaus. [9] zittern.

Se wauen 'm nun grad, ohne 'm Zitt ze losse för sich
de Box a ze duhn, noh gen Vigeling brenge, duh fongen
op emol de Kröttchere [1] en de Schemulle a ze kärmen en
ze kriesche en ze rofe: erbarmd üch doch en hat Metliehe,
en lott ons osen ihrliche Nam, für weden allewill överall
usgelachd en send et Kengergespött! (De Joffer Uellenberg
lached en leis 'm stell võra verzelle.) Seht ens hei, ühr
Here, reif ä Kröttche net grousser wie än Mootsch, [2] hei
us dat Piefestätzche va Deg sau ä Schos [3] Kröttchere
wede! En für, reif ä Schemüllche, döm de Throne över
gen Bäckelcher leife, für send net ens mieh esou grouss,
wie söns äne Navel van äne Weckemann, [4] en send bau
esou dönn wie Oskidder; [5] en wenn de Mä net esou met-
liehig würen en heile de Deckele van de Körv net jod zau,
dann jaget [6] ons der Wenk dörch gen Louht.«

Aenge van de Nahtswäter sühted en sad: »Wenn mi
Beistevadder seliger dat süch! dat wor ouch äne Bäcker;
esou gett a ze siehn, dat wür der Mann singen Doud.«

»Geve dat wörkelich Kröttchere,« froget der Polis an
der Bäcker, »ich mengd wahrhaftig selvs, ühr backed
Wissbrouds-Mootsche!« Dann sad he efel ouch an de
Kröttchere en de Schemulle: »Uehr sed geschlage ärm
Wihter, merr hat Gedold, wie für met üch en met de
Bäcker Gedold hant. Der Bäcker hann ouch net wat he

---

[1] kleine hartgebackene Waizenbrödchen, welche gewöhn-
lich zu drei und drei verkauft werden Ihrer Kleinheit wegen
werden sie in einer bestimmten Anzahl zusammenhängend ge-
backen und heisst dann ein solcher Komplex [2] ä Schos Krött-
chere [3] aus Thon gebackene Spielkügelchen der Knaben. [4] ein
Nabel von einem Weckeman; die Männer aus süssem Waizen-
teich bilden bei den Nikolasbescheerungen einen Hauptgegen-
stand und hatten einen hervorstehenden Nabel. [5] Obladen.
[6] jagte, trieb.

welt en beröft sich op et Gesetz: *non habes mehlas, non backes meckas.* [1] Der Düvel hol de Wöcherer! Trüst üch also onger enn, en öm dat ühr mieh zesame blieft, sall morgen em Dag der Befehl enn ganz Oche gegeve wede, dat de Kröttchere enn Zaukonft met et Rönzel [2] en de Schemulle merr enngereiht [3] per Kranz van än Dutzend verkauft dörsche wede.«

»Wat sad ühr dovan Joffer Bas?« froget der Nobber Kruv. »Och jömich,« sad die, »ich hei mich wörklich bau verschreckt met ühr Blareserei. [4] Merr nun sad mich ens Herr Kruv, wie send für nun eigentlich verwandt, van zera dat ich geervt han, ben ich bau Allerwelts Joffer Bas?«

»Dat sall ich üch sage, Joffer Bas, dat es töschen ons Familie ganz klor en kann jedder Kenk begrieffe, verstöht mich ens wahl: [5] ühr Urbeistevadder en mi Beistevadder heische met hönne Jomferenam Uellenberg, wie ühr Joffer Bas, en stammeden eigentlich us de Walachei en woren alsou Schwester- en Brürsch-Kenger; [6] nun trauet spiehder äne sechere Petter Kruv än Jomfer Micke Uellenberg, ä rehte Nietche van der Tines Uellenberg us 'gene Bonget, [7] de än Jadie [8] zur Frau hau, dodörch kome nun die zwei Stämm Kruv-Uellenberg en Uellenberg-Jadie, dodörch wod nun die geborne Jomfer Uellenberg ühr rehte Mutant en van die Kruv's Sie, [9] verstöt mich wahl Joffer Bas, mi

---

[1] wer kein Mehl hat, bäckt kein Brod. [2] ein altes Aachener Maass für trockene Waaren. [3] aufgereiht, zu einem Kranze verbunden. [4] Scherz. [5] versteht mich einmal wohl. [6] Geschwister-Kinder. [7] Bongard, eine Strasse, wo eben die vornehmsten Leute nicht wohnen. [8] zur Zeit hier eine lächerliche Persönlichkeit, welche ihre Vetterschaft mit allen vornehmen Familien in der sonderbarsten Weise nachwies. [9] Seite.

rehte Manonk en dodörch send für nun zwei Base of Vet-
tere, verstöt mich wahl, dörch die Kruve en die Jadie-
Kruv-Uellenberge, ühr vätterlicher en ich mütterlicher
Sieds en Stamme dröm eigentlich us de Walachei.«

»Nun begrief ich os Verwandschaft,« sad de Joffer
Uellenberg, »dogege kann ouch änen usgefoxde Avekat
nüs sage. Drenkt ühr ä Köppche Kaffie met? Herr Vetter.«
»Sal esou frei si,« sad der Vetter Kruv en schnufet ens.
De Joffer Bas doch sich der Brell wier a en stoppet
hör Hose, der Vetter Kruv verzallt hör dann gett van der
Kreg tösche der Törk en der Russ en sad er dann ouch,
dat et jod wür, enn eson Zitte sin Testament ze mache,
he hei et att gedoh en leiss hör els blüdige [1] Joffer Bas
Alles ereve, wegeworöm, me let doch geer si Vermöge an
de niexte Verwandte.

---

[1] Blutsverwandte.

Der Törk en der Russ.

Der Miesjuhs,[1] der Betes[2] en der Veries[3] woren leis
op den Hauvenhelegendag[4] gett fröch va gen Fabrik ge-
gangen, se haue sich gau ä Besche regiert en sosse nun bei
Fenger.[5] Der Veries hau wie allgemeng bekannd der
Franzous gedengt en wor met enn Russland gewest, dröm
wor selvs enn singe auen Dag der Kreg noch si Leve. För
än Ziedong lese ze hüre, würe Stonde witt gegange, esou-
wal wie der Betes, de der Prüss gedengt hau. He hau
zwor net esou völ met gemagd wie der Veries, merr he
wor doch bei Bronzell derbei gewest en hau gesiehn, wie
doh de Schömmel doud blev, en dorus gesiehn, wie lieht
ömme enn än Schlacht än Ongelöck krigge en selvs doud
blieve kann, he sad döck, en der Veries sad, he hei Reht,
wenn he gestangen hei,[6] wo der Schömmel stong, dann
hei he evejod doud blieve könne. Der Miesjuhs wor eigent-
lich va Badeberg ze Hus, he wor leider Goddes, wie he
selver sad, getraut, wozau em de Schmiechelkatz van dat
Jenn geköllt[7] hau, wie he vör drei Johr agene Kacket[8]
öm Ponk Kermes met em gedanzt hau. He wor äne jaue

---

[1] zusammengezogen aus Bartolomäus und Joseph, auf dem
Lande sehr häufig gebräuchlicher Name. [2] Hubertus. [3] Xaverius.
[4] das Volk nennt die Tage, an welchen die Katholiken der
handarbeitenden Klasse verpflichtet sind, eine heil. Messe zu
hören, übrigens aber ihrer Arbeit nachgehen können, »hauf
helige Dag,« d. h. halber heiliger Tag. [5] Wirthshaus. [6] gestan-
den wäre. [7] verlockt. [8] ländliches Tanzlokal.

Zubbel[1] van äne Mensch en spruch wenig en doch fong et
Jenn ömmer Rüse[2] met em a en heisch em, wenn et reht
geftig wod, domme Kohlegitz![3] Dröm wor der Miesjuhs
leiver bei Fenger, els heem, besongersch des Mondes en
anger hellige Dag. He kuhnt verdüvelt jod lese en schrieve
en de kröttlichste Wöd us de Ziedong, die gengen 'm af
wie Wasser. Der Betes en der Veries die kuhnten efel net
lese, dröm wore se jod Frönd met der Miesjuhs, öm dat
de hön de Ziedong vörleset, sei kuhnten efel beisser klafen
en explicire en besongersch van der Kreg wost de Veries
alles op än Hoor esou jod wie äne General, ouch enn de
Greiographie[4] south he singe Meester en wost, wo alle Stä-
en Dörper enn de Welt loge. He resoniret geer gegen der
Prüss, wegeworöm, he hau der Franzous gedengt, merr he
lovet doch der Prüss enn de Ponkt, dat he de Kenk dörch
de Polezei zwöng lese en schrieve ze liehre, wie men an der
Miesjuhs süch, dann he wöst, dat döm si Modder mieh els
ämol fastgeseissen[5] hei, wenn der Miesjuhs för op de
Schwell[6] ze goh, plenke[7] gegange wür.

Wie gesad, esou sosse die drei, der Veries, der Betes
en der Miesjuhs bei Fenger en dronken ä Glas Bier en
piefede. Der Miesjuhs hau grad van de Törkei gelese, en
jederenge froget nun der Veries, wat höm dova tönket.[8]
»Wat mich dova tönkt,« sad der Veries en setzet sich de
Kapp op et lenken Ouhr, »Kreg en noch ens Kreg! dat
hant für den Honk va Wasserkomiet[9] ze verdanke, die
brenge ze leve nüs els Pest, Kreg en schlete Aedäppel!«

---

[1] gutmüthiger Tropf. [2] Streit. [3] Bezeichnung der Bewohner
des hier sogenannten Kohlenländchens. [4] Geographie. [5] einge-
sperrt worden sei. [6] um Obst zu stehlen. [7] an der Schule vor-
beigehen. [8] wie ihn die Sache dünke, was er davon halte.
[9] Wasserkomet.

»Wasserkomiet?« froget der Betes, dat han ich mi Leve noch net gehourt.«

»Uehr jong Kels hat ouch noch verdammt wenig gehourt,« sad der Veries, »söns wöst ühr, dat et zwei Zorte[1] van Komiete get, Wasserkomiete en Fürkomiete, me kennt se an de Stätz.[2] hant se der Statz eraf,[3] wie de van 1811, dann send et Fürkomiete, hant se 'm efel enn de Hügde,[4] wie de leiste us gen Herrest,[5] dann send et Wasserkomiete. Us allebeits brohnt efel för der Mensch nüs jods, en ih' et Palmsondag es, solle für noch va Kürchere[6] hüre; der Russ es esou net doh, en der Törk es ouch esou net doh, et send allebeits grellige Natioune, die lever Menscheflesch freisse els Kalfflesch«

»Dat es rechtig,« sad der Betes, »leis stong jo enn de berliner Krützziedong, dat ganze Fasser gesalze Ouhre, die de Törke de Russe afgeschne heien, enn Konstantinopel akomme würe, en dat de Törke dese Wenkter die wie Geräthschaft[7] bei hön Kompes[9] friesse, en niextens kühmen ouch ganze Häutschüllen[8] a en Moul en Pouthe.«

»Geloge,« reif der Veries, »geloge wie än telegraphesche Depesch, en die Ziedong hat bau nüs els telegraphesche Depesche. Oevrigens helt die de Partei van der Russ en kühnt siehn, dat der ärme Törk lebendig gebrohne wöd.« »Jo,« sad der Miesjuhs, »Heiden en grellige Kels send de Törke, merr ich han Metliehe met de ärm Gecke en hau se för geschlage Wihter, wegeworöm, oser änge hat att met eng Frau mieh els genog, en wees, wat he sich opgelane[10] hat, en die ärm Düvele hant er än half

---

[1]Sorten, Arten. [2]Schweife. [3]nach unten. [4]in der Höhe, d. h. nach oben. [5]Herbst. [6]Spässchen, auffallende Ereignisse. [7]die Schnautze, die Ohren und die Füsse eines Schweines bilden »än Geräthschaft.« [8]halbe Schweinsköpfe. [9]Sauerkraut. [10]aufgeladen.

douzend open Hals. Oser änge kann sich ouch der Ver-
drohs [1] en der Schreck noch ens afdrenke, merr esone
Zubbel van änen Törk darf net ens än Haufpenk Wachelter
drenke, öm gett häutsfrouh [2] ze wede en dann sing Fraulü'
ze schmake. [3] Nä, sag ich, ich weu genge Törk sin för
genge woröm.«

»Du würsch ouch äne görigen [4] Törk,« wischpelet 'm
der Veries enn än Ouhr. »Wie gesad, sad he dann, se
mache der Zoultan met hön politische Noute noch ganz
geck, et es än Frog of der Mann lesen en schrieve kann
ich geschwig noh Noute senge, en wenn he sich net enn
Naht nömt, dann kölle se 'm noch allemol, der Russ esou-
wal wie der Franzous en der Engeländer, wegeworöm,
dat send alle drei Politer [5] en dat ärm Häut van de Zoul-
tan let sich van hön allemol trebelire. Der Russ weu höm
geer de Walachei en der Poporus [6] afnemme met Alles, wat
dröm en dran hengt; der Franzous röft: Zoultan pack a!
alax kis kis! [7] der Engeländer helt em met de Ouhren en
welt em der Mulkörv net af duhn; der Oestricher en der
Prüss trecken a gen Schauere; [8] ongertöschens biest de
de Bär van de Russ höm at louter egene Statz en dobei
sau der Zoultan höm ouch noch ä Püthche geve. Den
ärme Zoultan met alle sing Pedsschwänz! [9]

»Du dehs efel ouch,« sad der Betes, »els wenn de
Mensche Hong [10] würe.«

»Woröm net,« sad der Veries, »et get Hong wie
Mensche, en Mensche klor wie Hong, dat hescht met Bezog
op et Naterell, en us de Hongsnatioune kann me de

---

[1] Verdruss. [2] angeheitert, froh im Kopf. [3] durchprügeln.
[4] schmächtig, kraftlos. [5] Heimtücker. [6] Bosporus. [7] mit diesem
Ausruf hetzt man die Hunde aneinander. [8] ziehen mit den
Schultern. [9] Pferdeschweife. [10] Hunde.

Menschenatioune kenne liehre. Per Exempel nemm än Amieche,[1] äne Mylor,[2] äne Zoultan[3] en äne Möpp,[4] dann sals de siehn, dat et Amieche ä Püthche get, op de hengerschte Been steht, met et Stätzche schwenkt en hiel adig schirewenzelt, merr ih me sich versiehn hat biest et Amieche; — esone Mylor es ä freisse Biest, de zeleve net genog hat en Alles för sich schnappt en egene Gelles[5] schläd, wenn ouch die angere nüs krigge, en de de angere de Ogge net egene Kopp gönnt; — äne Zoultan es gewöhnlich äne jaue domme Blötsch, de de Keng op sich riehe let en gestossen en getrampelt wed; — änen echte dütsche Möpp es efel noch gedöldiger, de es äne wahre Filosoph van änen Honk, de let sich de Ouhren afschniee en de Nas enndäue[6] ohne völ ze bletsche, de es content wenn he merr freissen en henger gen Ovend liggen en schloffe kann.«

»Nun sag ens Veries,« sad drop der Betes, du sprochs doh van der Poporus, wo es dat eigentlich?«

»Louter Gewässersch,« sad der Veries, »louter Gewässersch! Dat wor et grad wat de Wasserkomiet sage wau. Wo de Poporus eigentlich litt dat sal ich üch explicire.« Der Veries molet nun met ä Stöckelche Knitt[7] enn allerlei Schröm[8] de ganze Törkei en de Walachei open Dösch en ouch et Gewässersch. »Hei ganz onge[9] över dreidusend Stond henger Vols[10] doh es de Törkei, hei schorens gegenöver[11] litt de Walachei, dohenger de Duhnau[12] en dohenger de Poporus, töschebei[13] litt Konstan-

[1], [2], [3] und [4] unter den Hundenamen Ami, Mylord, Sultan und Mopps versucht der Miesjuhs die Nationen zu personifiren und zu charakterisiren. [5] in den Wanst. [6] eindrücken. [7] Kreide. [8] Striche. [9] tief unten. [10] Vaels, Dorf bei Aachen an der holländischen Gränze. [11] Schräg gegenüber. [12] Donau. [13] zwischen beiden.

tinopel grad wie hei enn Oche Tollbertsberg [1] töschen os
Duhnau [2] en de Worm [3] litt, en henger et ganz Krepche [4]
litt et Schwatz Meer met ä Gewässersch wie püren Enk, [5]
worenn de Muhre gefervt wede en wo de Peffer wäst en
de Krente; ich ben hondertmol dra verbei gereh wie für
us Russland kohme. Wenn nun der Engeländer en der
Franzous zauleisse, dat der Russ över dat Meer en över
de Duhnau kühm, dann wür der Törk vermuft en für vlecht
met. Der Oestricher kühnt em ouch noch helepe, wenn de
hengen eröm kühm en der Russ de Fourasch afschnieet.
Wat nun dorus brohnt, doröver welle für ons hü' der
Kopp net zebreiche, für krigge dese Fastelovend noch
Püffetcher en de ärm Törke de Knut. Der Düvel hol de
Russe!« Esou sad de Veries, en nun fonge se allemol a ze
senge: Fastelovend es bestovend, Waffle welle für backe,
de Eier send äne jaue Kauf, de Botter gelt äne Blaffet! [6] —

---

[1] Adalbertsberg. [2] u. [3] zwei Bäche, welche durch Aachen
fliessen. [4] hinter dem ganzen Krempel. [5] pure Dinte. [6] ein Fast-
nachtslied.

Et spou'kt enn de ganze Welt.

Der Tines sad leis an der Betes (se woren allebeids ganz nöttere): »Betes,« sad he, »et verlangt mich ens ze siehn, wat met der Zitt us de Welt brohnt![1] Se hant et Bakauv vermuft, de Mobesenn es doud, alle au Spou'ke en Hexe send verdreve; nun sau me doch menge, et spou'ket net mieh — heusch äne Kitz![2] Et get allewill mieh Hexerei en Düvelei els zeleve enn der Welt, en me sau bau met de Geliehrde sage, dat de Welt ohne Spou'ke en Hexerei net bestoh kühnt.«

»Schwig stell,« sad der Betes, en rötschet[3] sich de Kapp[4] op än Ouhr; schwig stell, van zera, dat alle Dösche behexd send en klafe, wat än Jedder geer wesse weu, ben ich äne Schlaav[5] van Frau en Kenk. Söns zer Zitt sad me, wenn et bei enge rappelet: de läuft met et Hölzge![6] merr allewill heescht et: met döm läuft et Hölzge! We hei dat ouch gedaht, dat esonne Dennebohds-Dösch[7] noch enn sing au Dag Memoriä en Verstank kreg en trampelet en wie wöst dörch gen Kamer laufe kühnt! Hei ich dat gewost, ich hei mich mi Leve net getraut. Leive Tines,« sühtet der Betes, »die klafe Dösche send ä wahre Ongelöck för jedder ordentliche Mensch, wegeworöm, ouch der ordentlichste Mensch deht att ens gett, wat em leiver wür, wenn he et

---

[1] brät d. h. werden wird. [2] mit Nichten. [3] rückte. [4] Mütze. [5] Sklave. [6] de läuft met et Hölzge, der läuft mit dem Hölzchen, eine hier sehr geläufige Redensart, soviel als er hat einen Sparren zu wenig, er ist närrisch. [7] ein Tisch aus Tannenbord.

14*

selver net mieh wöst, els dat nun gar Frau en Kenk et
wesse. Den Erfenger van die Spou'kerei verdenget a gen
Been[1] opgehange ze wede. Die Hong van die Dösche!«

»Der Düvel hol,« sad drop der Tines, »dann es et för
de Jongeselle noch völ schlemmer.« »Versteht sich,« sad
der Betes, »we allewill freie welt, de moss ä jod Gewesse
ha, söns es he dörch de Dösche vermuft; die blare[2] de
Mäddchere de Geschichte van de Jongens op, van de Erv-
sönd[3] bes op der leiste bloh Mondag. Esonne Dösch es
schlemmer els ä bühs Gewesse, dat helt doch Alles för sich,
merr de klaft et an de ganze Welt. Ich sall dich ä Präuvge
geve. Der Mondag noh Dreiköneke kom ich gett spieh noh
Heem, et kann siehn, dat ich än hauf Penk mieh gepakt[4]
hau els gewönlich, duh es ming Frau en de Kenk met der
Dösch em Gang, söve mol kloppt he met alle Poute;[5]
Doumgrov, fong nun ming Frau a, Doumgrov, haste et
gehourd, söven hauf Penkte haste gesaufe, der ganze
Nommedag bes de net open Kazau[6] gewest, du has ä
Samsdag vier Gölde[7] mieh krege, els de enn has braht,
saudste noch lügge welle? sau ich der Dösch noch mieh
froge? Ich wod rebellisch wie äne Knin,[8] merr wat ich
dorop sad, wees ich net, wegeworöm, ming Frau reif:
Döschge, pak a! en enn den Augenbleck sprong mich der
Dösch wie ä weld Vereke att ope Liev en kouset[9] mich
enn änen Houck[10] wie äne Schottelplack. Ich schweg en
kroff onger gen Decke. Nun hourd ich noch zau minge
Spitz, wie ming Frau der Dösch alles repetire leis, dann
sad se an em, gev mich ä Püttche, stank op de hengerschte

---

[1] an den Beinen. [2] aufblättern, erzählen. [3] Erbsünde. [4] ge-
fasst hatte. [5] Füssen. [6] Webstuhl. [7] vier Gölde gleich 10 Silber-
groschen. [8] Kaninchen, woher diesem harmlosen Thier eine
besondere Wuth beigelegt wird, ist räthselhaft. [9] warf. [10] Ecke.

Bengcher, mach die Complimentche! en ich soch, wie der
Dösch alles dog, wie äne geliehrde Poudel.« »Dat es wahre
Hexerei,« sad.der Tines, »dat geth noch över Bakauv en
Mobesen; ich weu, dat se van Berlin befühle, dat alle
Dösche mühte verbrankt wede, en dat alle Mensche wie de
Törke open Ed eisse mühte.«

»Wat,« sad drop der Betes, »Berlin? Enn Berlin hat
et van alle Zitte mieh gespou'kt els enn Oche, enn Berlin
doh spou'kt et bei Grouss en Kleng, doh get et net alleng
behexde Dösche, sondern ouch behexde Jonge, [1] die enn
der Drom met de geliehrdste Professers op Latin klafe
en Alles verrohne, wat gescheie sall; esou hat leis, wie enn
de Ziedong steht, esou dräume Jöngsge [2] an äne dräume
Professer verzalt, dat Sebastopol egene Mäz egenomme
wöd en dat der Kaiser Nicolos nüs angerschter wür els ose
Zenterclos, de enn de beiste Absecht nüs angersch weu, els
de Törke Prente en Bobong [3] brenge. En dat gläuvt, wie de
Ziedong sed, ouch ganz Berlin, en selvs de Döpentirte us
Pommerland; — we sau allewill ouch net an Dräum
gläuve?«

»O wat de ses,« sad der Tines, »es enn Berlin Alles
esou behext? Nun begrief ich ouch, woröm sich doh esou
völ Mensche ömdäufe [4] losse enn allerlei Gewässersch, enn
klor Bachen en fleddige Peul, [5] dat es gewess öm net be-
zauvert ze wede.«

»Contrarium van et Gegendeel,« sad der Betes, »die
Oemgedäufde [6] send gerad die, die et miehdste op Hexen
en Spou'ke haue en die selever spou'ke, of dön et weneg-

---

[1] Erinnerung an die Zeit, wo in Berlin der Somnambu-
lismus grosse Aufnahme fand. [2] träumender Junge. [3] Printen
und Bonbon. [4] umtaufen lassen. [5] schmutzige Plützen. [6] die Um-
getauften.

stens egene Kopp spou'kt. Ich per Exempel gläuv a nüs, els an behexde Dösche; wegeworöm, leis daht ich, waht, du wels efel ouch dinge Nieres enn der Drom ens gett froge; ich rof alsou: Nieres! Nieres! wed der verdeckde Kalvermad [1] gebaut of net? — Dorop get he mich efel zer Antwort: Botram! — Ich rof noch ens, duh sed he: Aedäppel! — Nä, Jong, sad ich, esou kann jedder enge wohrsage ouch wenn he wacher es! enn Berlin verdengetste domet net ens än Botram.«

»Merr,« sad der Tines, »woför wed de verdeckde Kalvermad eigentlich gebaut?« »Aerme Geck,« sad der Betes, »dat es doch klor! eschtens för de Onterhaldong, of wie me sed för et Plaisir en et Vermag van de Fremdbadegeist; zweidens för de Naturforscher, dreidens muhte sich döcks de Bure schame över hön Diere, die se för Kauver brahte en noch geng Kauver wore; vierdens schamet sich mänich grouss Kauf, dat et noch gengen Ohs wor; fönefdens muht me us Menschlichheed doch ouch gett för et Vieh duhn, wegeworöm, de Kauver stongen enn Sommer en Wenkter döcks doh bau esou schlet logirt wie mänige Arbeitsmann.«

»Dat freut mich,« sad der Tines, »wenn dann för de Kauver gesorgt es, dann hauf ich, fange se ouch bau a för ons ze sorge, dat für anger Wohnonge krigge, ich gläuv efel ihder net, els bes de Arbeiterwohnongen de Here zeng Prozent ennbrenge.«

Der Tines geng sich ängen open Lamp krigge; der Betes geng noh Heem, he wor ze bang van wege de Dennebohds-Dösch.

---

[1] ein überdachter Kälbermarkt.

Der Ihbrecher. [1]

We der Duffhus net esou jod gekankt hat, wie ich em
gekankt han, de sau sage, wie es et menschlich of möglich,
dat de Mann zau 'ne Ihbrecher woden es. Merr wat us der
Mensch döck wed en wede kann, doh solt ühr nun glich
van hüre. Wenn der Nobber Duffhus mich selever sing
Leidensgeschichte net verzalt hei, wie he zom Ihbroch
kommen es, ich glöt et ge Mensch op der Welt. Mi Nobher
Duffhus wor ä Männche net völ över vier en änen haleve
Foss grouss, merr ömmer flöck en kuraschetig. [2] He wor
van Professioun äne Schmed, en ich hei döm geer komme
siehn, de beister Schlohser en Schlössele gemachd hei els
he. Sing Frau wor ä grouss, stärkgeknäucht [3] Mensch,
klor gett wie äne Tragouner. Se wor för nömen op der
Welt bang en et allerweneste för der Duffhus. Dröm hau
se glich noh de Trau de Box a en domet wor höm ganz
gedengt, dann he soch selever, dat he ohne sing Frau de
Geselle net hei enn Ordnong haue könne. Me kann nun
dröm efel net sage, dat Onverdrag [4] egen Hus gewest wür,
et Contrarium van et Gegendeel, de Frau Duffhus wor
zefreh en he ouch, wenn se ouch att ens döck hör gecke
Flög [5] hau en gett stärk räseniret. Vör enige Zitt wau he
sich enn äng van die ses en nünzig Gesellschafte, die alle-
will enn Oche send, opnemme losse, dat wor de Frau

---

[1] Ehebrecher. [2] muthig. [3] stark geknöcht. [4] Unverträglich-
keit, Unfriede. [5] Grillen, die rasch vorüber fliegen.

Duffhus efel över der Schrom:[1] »Wat sauts du ärme Freusch[2] doh duhn, sad se, gett Geld verzehre en gett schlehte Klaf uslege, has du noch net Pläsir genog egen Hus? Kris de net alle Sondags zwei Grosche va mich för ä Glas Bier? schwig mich van Gesellschafte, söns lecks de äng.[3] Onger ons gesad, ich gläuv, dat he hör Hankschreft kankt en van Zitt ze Zitt ens äng lecket, merr, wie gesad, dat stüret[4] der Fred net, sei hau der Mann dorop dressirt.

Der Nobber Duffhus wor ongeliehrt, dat hescht, he kuhnt net lese noch schrieve; »perfekt ze sage wie alt ich ben,« sad he, »es mich onmöglich, merr esou völ wees ich, dat ich onger der Franzous[5] gebore ben, wegeworöm, ich errener mich, dat ich els opgeschosse Jong[6] de Kosake han komme siehn; duh zer Zitt stongen de Schule efel noch net onger de Polezeiopsecht, en dröm ben ich ongeliehrt bleve.« Oem dat he sich efel bei sing Konde net ze schame brouchet, hau he noch noh de Hiroth op Befehl van sing Frau die vier Wöd schrieve geliehrt: zu Dank entricht Duffhus.

He esouwahl wie sing Frau, se heilen alle beids op de Kerch. Der Duffhus wor Aermepfleger, he song des Sondags de dütsche Meis[7] met, geng met et Brett[8] öm, collectiret met der Herr Pastur för de Prozessioun eu för Kohle för de Aerme, esou dat me sage kuhnt, he wor mieh els änen Haleve-Kerchmester. Der Herr Pastur heil dröm hiel völ op em en alle Sondags noh de dütsche Meis geng

---

[1]über die Schranken. [2]Frosch. [3]sonst leckest du eine, d. h. Ohrfeige. [4]störte. [5]unter den Franzosen, d. h. zur Zeit der französischen Herrschaft. [6]herangewachsener Junge. [7]in den meisten Kirchen der Stadt findet Sonntags eine Messe statt, wobei das ganze Volk einen bekannten deutschen Text singt. [8]ein hölzernes Gefäss zum Einsammeln der Opfergaben, wie in andern Kirchen der Klingelbeutel.

he met noh gen Pasterat[1] en dronk doh ä jod Dröpche met Möppchere[2] derbei.

Dörch Flies en Ordnong wor der Nobber Duffhus zau änen ordentliche Börgerschmann wode. »Ich han mich net, sad he döck, »wie allewill de miehdste Lü', op Aventasch[3] getraut, en net gedaht, zwei könne mieh Honger liehe els änge, ich hau gett, en et Micke hau ouch gett, dröm kuhnte für os dörchriesse en send nun de Lü'.« We höm des Werkeldags met et Schusfell[4] gesiehn hau, de kannkt em des Sondags koom wier en heil em för äne klenge groussen Her, sing Frau heil em jod enn et Regier,[5] sich selever efel noch beister, se drug zwor noch geng Hött, wie allewill de Mä en Fabriksmäddchere, merr des Sondags än schönn Tüllemötsch, ä siehe Kleed en ouch äne Krenolin.

Aen Zitt lank hau et Mänche, ohne grad krank ze siehn, bedröft en schlet usgesiehn, wie ömme de gett ope Lief hat, woran he versüchelt.[6] Alles sad en ich att met, dat Duffhüsche rücht noh de Schöp,[7] dä geht a. Ich hau em att döcks gefrogt: »Fehlt üch gett, Duffhus, mich tönkt ühr lott de Flögele hange, ühr seht net van et beiste us?« »Och,« sad he dann, »ich han än Quälot[8] ope Lief, die ich nömme, selvs ming Frau net ens sage darf, ming Nahtsrauh es fut, der Appetit well ouch net mieh, esougar et Schnüffche[9] schmacht mich net, ich wees net wat et met mich noch gevve sall. Aene onglöckliche Mensch es doch än ärm Dier, Herr Perfesser,[10] ich gläuv ich ben verdammt.« »Sed ühr geck, Nobber Duffhus, sad ich, me es

---

[1]Pfarrhaus. [2]kleine runde Lebkuchen. [3]aufs Gerathewohl. [4]Schoosfell, d. h. Schurzfell. [5]gut und reinlich gekleidet. [6]kränkelnd hinschwinden. [7]riecht nach dem Spaten, d. h. wird bald sterben. [8]Qual, Kummer. [9]Prise. [10]Professor.

esou liht net verdammt, esonne fromme Kerchmester wie ühr sed, schleft [1] noch än half Dutzend angere met noh gen Hömmel erenn.« »Uehr hat jod spreiche, Herr Perfesser,« sad he drop, »et get grauv Dudsönde, die ons der Hömmel zau schlesse en selvs de Kerchmestersch net erenn losse, mieh darf en well ich net sage, adie Herr Perfesser! et blievt Alles onger ons! — —«

Wie he fut wor duh dat ich bei mich, et es allelä merr et Mänche zeigt grousse Reu, he moss ä schwor Verbreche open Siel ha, he hat gewess ömme vergeft of op än 'anger Manier gedüed, of vlecht noch gett Schlemmersch gedoh. We sau henger dat Mänche esonne Büsewicht gesuht han! Ich ben ens neuschierig, wat doh henger schult. [2] Doh sall me noch van hüre! —

Aen Weich of ses noh Posche [3] duh wor he wier bei mich, öm de Spangelette a gen Fenster noh ze siehn, ich hau em die ganze Zitt net gesiehn en daht secher, he wür nun hauf verdrügt en vergörrigt. [4] Grad et Gegendeel, et wor wier et Schmedche, flöck en alled, [5] en hau ä Köppche wie ä Mölche. [6] »Dag Herr Perfesser,« sad he, wie he erenn kom, »ühr sed, ich ben wier der Aue, losse für ens schnuve!« »Jo,« sad ich, »dat siehn ich, ühr sed wier der auen Duffhus, die Quälot va leis [7] moss doch net esou ärig gewest sin.« »Herr Perfesser,« sad he drop, »schwigt mich dervan, wat ich usgestangen han, [8] dat wönsch ich genge kuh [9] Honk, merr Gott sei gedank, ich ben wier der Kel, wenn ühr der Zitt hat, Herr Perfesser, dann sall ich üch die Geschichte ens verzelle.« »Dann setzt üch, Mester

---

[1] schleppt. [2] was dahinter steckt. [3] Ostern. [4] vertrocknet und ausgemergelt, verelendet. [5] flügge und flink. [6] fett und rund. [7] von letzthin. [8] ausgestanden habe. [9] bösem Hunde.

Duffhus, en fangt att ens a ze verzelle.« Der Duffhus satz sich doh, schnuvet ens en verzalt.

»Et sall nun gett över angerhauf Johr sin, du hau ich bei minge beiste Kond, der Herr Pannes enn Marchesstross, [1] der ganze Morige gewerkt, en geng wie et kleppet [2] noh Heem. Wie ich esou onger gen Krim [3] kom, duh klopt der Nobber Struch mich op gen Fenster en wenkt mich. Ich gohn erenn en sag, Dag leive Struch, womet kann ich opwade; [4] wat magd et Wickesge, ich wor nemplich van hön zengde Kenk us auer Kennes [5] Pad wode. »Och,« sad der Nobber Struch, »wie sau et goh, leive Duffhus, für send enn de grüdste Angst en Verlegenheed, heie für merr ömme de schrieve kühnt en heierop [6] singe Nam setzet, dann würe für geholepe.« Dobei kresch he met sing Frau blüdige Throne en de Kenger stongen doh wie verdaht. [7] »Wat Donderment,« sad ich, »gett merr dat Hüllen en Piefen op, ich ben bewandert enn de Feer en schriev üch minge Nam zeng Mohl, wenn et si moss. Zaut üch efel gett, söns krig ich es van de Frau, wenn ich gett ze spieh noh Heem komm.« Der Nobber Struch recket [8] mich de Feer en bemerket mich noch, dat ich merr Duffhus ze schrieve bruchet, ohne zu Dank entricht. [9] Ich schrev minge Nam en geng ganz pläsirig noh Heem. Ongerwegs daht ich noch, wat es dat Schrieve-Könne doch än schönn Sach, me kann doch met singe Nam ze schrieve de Nobbere [10] us der Nouth helepe. Et wor grad op äne Fridag, de Frau hau Etzezoup met Stockfesch en Aedäppel, en ühr könnt et mich gläuve, Herr Perfesser, et hau mich enn Johr en

---

[1] Marschierstrasse. [2] Mittag läutete. [3] Krämerstrasse. [4] aufwarten. [5] aus alter Bekanntschaft. [6] hierauf. [7] bestürzt, ausser sich. [8] reichte. [9] gewöhnliche Form des Arbeiters bei Quittungen: zu Dank entrichtet. [10] Nachbaren.

Dag net esou jod geschmachd, [1] wie grad die Medag, wege-
woröm, ich daht, du has hü' än jau Dad [2] verrecht. Noh
äne Mond of drei duh lett mich op äne fröche Morge der
Herr Pannes rofe. Wie ich doh komm, duh sed he, he hei
zwor för der Ogenbleck nüs ze duhn, merr ich sau ens met
em opge Contur komme. Ope Contur fängt he mich duh
op Huchdütsch (ühr west, he es us Schwobeland) a ze kalle:
„Mein lieber Meister Dauohaus, warump habt ihr euch denn
für den bankelbrutten Strauch für fünfzig Dalber verbürgen ge=
than?“ »We, Her,« sad ich drop, »ich? doh wees ich gar
nüs van, ich en verbörg mich för nömme op der Welt,
doh sau mich Gott för bewahre.« „Aber,“ sad he drop,
„hier ist ja eure Unterschrift!“ en duh zeigt he mich dat Ka-
pier met minge Nam. »Jo, Her,« sad ich, »dat han ich
geschreve, dobei wor efel geng Sproch van Börg ze blieve,
ich dog dat merr för der Struch us der Nouth zu helpe,
en wiederschter [3] hau ich mich a nüs op, [4] et steht jo net
ens derbei, zu Dank entricht.« Dorop fong der Herr
Pannes a ze lache en expliciret mich dann ganz klörlich,
dat ich die fofzig Daler bezahle müht, wenn ich net geer
egen Mönnebrür [5] kühm. Va Schreck feil mich de Dus us
gen Häng, ich daht, ich hei äne Schlagflos krege.

Wie ich mich gett erpackt [6] hau, duh fong ich a ze
kriesche en sad: »Herr Pannes, hat Erbarme en Metliehe [7]
met mich, wenn ming Frau et hürt, die schläd mich doud,
ühr kennt er jo. Ich sall üch bezahle, Her, merr ühr moht
et mich af verdenge losse [8] en met Klengigheede, die ich
üch ennbreng.« Der Herr Pannes wor zefreh en gov mich
de gau Liehr, minge Nam merr net mich ze schrieve för
angere us der Nouth ze helepe.

---

[1] geschmeckt. [2] That. [3] weiter. [4] gebe ich mich mit Nichts
ab, halte ich mich mit Nichts auf. [5] das hiesige Gefangenhaus.
[6] erholt hatte. [7] Mitleiden. [8] abverdienen lassen.

Ich schlog nun bau hei en bau doh ming Frau änen
Daler blenk [1] en drug die fofzig Daler af. Merr nun fong
et Gewesse mich a ze pinige en nun fong ming Quälot an.
Bei Dag, noch Naht geng Rauh, de Gedanke — ühr be-
grieft mich nun, Herr Perfesser, log mich ömmer egene
Kopp, ich wor wie ä gecke Mensch. Ich daht bei mich,
wenn de bichte gehst, dann weds de met Schemp en Schand
erus geworepe, du moss ens vöraf met der Herr Pastur
tösche vier Ogge spreiche. Ses Sondage hengerä [2] nohm ich
mich för, et noh de dütsche Meis der Herr Pastur ze sage,
merr wenn ich afange wau, dann wor et mich, els wenn
ich än Morr [3] egen Hals gehat hei en kuhnt dann ge Wod
erus brenge.

Der sövende [4] Sondag duh sad ich efel an mich selvs:
Duffhus, hü' moss et erus, en wenn et dich et Leve kost!
Des Sondags drop wau ich nemplich ming Posche haue.
En wie gesad, noh de dütsche Meis geng ich wier met noh
gen Pasterat, der Herr Pastur schott [5] mich än Dröpche [6]
enn en satz de Möppchere doh. Ich schöppet hiel deip der
Ohm op en sad: »Herr Pastur, ich verdeng dat Dröpche
net en rühr et hü' ouch net a, bes ich üch ming Quälot en
ä Verbreche verzalt han, wat mich open Siel litt.« —

Enn äng Gelossenheed sad duh der jauen Her:
»Dauvhaus, Dauvhaus, was is mich das?!« »Ja, Herr Pa-
stur,« sad ich, »wozau kann der Mensch net komme, —
kot en jod, ich ben — änen Ihbrecher!« Drop sad der
Her att wier: »Dauvhaus, Dauvhaas, wie is das möglich?«
— »Ja, Her,« sad ich, »dat es esou, wegeworöm, ich han
ming Frau — ming Frau fofzig Daler verschwege, ich ben

---

[1] blind schlagen, d. h. unterschlagen. [2] hintereinander.
[3] Mohrrübe. [4] siebente. [5] schenkte ein. [6] Tröpfchen, d. h. ein
kleines Brantweinglas.

also äne Ihbrecher en gewess noch genge klenge.« Ich ver-
zalt höm dann de ganze Geschichte, wie ich dörch der
Nobber Struch zom Verbrecher wode wür, en wie mich der
Herr Pannes geholepen hei. »Merr Herr Pastur,« sad ich,
»nun sollt ühr mich enn de Bicht opgeve, [1] et an ming
Frau ze sage, sau doh net a verbei ze komme sm, ühr
kennt er jo, die schläd mich doud.«

Ich hau et nun vagen Hatz, stong efel doh wie änge
de der Kopp af kritt; [2] ich schamet mich en daht: adie
Respekt bei der Herr Pastur, de helt dich nun än Predig
en wörpt dich dann noh gen Dör erus. Wie ich usge-
sprauchen hau, duh heil he sich ä paar Minüte än Hank
för gen Ogge, riefet [3] sich ens över gen Stier [4] en sad
dann : »Meister Dauvhaus, ihr müst den Muth nicht ver-
lieren, das is zwar ein casus criticus, allein da gilt der
Spruch: man muss von zwei Uebeln das kleinste wählen,
ihr braucht euerer Frau nichts von der Geschichte zu sa-
gen, es ist jetzt Alles abgemacht.« Nun seht ens, Herr
Perfesser, de Verstank van esonne Mann, ohne enn ä Boch
ze kicke [5] hau he de cases glich gepackt. Wie ich dat Wod
hourd: ihr braucht de Frau nichts zu sagen, du schöppet
ich wier Ohm [6] en daht, nun es die Leve gerett. Der Herr
Pastur dog mich nun setze en än Dröpche drenke, en gov
mich dann noch die jau Liehr, ich sau met minge Nam ze
schrieve gett vörsechtiger sin en merr ömmer derbei setze:
zu Dank entricht, dann wür et net esou gefährlich. Oem
ze zeige, dat he net geftig op mich wor, gov he mich noch
drei gemarmelde [7] Poscheier, anplatsch van ä Dröpche

---

[1] bei der Beichte auftragen, aufgeben. [2] wie einer der den
Kopf abkriegt, d. h. geköpft wird. [3] rieb. [4] Stirne. [5] ohne in ein
Buch zu sehen. [6] Athem. [7] marmorirte, bunte.

dronk ich er zwei, en wie ich duh geng, duh gov he mich
de Hank en sad: »Adie, Meister Dauvhaus, bis Sonntag!«

Van zera, Herr Perfesser, ben ich wier der Aue.
Seht, Herr Perfesser, wenn ich dat esou opsetze[1] kühnt,
dann schrievet ich de ganze Geschichte op, öm jedder änge
ze zeige, wie gefährlich et Schrieven es, en wie der Mensch
dodörch zom Ihbroch komme kann, en leiss et dann enn
der Kaatzer[2] setze.

---

[1] aufsetzen, niederschreiben. [2] in das von Kaatzer heraus-
gegebene Blatt.

Wie der Wickes an et Franz gesatzt[1] wod en wie he, van wege de Moralitiet, wier dervan gesatzt wod.

Der Wickes Peich hau et Micke Kalflehr getraut. He hau si Mesterexame gemagd en sich op sich selvs gesatzt.[2] Et geng hön hiel jod, wegeworöm, he wor fliessig en mached stärke Schong en Stevele, en et Micke bödet[3] se met der beiste Felesell[4] noh de Regele van de Konst en bemuht sich dobei met der Kauch en Brauch,[5] dat et än wahre Freud wor. Se haue zwei Kenger krege, äne Jong en ä Mäddche, der Jong heisch Wickes, wie si Vadder, en et Mäddche wor op der Nam van sing Beis, Bäbbche, gedäuft wode.

Op äne Sondag ze Nomedag soss Mester Peich met sing Frau en dronken ä jod Köppche Kaffie en osse äne sösse Weck met Krente. Dat kuhnt dervan af, wegeworöm, der Nobber Peich wor enn geng Gesellschafte, wo et Hauptpläsir doch merr Eissen en Drenke en Geld verzehren wür. He drug alle Monds gett noh gen Sparkass.

Esou all Kallens[6] sad der Nobber Peich an sing Frau: »Für send fliessig gewest, dat es wohr, merr osen Hergott hat doch singe Stav drä gesteiche, söns würe für doch net esou witt komme, wie für hü' send. Heie für merr Lesen

[1] an das Französische gesetzt wurde, d. h. lernen sollte. [2] sich selbstständig gemacht. [3] bordiren. [4] Schuhband. [5] mit Kochen und dem Haushalt. [6] so beim Gespräche.

en Schrieve geliehrt, dann würe für vlechts noch wieher, ich sall efel för de Liehr van de Kenger beister sorge, els se för ons gesörgt hant. Ich han mich gehourd, wenn der Mensch lesen en schrieve, rechne en ä Besche Franz kühnt, domet kühm he dörch de ganze Welt, dröm wäu ich der Wickes wahl an et Franz setze, en die Bravatstond, [1] die der Herr Liehrer enn et Franz get, met nemme losse.«

»Doh sprechst de mich us gen Hatz,« sad drop de Frau, »dat Kuräntche, [2] wat dat alle Monds kost, dat ärmt [3] net en kann der Wickes enn et Leve völl nötze, wenn he ouch, wat ich hauf, Schongmächer wed, wie du. Für hant jo allebeids geng Lost, der Wickes studire ze losse, öm äne groussen Her us em ze mache, of äne Beamte, ich gläuv, dat den houchdütsche Her Reht hat, de leis van Beamte met dich sproch en sad: »Grosse Titel und kleine Mittel!« »ich gläuv, dat hescht op Plattdütsch: völl Gerüsch en wenig Woll.«

Esou gesad, esou gedoh. Des angeren Dags wor Nobber Peich bei der Herr Liehrer, öm der Wickes an et Franz ze setze. Der Herr Liehrer lovet nun der Wickes bänklich, [4] en wost net genog ze sage, wat de Jong för äne Kopp hei, en dat et än wahre Schand wür, wenn he dä Jong net studire leis, he hei ä wahre Pedsverstank.

»Nä,« sad drop der Mester Peich,« van ze studire welle für nüs wesse, ich loss höm min Handwerk liehre. Uehr zom Beispil sed nun äne Geliehrde en hat et esougar enn et Franz witt braht, merr ich wäu net met üch tusche. Met ühr 300 Daler Gehalt, vlecht ouch att gett mieh, könt ühr üch met Frau en Kenk koom dörchschlefe, en komt net houher noch frouhder, [5] ich werk allewill met vier Geselle

---

[1] Privatstunde. [2] ein Fünfgroschenstück. [3] macht nicht arm. [4] ausserordentlich. [5] nicht hoher noch froher.

en hauf, dat der Wickes met ses wereke sall. En oser änge
blohst gegen üch än Feer op. Wenn der Wickes, wie ühr
sad, äne jaue Verstank hat, dann könt de höm ouch els
Schongmächer jod, of gläuvt ühr vlecht, dat merr de
Dommköp för de Handwerker bestemt würe? Jedder Hand-
werk nährt noch singe Mann, wenn he fliessig es, sing
Sach versteht en met Verstank werkt en net bei alle
Rappenechere[1] derbei sin well, en sing Peneke noh gen
Sparkass, anplatsch[2] noh ge Withshus drägt. Machd merr,
dat minge Wickes der Kategesmes[3] jod liehrt, en lese,
schrieve, rechne en get Franz kann, för der Reist[4] sall ich
dann wahl en ming Frau sorge. Hangt der Jong merr
nüs van Studire egene Kop, ich wel genge Fullig[5] us em
trecke.

Esou wor der Wickes dann nun an et Franz ze liehre.
Noh vezeng Dag sos de Famile Peich des Ovends öm gen
Dösch. Der Nobber Peich mouht hü' de Edäpel schelle,
wegeworöm, sing Frau sos doh en hau än bänkliche Tön-
nesblor[6] an äne Fenger, döm se enn ä Köppche Kamellentih
binet.[7] Der Wickes en et Bäbbche machede hön Opgave
för de Schul. Op ämol sad der Wickes, se saue gett stell
sin, he müht noch de Franze Lexioun uswendig liehre. He
satz nun de Ellebög op gen Dösch en heil met allebeids de
Häng der Kopp fahs en fong dann a: Limasch (l'image),
Döll Imasch, Ahl Imasch, Limasch, Lehs' Imasch, Dähs
Imasch, Ohs Imasch, Less' Imasch, Lim — »Wickes,« fuhr
si Vadder höm efel nun enn et Wod, »Wickes, ich sag
dich, gev die Biesterei op, söns lecks de äng, siehst de net,
dat et Bäbbche en di Modder ganz routh wede.« Nun fong

---

[1] kleine Gastereien, Feste. [2] anstatt. [3] Kathegismus. [4] für
den Rest, das Uebrige. [5] Faulenzer. [6] Antoniusblatter. [7] baden.

de Wickes a ze junke [1] en sad, he krieg es, wenn he morge sing Franze Lexioun net en kühnt. Drop sad efel der Nobber Peich: »Wickes, ich ben ongeliehrt, merr minge gesonge Mensche-Verstank sed mich, dat eson Biesterei ge Franz sin kann, ich han mich gehourd, dat de Franzouse Verekens würe, merr dat se dat at enn de Sproch usdröcke saue, dat es mich onbegrieflich. Du welst ons hü' gett wies mache, Wickes, merr morge komm ich noh der Herr Liehrer, än wenn ich dich dann op än Löge atrapier, dann hau ich se [2] dich met der Spannreim, [3] dat de vezeng Dag net drop [4] setze kanst.«

Rechtig, des angern Dags dooch Nobber Peich sich der Sondags-Rock a en geng noh der Herr Liehrer. »Nun sad ens,« sad der Nobber Peich, »nüs för Onjods, ich moss ens bei üch komme van wege der Wickes, dä Jong es va zera, dat ich em an et Franz gesazt han, op äne ganz verkierde Weg, en ich ben bang, dat he att völ van sing Moralitiet verloren hat. Gester Ovend hat de Jong ganz onschenirt nüs gedoh, els Biesterei ze klafe en mich en de Frau wies gemachd, dat wür Franz. Esou heil he sich at luter dra, verexkusird [5] mich efel, Less' Imasch, Ohs Imasch en eson Verkenserei mieh.« Der Liehrer grimelet drop en sad dann an der Nobber Peich: »Sehen sie mein lieber Meister Peich, das thut die sonderbare Aussprach, das ist das Bild, sehen sie« — dropp schnappet [6] efel der Nobber Peich et Wod en sad: »nun hen ich att mich els genog gesiehn en gehourd, wat sau ä Kenk sich wahl för ä Beld van Less' Imasch en Ohs Imasch mache könne? Ich wel de Moralitiet va mi Kenk dörch esou verdamt Franz net

---

[1] laut weinen. [2] ein Euphemismus, der gemeinte Körpertheil ist leicht zu errathen. [3] Spannriemen, Knieriemen. [4] wie bei [2]. [5] entschuldigen Sie. [6] hastig ergreifen.

verdorve han. He es äne hauve Mond, leider Goddes, enn die Franze Stond gewest, hei hat ühr än half Kuräntche, der Wickes könnt net mieh.«

Der Nobber Peich geng, der Herr Liehrer efel, öm ze zeige, dat he enn et Franz jod bewandert wür, reif höm enn äng Höfflichkeed noch noh: Vot serviteur Mossieur Peich! Dat Wod braht der Nobber Peich efel enn Schwel[1] en Geft, dröm driehnet he sich öm en reif: »Waht ühr merr, ich sal üch Vote en Limasche, ich gohn op der Stell noh der Herr Pastur, de sal üch wahl bau dat Franz enn-steiche en us gen Schul verbanne.«

Der Nobber Peich geng nun stohens Foss noh der Herr Pastur, de höm hiel jod kankt, wegeworöm, bei houch Festdag zuppekösteret[2] der Peich att gett, he holp der Köster ziere en geng dann en wann ouch met et Brett öm.

Herr Pastur, sad der Nobber Peich, ich moss üch ens leistig falle van wege minge Wickes, besongersch efel ouch van wegen et Verderbness van de Schule van allewill. Eschtens wat es dat vör ä Regier,[3] de Kenk bes vezeng Johr egen Schul ze haue? West ühr ouch dat se egen Schule att freie? es dat net ä wahre Verderbness för de Menschheed, Herr Pastur? Onger os gesad, wenn de Re-gierong et Geld dovör bezahle müht, dann wöd die Zitt gewaldig afgeknappt.[4] Wenn de Here Döppentirde en Berlin nun ouch noch de Religoun us de Schule verdrieve, dann wede für allemol wier Heide en Republikaner. Zwei-dens, Herr Pastur, machd doch, dat die Laut-Methoud af-geschafft wed en de Kenk wier ordentlich bochstabiere liehre. Ich kenn nüs gefährlicher els die verdammde Laut-

---

[1] Aufwallung, Zorn, [2] scherzweise gesagt er spielte den Superköster, d. h. Oberküster. [3] Anordnung. [4] verkürzt. [5] ver-bieten.

Methoud, en wonger mich, dat de Polezei, die sich doch allewill op de Schule legt, dat net verbeid.[5] Ich han met de Frau bau Blot geschwesd, wie et Bäbbche sich op de K en de Q exercieret, et dooch els wenn et äne Storekel[1] egen Hals gehat hei en für bang wore, et hei äne Kropp krege. En wie der Wickes duh met de R afong, duh wor ä Rament egen Hus, wie van zeng Raspele, esou dat ich daht, der Jong hei de Zong verstucht.[2]

Van ordentlich en gröndlich Boschtabiere es geng Red mieh. Ich selvs ben merr bes an et Boschstabiere komme, du storv mi Vadder en et Liehre hourd op. Wie ich noh Heem kom en sad, ich kühnt Bartholomaeus boschtabiere, duh gov mich der jaue Mann seliger va Freud ä Dreimärke-Stöck,[3] wegeworöm,[4] dat wür ä stärk Stöck för ä Kenk, wat allier ä Johr egen Schul gegange wor. Duh liehret me doch gröndlich en hü' em Dag kann ich noch Bartholomaeus boschtabiere.

Dat wel völ sage, sad der Herr Pastur, dann dött et ens! En glich fong der Mester Peich a: B-a-r Bar, t-h-o tho Bartho, l-o lo tholo Bartholo, m-ae mae lomae tholomae Bartholomae, u-s us maeus lomaeus tholomaeus Bartholomaeus. Der Herr Pastur grimelet en sad: »Ich moss üch sage, Mester Peich, ühr hat ä jod Memorie, efel ühr waud mich jo över ühre Wickes klage.«

»Jüstement,[5] Herr Pastur, dat es noch än Haupsach. Uehr west, minge Wickes drieft ouch att sing Doumgrove-stöcker, wie alle anger Jonge, merr van Naterel[6] es he doch net büs en över sing Moralitiet han ich net ze klage gehat. Nun han ich efel et Onglöck gehat, der Jong an et

---

[1]Strunk, Stengel. [2]verrenkt, verstaucht. [3]eine alte frei-
städtische Silbermünze im Werthe von 15 Pfennigen. [4]weil.
[5]grade so. [6]von Natur.

Franz ze setze, vazera es he nun op äne ganz verkierde
Weig komme en sing Moralitiet es geblohse. [1] Nun hürt
merr ens, Herr Pastur, efel ich ben bau ze beschamt et
üch ze verzelle.« »Dat hei ich henger de Jong net gesuht,«
sad der Herr Pastur, scheniert üch efel net, Nobber Peich,
verzellt merr en denkt et wür bichtswies. [2]

»Gesterovend sosse für alle vier doh, ming Frau, et
Bäbbche en ich en der Wickes, für waue grad der Ruse-
kranz afange, duh sed der Wickes, wad noch ä Besge, ich
moss ming franze Letz [3] liehre en duh fengt de Jong mich
a, met verläuf [4] Herr Pastur, Lim Asch, less' im Asch, Os
im Asch, en wau sich att louter dora haue, ich dog em
efel glich schwigge, ich soch, dat ming Frau en et Bäbbche
va Schreck wie verbast [5] wore, de Jong fong efel a ze krie-
sche en behauptet stief en fas, dat wür Franz. Ich geng
nun noh der Liehrer en de get der Jong Reht, nun wau
ich van üch, Herr Pastur, ens geer Usdrag [6] doröver han
en üch bede, dat Franz us de Schule ze verbanne, en dat
ühr ens döchtig dröver prediget.«

Der Herr Pastur schott [7] met der Kopp en sad dann:
»Wat ühr mich doh verzalt hat, Nobber Peich, es esou
ärg net, eson Wöd get et enn et Franz hiel völ, z. B. Zupp
hescht op Franz potage, Kies hescht fromage en esou noch
honderde va Wöd, merr dobei denkt nömme gett Kods. [8]
Os öcher Dütsch es doch gewess äng van de schönste en
aständigste Sproche van de ganze Welt, merr für hant
efel ouch att Wöd, die än Ussproch hant wie die franze
Wöd, rofe net de Jonge bei et Knepe »nacken Asch?«
eist ühr net geer »Schell-Asch?« [9] hat net jedder Neist

---

[1] geblasen, fort, verschwunden. [2] beichtweise. [3] Lektion.
[4] mit Erlaubniss. [5] verblüfft, bestürzt, ausser sich. [6] Austracht,
d. h. Bescheid [7] schüttelte mit dem Kopf. [8] Böses. [9] Schweine-
rippen.

»äne Kackasch« [1] en send net onger de Honder »Tul-
asche?« [2] Merr doh denkt nömme gett Bühs bei, grad wie
ouch enn et Franz, lott ühr der Wickes merr an et Franz,
dat kann höm enn et Leve nötzlich wede.«

»Ja,« sad der Nobber Peich, »wenn dat esou es, dann
sall ich der Wickes wier dra duhn, efel ich övernemm
geng Verantwodong, dann gev ich em üch op ühr Siel, [3]
Herr Pastur, Adie!«

Wie der Nobber Peich nun noh Heem kom, duh wor
sing Frau ganz neuschierig, et wod hör ze lank, ih se ens
wost, wat der Herr Pastur gesad hei. »Ja,« sad der Nob-
ber Peich an sing Frau, »ich sag wie mi Modder seliger
döck sad, me wed esou od wie en Kauh, en liehrt noch
ömmer zau. Der Herr Pastur nömt die Sach op de lochte
Zies, [4] of wie me sed, op de liehte Schauer, de sed ich sau
der Wickes merr wier an et Franze duhn, et kühm enn die
Sproch net op de Wöd a, efel wahl op de kuh Gedanke,
jedder Sproch hei eson korjüs Wöd, dat wür efel merr
Verkenserei, wenn me Verkenserei drus mached. Selvs
ons öcher Dütsch hei eson Verkenserei-Wöd, en dat hat he
mich bewese. Ouch us et Franz hat he mich noch allerlei
Wöd expliciert. Nun rohn [5] du ens, wat der Franzous
mengt met »Pott-Asch?«

»Dat sall doch nüs angersch sin els der Kamerpott,«
sad de Frau Peich. »Nüs dervan,« sad der Nobber Peich,
»domet menge se hön Zupp. Efel rohn ens, wat se met
»Fromm-Asch« usdröcke?« »Dat es lieht ze rohne,« sad
de Frau, »dat kann jo nüs angersch sin, els en Quisel, [6]

---

[1] der jüngste Vogel im Nest. [2] Hühner ohne Schweif-
federn. [3] Jemanden einen oder etwas auf die Seele geben, d. h.
ihn vor Gott dafür verantwortlich machen. [4] auf die leichte
Weise, leichte Schulter. [5] rathe einmal. [6] Betschwester.

die egen Kerch völl drop setzt.« »Ganz en gar net,« sad der Nobber Peich, Fromm-Asch frest der Franzous för Kies. Für eisse zwor ouch Schell-Asch, merr dat es dann ouch wörklich Schell-Ash, merr wie ömme Pott-Asch för Zupp eisse kann, dat begrief ich net.«

»Genog, ich han der Wickes der Herr Pastur op sing Siel gegeve en morge geht he mich wier noh de franze Stond. Der Herr Pastur sad ouch, he selvs weu op der Jong jod enwereke,[1] of met äne Pisel[2] of met äne Steck, dat sad he net, ich sad em dann efel, dat ich för Palze-strech[3] met der Spannreim att döck op em enngewerkt hei, merr dat he ihder op ä jod Wod hürt, els op eson Enn-werkerei.«[4]

---

[1] einwirken. [2] Seilchen. [3] Bubenstreiche. [4] Einwirkung.

Verzeichniss

der in der Aachener Mundart gebräuchlichsten Taufnamen.

In der Schriftsprache.	In der Mundart.
Anna Maria	{ Annemie. { Annemarike.
Adolph	Dolph.
Agnes	Ness.
Aegidius	Gelles.
Anton	Tönn.
Arnoldus	Nöll.
Augusta	Just.
Augustinus	Stines.
Barbara	{ Bäbb. { Bärb.
Bartholomaeus	Mies.
Balthasar	Baltes.
Bernhardus	Nades
Catharina	{ Tring. { Trina. { Trinett. { Nett.
Christian	Cress.
Christina	{ Sting. { Stinett.
Christoffel	Stoffel.
Clara	Klör.
Constantia	Stenz.
Dionysius	Nies.
Dominicus	{ Minekes. { Mines.
Dorothea	Dor.
Edmundus	Mondes.

Eleonora	Nur. Nora.
Elisabeth	Lisbett. Lisep. Lip.
Ferdinandus	Nandes.
Franziscus	Franz. Francis.
Friederika	Rica.
Gerhardus	Grades.
Gertrudis	Drüd.
Heinricus	Drick. Drickes.
Helena	Lenn.
Hermanus	Manes.
Hubertus	Betes.
Hyacinth	Zint.
Jakobus	Kubes. Köbb.
Johannes	Hannes.
Johanna	Hanna.
Josephina	Jühs. Jüpp. Seph. Fina. Fing.
Joseph	Jupp. Juhs auf dem Lande.
Karl	Kal.
Karoline	Karling. Ling.
Leonhard	Lennet.
Laurentius	Loreng.
Ludowicus	Wickes.
Magdalena	Madelenn. Lenn.
Maria	Micke. Marike.
Maria Anna	Marjenn. Jenn.

Martinus	Tines.
Mathias	{Matiss. Tiss.
Margaretha	Grett.
Michael	Cheil.
Nicolaus	Klöss.
Paul	Päul.
Peter	Pitt.
Petronella	Nell.
Philipp	Flep.
Reinerus	Nieres.
Rosa	Rühs.
Sophia	Fei.
Stephan	Steffe.
Sibylla	Bel.
Susanna	Sann.
Theodorus	Doures.
Theresia	Threis.
Ursula	Uschel.
Wilhelmina	{Mina. Minche.
Wilhelmus	Helemes.
Xaverius	Veries.
Zacharias	{Zacheies. Zeies.

Inhalt.

	Seite
Vorwort	V—XVI

1. **Bamberg.**
   a. Der Kreg enn Spanie, of »à vous Bamberg.« 1— 5
   b. Der Kreg en Russland, of: Wat wür üch ge-
   fällig, Herr Bamberg? . . . . 6— 10
   c. Wie et wiederschter enn Russland geng en
   woröm se noh Heem kome, of: Bamberg hau
   dich stief! . . . . 11— 18
2. Et Lisep en de Frau Peis . . . . 19— 24
3. Wäuelei över et Traue en de Naterelle van de
   Mäddchere . . . . 25— 28
4. Ae Pröttche över de Manslü' . . . . . . 29— 33
5. Wat lott ühr ühre Klenge wede Frau Nobbersche 34— 38
6. Manonk Kröttlich en de Frau Schnirp över de
   Steckeped . . . . 39— 43
7. Wat de Frau Schnirp der Manonk Kröttlich
   agen Fourschet gedohn hat . . . . 44— 49
8. De Frau Krent en de Frau Behei över de wieh
   Ongerröck, Krenoline of Honderkauc . . . . 50— 56
9. Osen ärme Bastian . . . . 51—124
10. Käuer över Kengerzocht . . . . 125—129
11. Beschloss van der Käuer . . . . 130—134
12. Der Manes Brei . . . . 135—175
13. Der suhfe Veries Knopholz en der volle Mines
    Peich. . . . . 176—185
14. Mascherang, of der klafe Tines en der drügge
    Helemes . . . . 186—191
15. De Raretite-Samelong va mi Manonk Quespel . 192—199

16. Der blüdige Vetter Kruv, of verschreckt üch net
Joffer Bas! . . . . 200—204
17. Der Törk en der Russ . . . . 205—210
18. Et spou'kt enn de ganze Welt. . . . . . . 211—214
19. Der Ihbrecher . . . . 215—223
20. Wie der Wickes an et Franz gesatzt wod en
wie he, van wege de Moralitiet, wier dervan
gesatzt wod . . . . 224—232
21. Verzeichniss der in der Aachener Mundart ge-
bräuchlichsten Taufnamen . . . . 233—235

Druck von C. H. Georgi in Aachen.